Rob Reef

Ein unmöglicher Mord

EIN UNMÖGLICHER MORD

Ein Stableford-Krimi aus Yorkshire
von Rob Reef

 DRYAS

Robert C. Marley, Inspector Swanson
und die Mathematik des Mordens.
Ein Kriminalroman aus dem Jahr 1888.
Dryas Verlag 2021

Auf den Seite 278 – 283 findet der interessierte Leser ein
»Kleines Golf-Glossar«.
Eine »Skizze des Parks von Annandale Grange« finden Sie
auf der Seite 285 am Ende des Bandes.

2. Auflage
ISBN 978-3-940258-69-4

Dieses Buch ist auch als E-Book erhältlich und
kann über den Handel oder den Verlag bezogen werden.
E-Book ISBN 978-3-941408-94-4

Herstellung: Dryas Verlag, Hamburg
Lektorat: Kristina Frenzel, Berlin
Korrektorat: Birgit Rentz, Itzehoe
Umschlaggestaltung: © Guter Punkt – Agentur für Gestaltung
und Buchdesign, München (www.guter-punkt.de)
Umschlagmotive: © Thinkstock
Sat: Dryas Verlag, Hamburg
Gesetzt aus der Palatino Linotype

Bibliografische Information der Deutschen Nationalbibliothek: Die
Deutsche Nationalbibliothek verzeichnet diese Publikation in der
Deutschen Nationalbibliografie; detaillierte bibliografische Daten
sind im Internet über http://dnb.d-nb.de abrufbar.

Der Dryas Verlag ist ein Imprint der
Bedey und Thoms Media GmbH,
Hermannstal 119k, 22119 Hamburg.

Für Nadia

»Man müsste ein Gesetz erlassen,
welches jeder Kriminalgeschichte
ein typisch englisches Umfeld vorschreibt.
Sobald ich auf die Worte
›Polizeirevier‹ oder ›Staatsanwalt‹ stoße,
ist mein Interesse dahin.
Jeder anständige Mord sollte
in einem alten Englischen Herrenhaus
auf dem Lande geschehen.«

Ronald A. Knox
in einem Brief an Will Cuppy
(1931)

KAPITEL 1
Der Hunne im Garten

John Stableford, Professor für Literatur am Londoner Lazarus College, saß in einem alten Ohrensessel in der Bibliothek des Pfarrhauses von Upper Biggins und las genüsslich in einem prachtvoll illustrierten Folianten aus dem 17. Jahrhundert. Er liebte Drydens Vergil-Übersetzungen, kannte diese Erstausgabe von 1697 aber bisher nur aus Erzählungen. Immer wenn er vorsichtig eine Seite umschlug, stieg ihm der typische Geruch alter Bücher in die Nase, eine Mischung aus feuchtem Heu und Vanille. Prescott, ein Kollege aus seinem Nachbarcollege, hatte ihm einmal erklärt, dass dieser spezielle Geruch entstand, wenn sich die organischen Komponenten des Papiers, der Tinte und des Leims zu zersetzen begannen. Aus der Perspektive eines Chemikers mochte dies eine Erklärung sein, doch für Stableford war es ein magischer Duft, der den Geist beflügelte und auf Reisen schickte.

Als er den zweiten Gesang der Aeneis beendet hatte, legte er das Buch beiseite, griff nach seinem Sherryglas und blickte schläfrig durch die weit geöffneten Terrassentüren. Cicero hatte ganz recht: Mehr als einen Garten und eine Bibliothek brauchte es nicht, um zufrieden zu sein. Nicht zum ersten Mal seit ihrer Ankunft in Yorkshire vor zwei Tagen bewunderte Stableford die blühenden Apfelbäume im Garten des Vikars. Der Vikar selbst saß nicht weit von ihm an seinem Schreibtisch und arbeitete eifrig an der Predigt für den kommenden Sonntag. Er war ein großer schlanker Mann um die sechzig mit langen Gliedern und einem nicht zu bändigenden weißen Haarschopf. Auf seiner spitzen Nase saß ein goldener Kneifer, den er von Zeit zu Zeit zurechtrückte.

Man kann sich kaum etwas Friedlicheres vorstellen, dachte Stableford, während er seine kurze Bulldog-Pfeife stopfte. Nachdem er sie entzündet hatte, nahm er das Buch vom Beistelltischchen und wollte gerade zu den Abenteuern des Stammvaters der Römer zurückkehren, als Sarah in der offenen Terrassentür erschien.

Sie war die jüngste Schwester von Stablefords Frau Harriet, zwölf Jahre alt und das Nesthäkchen der Familie Taylor. »Papa, Papa!«, rief sie und machte dann eine Pause, um Luft zu holen – und vielleicht auch für einen dramatischen Effekt. »Da ist ein Hunne in unserem Garten!«

»Ein Hunne?« Der Vikar nahm seinen Kneifer ab und blinzelte gegen das warme Licht des Aprilnachmittags. »Er kommt ein wenig spät, nicht wahr? Wann fielen die Hunnen in Europa ein, John?«

Stableford musste schmunzeln. »Im vierten Jahrhundert, Hochwürden?«

»Ganz recht, ganz recht. Was tut er denn in unserem Garten, mein Kind?«

»Er stochert mit einem Golfschläger in Mamas Rosen herum«, antwortete Sarah unbeeindruckt. »Und wenn du mir nicht glaubst, kannst du ja gerne selbst nachschauen! Ich wette, das ist ein Spion!«

Der Vikar seufzte und legte seinen Bleistift beiseite. »Gehe ich recht in der Annahme, dass du einen Deutschen meinst, wenn du von einem ›Hunnen‹ sprichst, Sarah?«

»Ja«, erwiderte das Mädchen und wurde rot. »Oh Gott, John, es tut mir leid! Ich hatte vergessen, dass deine Mutter eine Deutsche war. Wie gedankenlos von mir! Es ist nur so: Alle in meiner Klasse sprechen von den ›Hunnen‹, seitdem uns Miss Withers mit den Daten des Großen Kriegs traktiert, und ich habe einfach nicht nachgedacht.«

»Es ist schon gut«, sagte Stableford, doch der Vikar war wohl anderer Meinung.

»Ich wünschte mir, du würdest weniger von diesen grässlich vulgären Groschenromanen lesen! Kein Wunder, dass du überall Schurken und Spione siehst. Ich muss wohl einmal ein ernstes Wort mit Miss Peabody sprechen.«

»Miss Peabody?«, fragte Stableford amüsiert.

»Ganz recht. Sie ist die Leiterin unserer Dorfbibliothek. Eine wahre Stütze für die Gemeinde, aber zu meinem Leidwesen eben auch eine begeisterte Leserin von Sensationsromanen.« Der Vikar seufzte. »Versteh mich bitte nicht falsch, John! Ich habe deine Detektivgeschichten selbst studiert und fand sie durchaus unterhaltend, aber ich frage mich, ob derlei Literatur wirklich in die Hände unserer Kinder gehört. Nein, lass mich ausreden!«, setzte er schnell hinzu, als Sarah zu protestieren begann. »Ich habe nichts gegen die Abenteuer von Sherlock Holmes oder Buchans Spionageromane. Mir hat sogar die Verfilmung der ›39 Stufen‹ gefallen, die vor ein paar Jahren im großen Zelt auf unserem Sommerfest vorgeführt wurde. Aber Bulldog Drummond und Dr Fu-Manchu gehören meines Erachtens auf eine schwarze Liste. Sie sind zu brutal, ja geradezu sadistisch, und wirken verstörend auf unsere Jugend. Sie sollten verboten werden!«

»Hütet Euch vor dem Zorn eines sanftmütigen Mannes!«, bemerkte Stableford und lächelte.

»Wie meinen? Ah, Dryden, nicht wahr? Ausgezeichnet! Aber lass mich darauf mit einem anderen Zitat dieses Katholiken antworten: ›Sie fürchtet nicht Gefahr, denn sie weiß noch von Sünde nichts.‹ Sarah ist noch ein Kind.

Sie hat eine blühende Fantasie und du siehst ja selbst, was dabei herauskommt, wenn sie ihren reinen unschuldigen Geist mit dieser Sensationsliteratur füttert: ein spionierender ›Hunne‹ in unserem Garten! Mit einem Golfschläger, obwohl hier doch weit und breit kein Golfplatz ist. Vielleicht sollte ich dieses Thema einmal in einer Predigt ansprechen.« Damit schien die Angelegenheit für den Vikar erledigt zu sein. Er setzte seinen Kneifer wieder auf und beugte sich über die aufgeschlagenen Bücher auf seinem Schreibtisch.

Stableford sah zu Sarah hinüber, die unschlüssig von einem Bein auf das andere trat. Seine Hamburger Großmutter hätte sie wohl einen »Backfisch« genannt. Sie war kein Kind mehr, aber sie war auch noch weit davon entfernt, ein »Fräulein« zu sein. Wie Harriet hatte sie die kupferroten Locken ihrer Mutter geerbt. Sie trug einen zu großen dunkelblauen Wollpullover, einen zu kurzen dunkelgrünen Rock, Kniestrümpfe, die ihr bis auf die Knöchel gerutscht waren, und schwarze Riemchenschuhe. Natürlich teilte Stableford die Skepsis ihres Vaters, aber er war sich auch sicher, dass ihre Aufregung nicht gespielt war. Sie hatte jemanden im Garten gesehen, so viel stand wohl fest. Vielleicht einen Landstreicher? Aber warum nannte sie ihn einen »Hunnen«? Wäre ein spionierender »Bolschewik« bei der im ganzen Land herrschenden Hysterie um die »Rote Gefahr« nicht ein viel passenderes Klischee gewesen? Aber die Fantasie der Jugend ging offenbar ihre eigenen Wege.

Mit zwölf ist die Welt ein wunderbar geheimnisvoller Ort, dachte Stableford in einem Anflug von Sentimentalität und legte dann etwas wehmütig den Folianten wieder auf den kleinen Beistelltisch neben seinem Sessel. Solange sie blüht, hat die Fantasie ein Recht, gehört zu werden!

»Sarah?«

»Mhm?«

»Wie kommst du darauf, dass es sich bei dem Eindringling ausgerechnet um einen Deutschen handelt?«

»Er fluchte!«, antwortete Sarah und blickte vorsichtig zu ihrem Vater hinüber. »Ich habe natürlich nicht alles verstanden, aber er wirkte sehr aufgebracht und sagte dann so etwas wie ›Himmel-Herrgott-Sakrament!‹ und ›Wo ist dieser verfluchte Ball?‹.«

»Das klingt allerdings deutsch. Aber wie kommt er dazu, in eurem Garten einen Golfball zu suchen?«

»Das weiß ich auch nicht, doch er war wirklich da!«

»Dann sollten wir der Sache mal auf den Grund gehen«, sagte Stableford, während er sich aus dem Sessel erhob. »Zeig mir, wo du ihn gesehen hast!«

Sarah nahm ihn bei der Hand und führte ihn an den Apfelbäumen vorbei zu einem Rosenbeet am hinteren Ende des Pfarrgartens. »Hier hat er gestanden«, sagte sie schließlich. »Ich kam mit meinem Rad um das Haus herum und sah, wie er mit einem Golfschläger in diesen Büschen herumstocherte.«

»Hat er dich bemerkt?«

»Nein, ich denke nicht. Ich hatte mich dort hinter den Fliederbüschen versteckt. Er fluchte und verschwand dann hinter den Sträuchern.« Sie zeigte auf eine hohe Hecke, die das Grundstück begrenzte.

»Befindet sich dort nicht das Anwesen der Rogies, der Park von Annandale Grange?«, fragte Stableford.

Sarah nickte.

»Harriet hat mir letztes Jahr von dem Herrenhaus erzählt, als wir hier unsere Hochzeit gefeiert haben. Wenn ich mich richtig erinnere, ist sie mit der Tochter des Hauses zur Schule gegangen. Wie hieß sie doch gleich?«

»Bella«, sagte eine freundliche Stimme hinter ihnen. »Annabella Rogie.«

Stableford drehte sich um und sah in Harriets Gesicht.

»Hier habt ihr euch also versteckt. Papa erzählte mir, dass ihr auf der Jagd nach einem ›Hunnen‹ seid.«

»Hallo Harry!«, begrüßte Sarah ihre Schwester. »Ja, er glaubt mir nicht, aber John und ich sind dem Eindringling auf den Fersen. Ich bin froh, dass du einen Detektiv geheiratet hast.«

Harriet lächelte. »Ich auch, Sarah. Darf ich mich euren Nachforschungen anschließen?«

»Natürlich.« Schnell berichtete Sarah noch einmal von ihrem Erlebnis, dann machten sich die drei auf die Suche nach Spuren und fanden tatsächlich bald frische Fußabdrücke im Rosenbeet.

»Männerschuhe der Größe 8 oder 9«, stellte Stableford mit gespielter Ernsthaftigkeit fest. »Und wenn man genau hinsieht, erkennt man sogar ein Lochmuster im Sohlenabdruck. Die Sache wird interessant. Wenn mich nicht alles täuscht, trägt unser ›Hunne‹ tatsächlich Golfschuhe mit Stahlspikes.«

»John!«, sagte Harriet.

Stableford richtete sich auf. Der Klang ihrer Stimme verriet ihm untrüglich, dass sie etwas wirklich Beunruhigendes entdeckt hatte. Er trat neben sie. Stumm zeigte sie vor sich auf den Boden. Mitten im Beet lag ein Golfball. Im ersten Moment verstand Stableford nicht, was Harriet so erschreckt hatte, doch dann traute er seinen Augen kaum: Auf dem Ball, der zwischen Mrs Taylors Rosensträuchern lag, prangte ein schwarzes Hakenkreuz.

KAPITEL 2
Hinter der Hecke

»Mensch!«, rief Sarah aufgeregt und betrachtete den Ball in Stablefords Hand. »Papa wird Augen machen!«

»Das wird er ganz sicher«, erwiderte Stableford und reichte ihr das Beweisstück. »Lauf zurück ins Haus und zeig ihm das! Harriet und ich werden uns hier noch ein wenig umschauen.«

Sarah nickte und rannte davon. Als sie außer Sicht war, zog Stableford Harriet an sich. Sie küssten sich und er fuhr ihr durch die kurz geschnittenen kupferfarbenen Locken, die nach Veilchen dufteten. Doch dann löste sich Harriet von ihm und schaute ihn mit ihren graublauen Augen ernst an.

»Unser Fund hat dich also ebenso beeindruckt wie mich«, stellte Stableford fest. »Hast du eine Erklärung für den Golf spielenden ›Hunnen‹?«

»Nein, das heißt keine sinnvolle. Wenn er hier tatsächlich nach seinem verschlagenen Ball gesucht haben sollte, dann muss er ihn vom Grundstück der Rogies aus gespielt haben.« Harriet zeigte auf die Hecke. »Von der Dorfstraße wird er kaum gekommen sein und hinter Mr Hicks Cottage beginnt sofort der Wald.«

»Spielen die Rogies denn Golf?«

»Nun, das ist das Merkwürdige: Im Park von Annandale Grange wurde tatsächlich einmal Golf gespielt. Allerdings liegt das sehr lange zurück. Ich erinnere mich dunkel an Fairways und Fahnen, da muss ich fünf oder sechs Jahre alt gewesen sein. 1916 wurde das ganze Gelände dann zum Sperrgebiet erklärt, denn Sir Edmund Rogie hatte das Anwesen dem Militär zur Verfügung gestellt. Er war selbst ein hoher Offizier und blieb mit seiner Familie während dieser Zeit im Herrenhaus wohnen. Wenn ich Bella besuchte, musste ich die Straße entlang bis zum Tor gehen. In der Lodge dort waren Soldaten postiert und einer von ihnen begleitete mich dann immer bis zum Haus. Das war unheimlich, aber auch ziemlich aufregend. Als das Militär 1923 schließlich abzog, hatte sich die Natur den Park zurückerobert. Meines Wissens hat sich an diesem verwilderten Zustand bis heute nichts geändert.«

»Aber spricht der Golfball, den wir gerade gefunden haben, nicht dafür, dass sich vielleicht doch etwas geändert haben könnte? Wann hast du den Park das letzte Mal besucht?«

»Ehrlich gesagt habe ich ihn seit 1916 nicht mehr betreten. Auch nach dem Abzug des Militärs hatte Papa es uns verboten, denn es gab Gerüchte, dass dort allerlei Kriegsgerät getestet worden war. Er hatte wohl Angst, dass das Militär Waffen oder Munition zurückgelassen haben könnte.«

»Und in den vergangenen fünfzehn Jahren soll sich dort nichts geändert haben?«, fragte Stableford ungläubig.

»Zumindest halte ich es für unwahrscheinlich, dass der Golfplatz wieder hergerichtet wurde«, erwiderte Harriet. »Wer sollte denn hier auch spielen? Sir Edmund muss inzwischen über achtzig sein und die Dame des Hauses kann ich mir beim besten Willen nicht mit einem Golfschläger in der Hand vorstellen. Außerdem soll sie viel Zeit in London verbringen.«

»Du meinst Bellas Mutter?«

»Oh nein! Bellas Mutter starb während des Krieges. Ich meine Nita Nye.«

»Nita Nye?« Stableford war für einen kurzen Moment sprachlos. »Die berühmte West-End-Diva?«, brachte er schließlich heraus.

Harriet musste lachen. »Genau die! Aber die Zeiten ihrer großen Erfolge sind schon lange vorbei. Ich habe sie nur ein paar Mal hier gesehen. Fast alles, was ich über ihre Beziehung zu Sir Edmund weiß, stammt von Sarah. Sie schenkt seit Jahren am Handarbeitsnachmittag im Pfarrhaus den Tee aus. Zu diesem Termin treffen sich regelmäßig die älteren Damen unseres Dorfes. Es ist die reinste Gerüchteküche.«

»Und was erzählt man sich dort so über Nita Nye?«

»Nun, sie soll nach dem Krieg von ihrem Agenten um den Großteil ihres Vermögens gebracht worden sein. Als kurz darauf ihr Stern zu sinken begann, kam sie schnell in finanzielle Nöte und schloss sich gezwungenermaßen einer zweitklassigen Theatertruppe an, mit der sie übers Land tingelte. Sie führten alte West-End-Erfolge auf, und auch wenn sich der Rummel um ›die Nye‹ in London längst gelegt hatte, war ihr Name doch noch immer groß genug, um die Säle unserer Bade- und Kurorte zu füllen. Bei einem Engagement in Scarborough soll sie dann Sir Edmund kennengelernt haben, der dort einen Kongress der Königlichen Entomologischen Gesellschaft besuchte.«

»Sir Edmund sammelt Insekten?«

»Ja. Die meisten hat er in Schaukästen aufgespießt, aber er ist auch ein leidenschaftlicher Imker.«

»Kommen wir doch lieber wieder zu den Gerüchten zurück«, sagte Stableford, dem Insekten suspekt waren und der von Bienen nicht viel mehr wusste, als dass sie an einem Ende stechen konnten.

»Wie du meinst.« Harriet lächelte. »Nita Nye soll sich noch in Scarborough über den Vermögensstand Sir

Edmunds erkundigt haben und zog kurze Zeit später mit ihrem Sohn Nero in das Herrenhaus ein.«

»Nero?«

»Ja. Er ist das Ergebnis einer weit zurückliegenden Amour fou mit einem italienischen Grafen, der noch vor Neros Geburt reumütig zu seiner Frau zurückkehrte. Ich nehme an, dass Mrs Nye der fragwürdige Charakter des gleichnamigen römischen Kaisers unbekannt oder egal war. ›Nero‹ klang italienisch und passte perfekt zu ihrem Nachnamen.«

»Den sie auch nach der Eheschließung mit Sir Edmund weiter führt.«

»Nein, John«, widersprach Harriet. »Die Liaison zwischen Sir Edmund und Mrs Nye war und ist ein großer Skandal in Upper Biggins, denn die beiden haben bis heute nicht geheiratet. Sarah erzählte mir erst gestern, dass Miss Peabody von der Köchin, die im Herrenhaus beschäftigt ist, erfahren haben soll, dass Mrs Nyes Kammerzofe seit vielen Jahren regelmäßig theaterreife Szenen miterleben muss, in denen ihre Herrin Sir Edmund unter Einsatz von Tränen und fliegendem Porzellan zur Heirat drängt. Bisher ist der alte Herr in diesem Punkt allerdings standhaft geblieben. Ich denke, dass er dabei vor allem an Bella denkt.«

»Ihr Verhältnis zu Mrs Nye ist also nicht das beste?«

Harriet nickte nachdenklich. »Es ist schade, dass du sie noch nicht kennengelernt hast. Vielleicht können wir ihr in den nächsten Tagen einen Besuch abstatten. Ich hatte sie letztes Jahr zu unserer Hochzeit eingeladen, aber sie war zu dieser Zeit, glaube ich, in New York. Wir schreiben uns allerdings hin und wieder. Von Nita Nye erzählt sie zwar wenig, aber zwischen den Zeilen kann man einiges herauslesen. Da die Dame bei Sir Edmund in Bezug auf die Eheschließung offenbar nicht weiterkommt, versucht sie wohl schon seit einiger Zeit, eine Heirat zwischen Bella und ihrem Sohn Nero anzubahnen. Und ich kann dir versichern, dass Bella von diesem Plan ganz und gar nicht begeistert ist.«

»Hm«, machte Stableford und sah zur Hecke hinüber. »Sie versucht, ihre Schäfchen ins Trockene zu bringen, nehme ich an. Das alles ist zwar interessant, bringt uns dem unerhörten Vorfall, dessen Zeugin deine Schwester vorhin geworden ist, aber wohl kaum näher. Wollen wir dem in die Jahre gekommenen Verbot deines Vaters trotzen und einen Blick in den Park riskieren?«

»Ich dachte schon, du fragst nie«, antwortete Harriet und ging voran.

Nachdem sie sich einen Weg durch die dichte Eibenhecke gebahnt hatten, standen sie vor einer alten brusthohen Mauer aus roten Ziegelsteinen. In einem Abstand von etwa zehn Yards waren auf der Krone nachträglich Eisenträger eingelassen worden, zwischen denen mehrere Reihen Stacheldraht gespannt waren. Stableford betrachtete den verrosteten Draht, der den dahinterliegenden blauen Himmel zerschnitt, und erschauderte. Orte mochten sich ändern, aber der Himmel war überall derselbe. Sein Blick war nun der eines Gefangenen. Er erinnerte sich schmerzlich an das deutsche Lager für Offiziere, in dem er während des Krieges fast ein Jahr lang interniert gewesen war, bevor ihm die Flucht zurück nach England gelungen war. Mühsam versuchte er, diese dunklen Gedanken abzuschütteln. Dann gab er sich einen Ruck und folgte Harriet, die in der Zwischenzeit weiter an der Mauer entlanggegangen war. Nach etwa dreißig Yards fanden sie eine Stelle, an der ein Träger eingeknickt war. Auf der Mauerkrone entdeckten sie feuchte Erdreste.

»Damit ist wohl geklärt, dass Sarahs ›Spion‹ tatsächlich vom Grundstück der Rogies kam«, stellte Stableford fest und drückte den rostigen Draht nach unten. Er half Harriet über die Mauer und kletterte dann selbst hinterher. Auf der anderen Seite landete er in kniehohem Farn und blickte auf eine grüne Wand aus dichten Haselnusssträuchern. »Du hast nicht übertrieben, als du den Park ›verwildert‹ nanntest«, sagte er. »Aber da wir nun schon einmal hier sind, können wir ja wenigstens nachschauen, was sich hinter den Sträuchern verbirgt.« Er ging langsam voran und hielt die Zweige für Harriet zurück, die ihm folgte. Nach etwa zwanzig Yards blieb er abrupt stehen.

»Was siehst du?«, fragte Harriet neugierig.

Stableford machte einen Schritt zur Seite. »Die Erklärung für den Golfer in eurem Garten.«

Sie standen am Rande eines perfekt gemähten Grüns, in dessen Mitte eine rote Fahne das Loch markierte. Unweit davon befand sich ein frisch präpariertes Tee. Der Grasschnitt war nur wenige Tage alt.

»Sarahs ›Hunne‹ muss seinen Annäherungsschlag von dort drüben aus verzogen haben«, erklärte Stableford und zeigte auf das leicht abfallende Fairway zu seiner Rechten. »Es gibt hier keine Pfähle, die ein ›Aus‹ markieren, und so machte er sich wohl auf der anderen Seite der Mauer auf die Suche nach seinem Ball – wahrscheinlich in der Hoffnung, ihn von dort doch noch auf das Grün spielen zu können.«

»Unglaublich«, sagte Harriet.

»So sind die Regeln«, entgegnete Stableford irritiert.

»Ich meine unglaublich, dass niemand etwas von der Wiederherstellung des Golfplatzes mitbekommen haben soll, Sherlock. Das wäre doch eine Sensation in einem kleinen Dorf wie Upper Biggins, meinst du nicht? Außerdem gibt es hier genug junge Burschen, die man für die Arbeiten im Park hätte anstellen können. Aber das ist wohl nicht geschehen, sonst hätte Papa uns sicher davon erzählt. Man möchte fast meinen, dass die alten Bahnen heimlich instand gesetzt wurden.«

»Damit deutsche Spione hier unerkannt Golf spielen können?«, fragte Stableford amüsiert. »Pass lieber auf, was du sagst! Dein Vater würde dir für diese Theorie glatt das Lesen von Sensationsromanen verbieten.«

»Das glaube ich nicht«, entgegnete Harriet und lachte. »Er verschlingt sie ja selbst! Ich kenne sein Shilling-Shocker-Versteck hinter den Bänden von Wesleys Predigten in der Bibliothek. Bulldog Drummond, Dr Fu-Manchu, ›Tiger‹ Standish – du findest sie alle dort. Er liest sie am liebsten, wenn er mit dem Schreiben der Sonntagspredigt fertig ist.«

»Was du nicht sagst!« Stableford war verblüfft. Er schaute sich um, doch da er nichts Außergewöhnliches mehr entdeckte, schlug er vor, dass sie sich auf den Rückweg machten. »Was hältst du von ›Das Rätsel von Annandale Grange?‹«, fragte er unvermittelt, als sie gerade die Apfelbäume im Pfarrgarten passierten.

»Wie bitte?«

»Nun, als Titel für ein neues Stanford-Blake-Abenteuer! Der Beginn ist doch recht vielversprechend, meinst du nicht?«

»Sarah und Papa würden es lieben«, antwortete Harriet und nahm seine Hand.

KAPITEL 3
Das Abendmahl

»Und ihr habt wirklich nichts davon mitbekommen?«, fragte Harriet ungläubig und blickte abwechselnd in die Gesichter ihrer Eltern. Der gefundene Golfball war die Sensation des Nachmittagstees gewesen, doch erst jetzt, beim gemeinsamen Abendessen, hatten John und sie von ihrer Entdeckung auf der anderen Seite der Mauer erzählt.

»Nun«, begann ihre Mutter etwas verlegen. »Seit letzter Woche habe ich tatsächlich hin und wieder Motorengeräusche von dort drüben vernommen, aber ich habe mir nichts dabei gedacht.«

»Sagtest du nicht, es wäre auch wirklich an der Zeit, dass man den Park in Ordnung bringen würde, Elizabeth?«, mischte sich ihr Vater ein, während er die Schüssel mit den dampfenden Kartoffeln an John weiterreichte.

»Oh, sicher!«, erwiderte Harriets Mutter. »Aber dass Sir Edmund den Golfplatz wieder herrichten lässt, konnte doch wirklich niemand ahnen. Ich weiß nicht einmal, ob er noch einen Schläger halten kann. Mrs Hicks hat mir erst vor ein paar Tagen erzählt, dass er kaum noch das Haus verlässt. Sie beliefert die Küche von Annandale mit Eiern und Speck«, erklärte sie John, dann wandte sie sich wieder ihrem Mann zu: »Und die Köchin erwähnte ihr gegenüber, dass es um Sir Edmunds Gesundheit nicht zum Besten stehen würde.«

»Wer lebt denn sonst noch in diesem Haus?«, fragte John eher beiläufig. »Ich weiß von Sir Edmunds Tochter Bella und seit heute Nachmittag auch von Nita Nye und ihrem Sohn. Wie hieß er doch gleich?«

»Nero. Nero Nye«, antwortete Sarah und verzog das Gesicht zu einer Grimasse. »Der Name passt zu ihm. Er ist ein aufgeblasener Gockel, der sich für etwas Besonderes hält, und grüßt mich nicht einmal zurück, wenn ich ihn auf der Straße treffe. Vor ein paar Wochen half ich Mrs Morris bei der Inventur ihres Dorfladens. Es war zur Mittagszeit und das Geschäft war geschlossen. Plötzlich tauchte Nero auf und blieb vor dem Schaufenster stehen. Er dachte wohl, dass der Laden leer sei, und betrachtete sein Spiegelbild. Dann begann er sich zu drehen und zu wenden wie ein Mannequin, rückte seine Krawatte zurecht, lächelte sich selbstverliebt zu und verschwand wieder. Ein Schnösel eben!«

»Ganz recht, mein Kind«, sagte Harriets Vater zu ihrer Verwunderung. »Vielleicht etwas plakativ formuliert, aber in der Aussage durchaus stimmig. Er ist Mitte dreißig, lebt von Sir Edmunds Geld und gefällt sich in der Pose eines Dandys. Du kennst das Sprichwort ›Un inglese italianato è un diavolo incarnato‹, John? Genau so führt er sich auf.«

»Es ist bemerkenswert, dass ein südlich inspirierter Dandy in Yorkshires rauem Klima gedeiht«, sagte John amüsiert. »Und mehr Bewohner gibt es nicht?«

»Oh doch!«, entgegnete Harriets Mutter überrascht.

Die tagelange Wiederherstellung eines Golfplatzes auf dem Nachbargrundstück mochte ihr entgehen, aber wenn es um die Bewohner von Upper Biggins ging, wusste niemand besser Bescheid als sie. So war es schon gewesen, als Harriet ein Kind gewesen war, und offenbar hatte sich nichts daran geändert.

Ihre Mutter tastete nach ihrem Dutt, rückte ihren Stuhl etwas näher an den Tisch heran und sagte dann fast geheimnisvoll: »Da gibt es noch die Saintclairs.«

»Ein Ehepaar?«, fragte John.

»Geschwister. Phillipa, genannt Pip, und Robert. Sie sind die Kinder von Sir Edmunds Schwager und müssen jetzt beide um die dreißig sein.«

»Ihr Vater war der Bruder von Sir Edmunds verstorbener Gattin?«

»Genau. Als Peter Saintclairs Frau damals starb, holte ihn seine Schwester nach Annandale. Dort lebte er mit Pip und Robert bis zu seinem Tod. Er war mittellos und Sir Edmund ließ die beiden Kinder auch danach weiter bei sich wohnen. Robert ist mittlerweile sein Sekretär.«

»Und die Schwester?«

»Nun, Pip versucht sich als Hausdame, aber ich habe gehört, dass Mrs Nye dieses Arrangement nicht wirklich goutiert.«

»Und dann ist da noch Simon«, warf Sarah ein und wurde rot.

»Das stimmt, mein Engel«, sagte ihre Mutter. »Er ist allerdings kein Hausbewohner im gesellschaftlichen Sinne. Simon Hall ist der Chauffeur der Rogies, ein ganz reizender junger Mann. Schon sein Vater Thomas war Sir Edmunds Chauffeur. Er war ein brillanter Techniker und ein sehr guter Fotograf, der in der Garage sogar eine eigene Dunkelkammer besaß. Fast alle alten Fotos der Bewohner von Upper Biggins stammten von ihm. Er lebte mit seinem Sohn direkt über der Garage.«

»Und Simons Mutter?«, fragte John.

»Die hat ihren Mann kurz nach der Geburt ihres Sohnes verlassen. Als Simon sieben oder acht Jahre alt war, verschwand dann auch noch sein Vater ganz plötzlich über Nacht. Man hat nie wieder etwas von ihm gehört. Sir Edmund nahm den Jungen auf und sorgte für ihn, bis er die Stellung seines Vaters einnehmen konnte.«

»Sir Edmund scheint ein anständiger Mensch zu sein«, stellte John nachdenklich fest. »Gibt es denn sonst noch etwas über ihn zu erzählen?«

»Er sammelt Insekten«, antwortete Sarah und schüttelte sich.

»Das habe ich schon gehört und ich teile deine Skepsis gegenüber dieser Freizeitbeschäftigung. Aber es gibt doch sicherlich noch mehr zu berichten.«

Harriets Mutter überlegte kurz, dann sagte sie: »Nun, er war ein ziemlich hoher Offizier zur Zeit des Großen Krieges und stellte dem Militär damals sein Anwesen zur Verfügung. Der Park von Annandale wurde zum Sperrgebiet erklärt. Ehrlich gesagt wissen wir bis heute nicht, was sich in diesen düsteren Jahren dort abgespielt hat.«

»Das stimmt«, pflichtete ihr Harriets Vater bei. »Bis auf den Flugzeuglärm haben wir nichts von dort drüben mitbekommen.«

»Im Park gab es ein Flugfeld?«

»Nein, die Doppeldecker flogen nur alle paar Wochen sehr tief über das Anwesen. An bestimmten Tagen taten sie das fast stündlich, dann hatten wir wieder einige Wochen Ruhe.«

»Und ihr habt auch später Sir Edmund nie gefragt, was der Grund für diese Flüge war? Er ist doch euer Nachbar und Harriet ist mit seiner Tochter befreundet.«

»Das schon, aber …«

»Er ist katholisch«, mischte sich Sarah ein. »Die Rogies gehören zur Gemeinde von Lower Biggins. Wir sind also natürliche Feinde.«

»Sarah!«, ermahnte sie ihr Vater scharf. »Wir sind alle Gottes Kinder, auch die Katholiken. Sir Edmund ist ein ehrenwerter Gentleman, selbst wenn sein Verhältnis zu Mrs Nye durchaus skandalös genannt werden muss. Der katholische Glaube begünstigt freilich derlei frevelhaftes Verhalten, denn es liegt in seiner Natur, dass er die Fleischeslust …«

In diesem Moment klingelte das Telefon. Harriet atmete dankbar auf. Ihr Vater blickte sich irritiert im Zimmer um. Die Leitung im Pfarrhaus war schon vor vielen Jahren gelegt worden, doch da er jegliche Form moderner Technik ablehnte und die Anschlussnummer wie ein Staatsgeheimnis hütete, war der Apparat praktisch nie in Gebrauch. Für ihn war das Telefon eine Art Feuermelder, eine für den Notfall reservierte Alarmanlage. Während er sich dem Apparat zögerlich näherte, kam es Harriet in den Sinn, dass sie ihn tatsächlich nur ein einziges Mal hatte telefonieren sehen. In gewisser Weise hatte es sich damals auch wirklich um einen Notfall gehandelt, denn ihre Mutter war zu ihrem vierzigsten Geburtstag von einer Freundin nach Paris eingeladen worden und ihr Vater hatte ihr nach reiflicher Überlegung und dem Abwägen aller Eventualitäten von eben jenem Apparat aus in seinem besten Anzug gratuliert.

Als er nun das Telefon erreichte, rückte er seine Kragen zurecht, räusperte sich und nahm dann vorsichtig den Hörer ab. »Hier spricht Dr Samuel Taylor, der Vikar von Upper Biggins«, sagte er langsam und mit übertriebener Betonung, dann lauschte er. »Ganz recht … Gewiss … Einen Moment bitte!« Er legte den Hörer vorsichtig neben den Apparat. »Es ist für dich, John. Wohl ein Kollege aus London, nehme ich an.«

KAPITEL 4
Dr Holmes am Apparat

»Überraschung!«, rief eine leicht verzerrte Stimme am anderen Ende der Leitung, nachdem sich Stableford gemeldet hatte.

»Sind Sie das, Holmes?«

»Gut erkannt! Die Verbindung ist wohl besser, als ich dachte. Jetzt raten Sie mal, von wo aus ich Sie anrufe!«

»Aus London?«

»Kalt! Ganz kalt! Das können Sie besser! Ich gebe Ihnen einen Tipp: Ich melde mich aus der größten Grafschaft unseres Königreiches.«

»Sie sind in Yorkshire?«

»Ausgezeichnet! Ja, Yorkshire. Aber es kommt noch besser! Ich befinde mich in einem alten Herrenhaus nicht einmal fünfhundert Yards von Ihnen entfernt. ›Annandale Grange‹ heißt der alte Kasten. Tatsächlich grenzt der Park des Anwesens an das Pfarrhaus Ihres Schwiegerpapas.«

»Das erklärt es«, sagte Stableford ruhig.

»Wie meinen?«

»Nun, wir hatten heute Nachmittag einen Golf spielenden Gast im Pfarrgarten. Er war wohl auf der Suche nach seinem Ball, den wir inzwischen gefunden haben. Sie haben dort drüben Besuch aus Deutschland, nicht wahr?«

»Hm, ja«, gab Holmes zu. »Ich weiß zwar nicht, wie Sie das erraten haben, aber genau aus diesem Grund rufe ich an. Die Situation hier erfordert Ihre Anwesenheit. Ich kann am Telefon nicht darüber sprechen, aber Sie können sich sicherlich denken, dass es sich um eine Angelegenheit handelt, die die nationale Sicherheit betrifft. Könnten Sie

Sir Edmund Rogie morgen Nachmittag Ihre Aufwartung machen? Zusammen mit Harriet, versteht sich.«

»Sicher. An welche Uhrzeit hatten Sie denn gedacht?«

»Vier Uhr wäre perfekt. Ich werde Sie in der Nähe der Lodge erwarten. Und noch eines: Bitte erscheinen Sie in Abendgarderobe! Es wird später ein Bankett stattfinden, an dem Sie beide teilnehmen werden.«

»Nun gut. Dann sehen wir uns morgen.«

»Ta-ta!«, rief Holmes, dann wurde die Verbindung mit einem lauten Knacken unsanft beendet.

Wie in Trance ging Stableford zurück zum Tisch und setzte sich neben Harriet. Seit seinem Besuch im War Office vor drei Monaten hatte er auf seinen ersten Einsatz für den Inlandsgeheimdienst gewartet. Holmes hatte ihn nach ihren ersten beiden gemeinsamen Abenteuern endlich rekrutieren können und war nun sein offizieller Verbindungsmann.

Jetzt ist es also so weit, dachte Stableford mit gemischten Gefühlen.

Was würde ihn und Harriet morgen erwarten? Holmes' Andeutungen waren mehr als deutlich gewesen. Konnte es wirklich ein Zufall sein, dass sie sich in direkter Nachbarschaft befanden? Und woher kannte Holmes überhaupt ihren Aufenthaltsort?

»Ist alles in Ordnung, John?«, fragte Harriet.

»Oh ja, sicher«, antwortete Stableford mit gespielter Heiterkeit. »Bestens. Hast du ein Abendkleid dabei?«

»Ein Abendkleid?«

»Ja. Wir werden morgen an einem Bankett teilnehmen.«

»Dann wollt ihr uns schon wieder verlassen?«, rief Mrs Taylor bestürzt. »Aber Harriet, deine Schwestern kommen doch in drei Tagen zum Geburtstag deines Vaters! Ihr habt euch so lange nicht gesehen.«

»Keine Angst, Elizabeth«, beschwichtigte Stableford seine Schwiegermutter. »Wir werden nicht abreisen. Das Bankett findet im Herrenhaus der Rogies statt.«

»Bei den Rogies?« Der Vikar blickte auf und verfehlte sein Glas, in das er gerade Wein nachschenken wollte.

»Oh Samuel!« Mrs Taylor reichte ihm das Salznäpfchen.

»Dann war es also doch ein Spion, den ich im Garten entdeckt habe!«, sagte Sarah triumphierend. »Und du sollst ihn während des Festes entlarven, weil du Deutsch sprechen kannst, John?«

Stableford überlegte einen Moment und kam dann zu dem Schluss, dass es zu diesem Zeitpunkt keinen Grund gab, etwas zu verschweigen. »Das war Dr Holmes am Apparat«, erklärte er. »Ihr kennt ihn alle von unserer Hochzeit. Er war mein einziger Gast.«

»Percy!«, rief Sarah. »Der war lustig. Er hat sogar Papa zum Lachen gebracht.«

»Bis zur Brautentführung«, warf Mrs Taylor ein.

»Ganz recht«, meinte der Vikar. »Das war wohl der Tiefpunkt der Feier.«

»Aber er hat sich sehr höflich entschuldigt, Samuel«, gab Mrs Taylor zu bedenken.

»Das hat er, und es war ja auch wirklich nett gemeint«, sagte Stableford. »Er hatte auf einer Reise durch Bayern davon gehört und dachte wohl, es sei ein typisch deutscher Brauch. Leider kannte ich ihn nicht.«

»Wahrscheinlich spricht man im Red Lion noch heute von Percy und der Frau in Weiß«, sagte Harriet düster. »Wir saßen zwei Stunden an der Bar, tranken einen Dubonnet nach dem anderen und warteten vergeblich auf den Bräutigam, bis Percy ein Einsehen hatte und unsere Rückkehr empfahl.«

»Nun, sie kam spät, aber immerhin nicht zu spät, nicht

wahr?«, entgegnete Stableford. »Den Anlass für das Bankett kenne ich übrigens nicht, aber ich würde ausschließen, dass sich ein deutscher Spion unter die Gäste gemischt hat, Sarah.«

»Vielleicht hat Mrs Nye es ja doch endlich geschafft, Sir Edmund zur Verkündung ihrer Verlobung zu bewegen«, überlegte Mrs Taylor laut.

»Vielleicht.« Harriet wirkte nachdenklich. »Aber das würde weder unsere Einladung noch Percys Anwesenheit erklären.«

»Ignoramus«, sagte der Vikar bedeutungsschwanger und strich mit seinem Messer über den Salzhügel auf dem Rotweinfleck. »Wir wissen es nicht, aber ich bin mir sicher, dass unser schreibender Meisterdetektiv die Antwort schon morgen finden wird.«

Stableford schwieg. Er war auf die Aufgabe gespannt, die ihm zugedacht war, aber ihre offensichtliche Verbindung zum Deutschen Reich schmeckte ihm ganz und gar nicht. Hatte Holmes' Einladung etwas mit seiner eigenen Vergangenheit zu tun? Mit seiner Kriegsgefangenschaft, deren Umstände man ihm böswillig durchaus als einen Pakt mit dem Teufel auslegen konnte? Er blickte auf die alte Grabenuhr an seinem Handgelenk und musste an die Initialen denken, die auf ihrem Boden eingraviert und nicht seine eigenen waren. War sein Geheimnis in Gefahr?

KAPITEL 5
Die Lodge

Den ganzen folgenden Morgen über sprach John praktisch kein Wort. Harriet ließ ihn in Ruhe, denn sie spürte, dass er mit seinen Gedanken allein sein wollte. Hatte sein Zustand etwas mit Percys Anruf zu tun? Sie hätte keinen Grund dafür nennen können, aber John wirkte seit dem Telefonat irgendwie beunruhigt.

Um neun Uhr verließ sie zusammen mit ihrer Mutter und Sarah das Haus. Sie fuhren mit dem Bus nach Scarborough, um ein Abendkleid für Harriet zu kaufen, denn während John nie ohne einen formellen Anzug im Gepäck reiste, hatte sie nichts Passendes für das Bankett dabei. In einem kleinen Geschäft nahe der Strandpromenade erstand sie ein schlicht geschnittenes, aber dennoch elegantes blassgelbes Kleid, und nachdem sie noch eine Weile durch den Ort gebummelt waren, machten sie sich auf den Rückweg.

Als sie gegen ein Uhr aus dem Bus stiegen, regnete es stark. Die Haltestelle von Upper Biggins befand sich direkt vor dem Dorfladen, und so beschlossenen sie, Mrs Morris einen spontanen Besuch abzustatten. Mrs Morris war hocherfreut, führte die drei in ihre gute Stube, die an das Ladengeschäft angrenzte, und machte Tee. Sie plauderten über dies und das, tauschten Geschichten und Gerüchte aus, bis Harriet eher zufällig auf die Uhr auf dem Kaminsims blickte und erschrak. Es war schon nach drei Uhr! Hastig verabschiedete sie sich, lief zum Pfarrhaus und öffnete kurz darauf die Tür zu ihrem alten Zimmer im ersten Stock.

John stand vor dem Spiegel und versuchte eine Krawattenschleife zu binden. Sein Gesicht verriet ihr, dass er an dieser Aufgabe schon mehrmals gescheitert war. Die Narbe über seiner rechten Augenbraue verlieh ihm generell etwas Düsteres, doch in diesem Moment hatte er fast etwas Mephistophelisches an sich.

»Ich hasse diese steifen Veranstaltungen«, sagte er mürrisch und gab Harriet einen Kuss.

»Und ich bin froh, dass du deine Sprache wiedergefunden hast«, entgegnete sie, während sie den schwarzen Querbinder mit ein paar Handgriffen in Position brachte.

Es war Viertel vor vier, als sie das Pfarrhaus verließen. Die Sonne schien, aber über die bewaldeten Hügel im Norden zogen bereits die nächsten dunklen Wolken heran.

»Bist du denn gar nicht neugierig, warum Percy uns eingeladen hat?«, fragte Harriet, als sie Hand in Hand die Straße entlanggingen.

»Ein wenig«, gab John zu und trat nach einem Stein. »Aber auf das anstehende Händeschütteln und die belanglosen Gespräche über das Wetter kann ich gerne verzichten. Ich frage mich nur, woher Holmes wusste, dass wir zum Geburtstag deines Vaters nach Upper Biggins reisen würden.«

Harriet zögerte einen Moment und sagte dann etwas kleinlaut: »Von mir.«

»Von dir?«

»Ja. Es liegt schon einige Zeit zurück. Wir waren mit Percy und Penelope im Theater und danach in einem Club in Soho. Das war Ende Februar, glaube ich. Jedenfalls fragte er mich beim Tanzen ganz beiläufig, ob wir in nächster Zeit meine Eltern besuchen würden, und ich erzählte ihm von unserer Absicht, im April zum Geburtstag meines Vaters herzukommen.«

»Und wie hat er darauf reagiert?«

»Das weiß ich nicht mehr. Aber ist das ein Problem?«

»Ein Problem? Nein. Doch seine Anwesenheit in Upper Biggins kann kein Zufall sein.«

Mittlerweile hatten sie das hohe schmiedeeiserne Tor zu der Auffahrt erreicht, die zum Herrenhaus führte. Es war nur angelehnt, und so betraten sie den Park von Annandale Grange. Zu ihrer Rechten lag die Lodge. Wie die Mauer, die das Anwesen umgab, war sie aus roten Ziegelsteinen errichtet worden – ein sachlicher Bau, dem Harriet keine Stilrichtung zuordnen konnte. Dass die Lodge unbewohnt war, stand außer Frage. Die Fenster waren blind. Auf der Seite, die zur Straße lag, waren sogar einige Scheiben kaputt.

Die Dorfjugend, dachte Harriet und blickte sich um.

Von Percy war weit und breit nichts zu sehen. Harriet wunderte sich nicht, denn seine Unpünktlichkeit war notorisch. Allerdings hatten die dunklen Wolken sie mittlerweile eingeholt und es begann fast schlagartig zu regnen.

»Typisch Holmes«, sagte John düster und blickte auf seine Uhr. »Wollen wir nachschauen, ob sich die Tür öffnen lässt, bevor wir hier draußen ertrinken?«

Harriet nickte. Sie gingen um die Lodge herum, fanden die Tür unverschlossen und traten ein. Bis auf zwei einfache Stühle waren die beiden Zimmer, deren Fenster zur Auffahrt gingen, leer. Die Wände waren feucht. An einigen Stellen hatten sich die Tapeten gelöst und in den Ecken waren schwarze Schimmelflecken sichtbar. Sie mussten die ersten Besucher seit vielen Jahren sein, denn das alte Parkett war von einer dichten Staubschicht bedeckt, auf der sie deutliche Fußspuren hinterließen, die aber sonst unberührt war.

»Hier waren die Wachen postiert, als Annandale ein Militärstützpunkt war«, sagte Harriet mit einer Spur von Melancholie in der Stimme. »Vielleicht habe ich damals auf genau einem dieser Stühle gesessen, während man mit dem Herrenhaus telefonierte und einen Besucher ankündigte. ›Miss Taylor für Miss Rogie‹, hieß es dann immer, daran kann ich mich noch genau erinnern. Ich war ein wenig stolz, weil es so erwachsen klang, aber irgendwie auch verängstigt.«

»Kein Wunder! Für ein Kind muss das sehr aufregend gewesen sein. Warst du damals auch mal in den hinteren Räumen der Lodge?«

»Nein. Willst du sie dir ansehen?«

John nickte und ging voran in den schmalen Flur. Das Zimmer, das sie dann betraten, erstreckte sich über die volle Breite des Hauses. Es zeigte noch deutlich die Spuren einer entfremdeten Nutzung: An der gesamten Rückwand des Raumes war ein massives dunkles Holzregal errichtet worden, dessen große Fächer bis zur Decke reichten. Das Regal war leer, aber John begann sofort, die oberen Böden abzutasten.

Er ist vierundvierzig und benimmt sich doch manchmal wie ein Detektiv spielender Schuljunge, dachte Harriet und musste schmunzeln.

Zu ihrer Überraschung wurde seine kindliche Neugier belohnt, denn er fand tatsächlich ein vergilbtes Stück Papier, das sie kurz darauf gemeinsam am Fenster untersuchten. Das karierte Blatt musste aus einem Block oder Notizheft herausgerissen worden sein. Es handelte sich um eine handschriftlich verfasste zweispaltige Liste. Über der linken Spalte stand »Ware«, über der rechten »Menge«.

»Kannst du die Schrift entziffern?«, fragte John.

»Ja«, antwortete Harriet und begann die Einträge auf der linken Seite vorzulesen: »Zinnoberrot, Bleiweiß, Chromgelb, Chromorange, Umbrabraun, Eisenoxidrot, Flammruß, Smaragdgrün, Braunschweiger Grün, Ocker, Ultramarinblau. Das liest sich wie die Palette eines Malers.« Sie blickte auf die rechte Spalte und stutzte. »Die Mengen sind allerdings bemerkenswert. Wofür braucht man denn einen Vorrat von zwanzig Fünf-Gallonen-Dosen Chromgelb und acht Pfund-Dosen Eisenoxid-Pigment?«

»Ich habe keine Ahnung, aber lies doch bitte weiter vor!«

»Sackleinen, 40 Yards; Gaze, 24 Yards; Kaliko, 12 Yards; Fischernetz (engmaschig), 60 Stück (30 x 30 Fuß); Maschendraht, 6 Rollen; Leim, 12 Gallonen; Leinöl (gekocht), 16 Gallonen; Bast (gebleicht), 31 Rollen. Und, Sherlock, hast du mittlerweile eine Idee?«

»Zur Verwendung dieser Artikel? Nein. Aber ich denke, dass es sich um eine Art Inventarliste handelt und das Regal zur Lagerung der Waren diente, die vermutlich am Tor angeliefert wurden. Kannst du die aufgezählten Dinge in einen Zusammenhang bringen?«

»Nun, die Mengen irritieren mich immer noch, aber ich musste sofort an Künstlerateliers denken. Viele Maler, für die ich früher Modell gesessen habe, sammelten solche Sachen in kleinen Mengen und experimentierten mit ihnen. Sie waren von Braque und Picasso inspiriert und kombinierten die verschiedensten Materialien zu fast dreidimensionalen Collagen. Ich kann mich an welche erinnern, auf die Bast, Gaze und bemalte Holzstücke geleimt worden waren.«

»Warte einen Moment!«, sagte John und verschwand im Flur. Als er zurückkam, trug er zwei mannshohe holzgerahmte Leinwände vor sich her, deren Vorderseiten mit staubigen Tüchern abgedeckt waren. »Die hatte ich vorhin hinter der Eingangstür entdeckt. Wer sagt denn, dass unser Fund etwas mit der militärischen Nutzung von Annandale zu tun haben muss? Möglicherweise hast du das Rätsel dieser Liste ja schon gelöst und wir haben das ehemalige Lager einer Künstlerkolonie entdeckt.«

»In Upper Biggins?«

»Warum denn nicht? Viele dieser Gemeinschaften zog es aufs Land. Denk nur an Ditchling oder die Staithes Group hier in Yorkshire.«

»Und wir sollen die ganze Zeit über nichts davon mitbekommen haben?«

»Ich gebe zu, dass es unwahrscheinlich ist, aber nach unserer gestrigen Unterhaltung beim Abendessen habe ich den Eindruck, dass die Einheimischen kaum etwas Konkretes über Annandale und seine Bewohner wissen«, erwiderte John und lehnte die gerahmten Leinwände nebeneinander an das Regal. Dann griff er nach dem ersten Tuch. »Bist du bereit? Vielleicht entdecken wir gleich die erste Maschendraht-Collage der Kunstgeschichte.«

»Oder ein verschollenes Gemälde der Royal Academy«, entgegnete Harriet und lachte. »Das Format passt doch eher zu einem Gainsborough oder Turner – meinst du nicht? Eine Collage dieser Größe habe ich noch nie gesehen.«

John zog das Tuch ab und trat neben sie. Als sich die Staubwolke gelegt hatte, erblickte sie ein beeindruckendes Bild, wenn auch nicht gegenständlich und ohne eine vorherrschende Perspektive. Die einzelnen kantigen Flächen, in Grün, Beige, Pink und Dunkelgrau gehalten, waren von unterschiedlicher Form und Größe. Sie schienen gegeneinander zu arbeiten und ergaben doch eine fast organisch zu nennende Einheit. Das Bild wirkte, als hätte der Maler eine Landschaft seziert, von Details und Perspektiven befreit und die so entstandenen abstrakten Elemente wieder zusammengefügt.

»Keine Collage«, sagte John fast enttäuscht. »Kubistisch?«

»In gewisser Weise. Aber es fehlt der gegenständliche Bezugspunkt.«

»Ah«, machte John. Dann ging er zur zweiten Leinwand und enthüllte auch sie.

Der Formenaufbau dieses Bildes war mit dem des ersten identisch, nur dass die einzelnen Flächen hier hellgrau, hellgrün und senffarben waren.

»Interessant«, bemerkte Harriet nachdenklich. »Eine Farbstudie?« Aber ihr war bewusst, dass die Dimension der Bilder dagegensprach.

Plötzlich knarrte der Boden hinter ihnen und eine männliche Stimme rief: »Hände hoch!«

KAPITEL 6
Annandale Grange

»Verdammt, Holmes!«, schimpfte John. »Sie haben uns einen ordentlichen Schrecken eingejagt.«

»Ist das nicht der Sinn eines Streichs? Aber ich gebe zu, dass es etwas kindisch war, und entschuldige mich dafür. Und da ich schon einmal dabei bin, möchte ich mich auch gleich für mein verspätetes Erscheinen entschuldigen. Als wir gerade losgehen wollten, fing es an, wie aus Eimern zu gießen!«

»Wir?«, fragte Harriet überrascht.

»Ja, ich habe jemanden mitgebracht, der es kaum erwarten kann, dich zu sehen.«

Der Boden knarrte abermals und Bella betrat das Zimmer. Sie war so alt wie Harriet, dreißig, doch in diesem Moment wirkte sie eher wie ein verunsichertes Kind, was nicht zuletzt an ihrer Kleidung lag: Sie trug einen viel zu weiten Mackintosh-Regenmantel, dessen Ärmel ölverschmiert waren, und alte Gummistiefel, die ihr wenigstens drei Nummern zu groß waren.

»Oh, Harry«, sagte sie leise und ihre großen blauen Augen füllten sich mit Tränen.

Die beiden Frauen fielen sich in die Arme. In diesem Augenblick wurde Harriet klar, was Bella verunsichert hatte: die Frage nach dem Stand ihrer Freundschaft. Ihr selbst war es für einen kurzen Moment ähnlich ergangen. Doch trotz der langen Zeit, die seit ihrer letzten Begegnung vergangen war, hatte sich tatsächlich keine Distanz zwischen ihnen aufgebaut. Ihre Freundschaft war unversehrt geblieben.

»Darf ich dir meinen Mann vorstellen?«, fragte Harriet glücklich. »John – das ist Annabella Rogie, meine alte Freundin Bella.«

»Es freut mich, Sie endlich kennenzulernen«, sagte John und gab Bella die Hand.

Bella ergriff sie kurz, als ihr offenbar ihr Aussehen bewusst wurde. Schnell wischte sie sich über die Wangen. Dann blickte sie an sich herunter und musste lachen.

»Bitte verzeihen Sie meinen rustikalen Aufzug! Ich hatte mich schon für das Bankett umgezogen, als ich Dr Holmes zufällig in der Halle traf. Er erzählte mir, dass du in Upper Biggins bist«, sie lächelte Harriet zu, »und dass er auf dem Weg zum Tor sei, um euch abzuholen. Natürlich wollte ich ihn begleiten, also schnappte ich mir Vaters Stiefel, und als wir auf dem Weg Simon trafen, borgte er mir seinen Mantel für den Fall, dass es wieder regnen würde.«

»Das erklärt die ölverschmierten Aufschläge«, bemerkte John mehr zu sich selbst.

»Wie bitte?«

»Hör nicht auf ihn!«, sagte Harriet heiter. »John schreibt Kriminalromane und versucht sich gerne als Meisterdetektiv. Der Name eures Chauffeurs fiel gestern während des Abendessens. Den Rest nennt man wohl ›Deduktion‹.«

»Ich weiß!«, erwiderte Bella. »An Sherlock Holmes' Abenteuern kommt niemand vorbei, der sich bei Miss Peabody Bücher ausleiht. Die ölverschmierten Ärmel deuten auf den Umgang mit Automobilen hin. Also gehört der Mantel dem Chauffeur des Hauses.«

»Ausgezeichnet!«, mischte sich Percy ein und ging einen Schritt zur Tür. »Aber wir sollten uns jetzt auf den Rückweg machen. Der nächste Schauer kommt bestimmt und ich habe nur diesen einen Abendanzug dabei.«

Sie verließen die Lodge und folgten der Auffahrt.

Während sie durch ein kleines Waldstück gingen, nahm Bella Harriets Arm und sagte: »Es ist so schön, dich endlich wiederzusehen!«

»Das finde ich auch«, gab Harriet zurück und strahlte sie an.

»Hat Ihr Vater eigentlich ein Herz für die bildende Kunst, Miss Rogie?«, fragte John nach einer Weile.

Bella wirkte überrascht. »Mein Vater? Gewiss nicht! Er war Colonel der Royal Engineers und kann Ihnen erklären, wie man Brücken baut und Gräben trockenlegt. Aber ich bin mir sicher, dass er einen Rembrandt nicht von einem Singer Sargent unterscheiden kann. Er ist ein Mann der Naturwissenschaften. Dort, wo in anderen Häusern Gemälde an den Wänden hängen, finden Sie bei uns Insektenkästen. Aber wie kommen Sie eigentlich darauf, Mr Stableford?«

»Es war nur so ein Gedanke«, entgegnete John und blieb plötzlich stehen.

Harriet wusste genau, was er entdeckt hatte. Sie waren gerade um eine kleine Biegung gekommen und vor ihnen lag nun das Herrenhaus. Es hatte sie schon als Kind beeindruckt. Damals hatte es auf sie wie ein verwunschenes Märchenschloss gewirkt und es war immer noch ein imposanter Anblick. Aus architektonischer Sicht konnte man Annandale wohl nur als verpfuscht bezeichnen. Der Kern des Hauses war schon vor langer Zeit durch die vielen An- und Umbauten unkenntlich geworden. Der linke Flügel wies Fachwerkelemente im Tudorstil auf, daneben reckten sich schmale gotische Lanzettfenster dem Himmel entgegen. Rote Ziegel und graue Granitblöcke dominierten die Front. Einige Teile waren anspruchsvoll mit Giebeln und Brüstungen verziert, andere schlicht und dem Zweck folgend erbaut worden. Die verschiedenen Hausherren hätten kaum unterschiedlicher in ihren architektonischen Geschmäckern sein können, und doch hatten sie über die Generationen hinweg wohl eine Vorliebe geteilt: ein behagliches, warmes Heim. Die Anzahl der Schornsteine – einige schlicht gemauert, andere aus fein graviertem Ton, manche mehr, manche weniger verwittert – ließ den Schluss zu, dass jedes Zimmer mindestens zwei Kamine haben musste.

»Überwältigend, nicht wahr?«, sagte Bella mit einem ironischen Unterton zu John.

»In der Tat«, entgegnete der sichtlich beeindruckt. »Es wirkt wie ein eingefrorenes Kaleidoskop der Architektur- geschichte des britischen Herrenhauses. Annandale muss sehr alt sein, wenn man bedenkt, dass viele der Umbau- ten aus elisabethanischer Zeit stammen. Man könnte fast meinen, dass es tatsächlich einmal der mittelalterliche Gutshof eines Klosters war.«

»Wie kommen Sie darauf?«, fragte Percy irritiert.

»Das Wort ›Grange‹ leitet sich vom lateinischen ›gra- num‹ ab. Das bedeutet ›Korn‹, wie Sie als Doktor und alter Lateiner sicherlich wissen. Die Gutshöfe, die früher die Klöster versorgten, nannte man ›Grangien‹ und daraus entwickelte sich in Frankreich und England die Bezeich- nung ›Grange‹ für das Gutshaus.«

»Ich bin beeindruckt«, sagte Bella. »Und der Pfarrer von Lower Biggins wäre hocherfreut. Reverend Smythers ist davon überzeugt, dass es nicht weit von hier mal ein katholisches Kloster gegeben hat. Im angrenzenden Wald finden sich auch tatsächlich ein paar Ruinen, von denen manche behaupten, es seien die Überreste dieses ver- meintlichen Klosters. Das Problem ist nur, dass es nir- gends erwähnt wird.«

»Und seit wann leben die Rogies hier?«

»Seit vielen Generationen, aber so genau weiß das niemand. Unsere Familie stammt ursprünglich aus Schottland, aus einem Tal namens Annandale. Warum die Rogies aber irgendwann Richtung Süden gezogen sind, ist nicht bekannt. Vielleicht ist es ja besser so.«

Sie gingen langsam weiter.

»Wissen Sie auch etwas über den Hügel dort drüben?«, fragte Percy und zeigte auf eine Erhebung unweit des Hauses, auf der drei scheinbar uralte tote Bäume zwischen ein paar niedrigen Sträuchern standen. »Er ist doch sehr auffällig und wirkt auf mich irgendwie bedrohlich, ohne dass ich sagen könnte, woran das liegt. Ich hatte schon Ihren Vater danach gefragt, aber er schien mir auszuweichen.«

»Oh!« Bellas Gesicht verfinsterte sich. »Sie meinen die Unheimlichen Schwestern. Bitte nehmen Sie es meinem Vater nicht übel, aber dieser Hügel ist ein ewiger Streitpunkt zwischen ihm und unserem Pfarrer und er wird nicht gerne daran erinnert.«

»Was hat denn der Pfarrer damit zu tun?«, fragte Harriet.

»Er ist sehr an der Geschichte unserer regionalen Bräuche und Sagen interessiert«, erklärte Bella. »Die Unheimlichen Schwestern galten hier in der Umgebung wohl lange Zeit als verfluchter Ort, an dem sich Hexen trafen, um den Teufel anzubeten.«

»Das stimmt«, sagte Harriet. »Jetzt, wo du davon sprichst, erinnere ich mich daran, dass uns mein Vater davon erzählt hat.«

»Früher lag der Hügel inmitten eines dichten Buchenwaldes«, fuhr Bella fort. »Für den Golfplatz wurden die meisten Bäume dann gerodet. Die drei auf dem Hügel blieben jedoch stehen, da sich die Waldarbeiter geweigert haben sollen, sie zu fällen.«

»Sie sehen aus, als ob sie vor langer Zeit vom Blitz getroffen wurden«, bemerkte Percy.

»Ganz richtig. Das erklärt auch die fehlenden Kronen. Wahrscheinlich wurden die Gerüchte von ihrem bizarren Aussehen inspiriert. Reverend Smythers hat sogar eine Erklärung, wie die Baumgruppe zu ihrem Namen gekommen sein könnte.«

»Shakespeare?«, fragte John.

Bella lächelte. »Sie denken an Macbeth? Dann werden Sie staunen! Die Einheimischen nannten den Buchenwald einfach nur ›The Beeches‹. Daraus soll dann im Laufe der Zeit und vom Aberglauben geschürt ›Three Witches‹ geworden sein. Die spätere Bezeichnung ›Unheimliche Schwestern‹ könnte tatsächlich aus Shakespeares Macbeth stammen, denn sie erlaubte es, von diesem Ort zu sprechen, ohne das Wort ›Hexe‹ verwenden zu müssen.«

»Eine bemerkenswerte These«, gab John zu. »Aber worüber streiten denn nun Ihr Vater und der Pfarrer genau?«

»Das ist eine dumme Geschichte. Als mein Vater die Bäume nach dem Krieg endgültig fällen lassen wollte, berief unser Pfarrer eine Kommission ein, die sich für den Erhalt alter Kultstätten starkmacht, auch für die Unheimlichen Schwestern. Mein Vater empfand diesen Schritt als anmaßend und verwehrte den Kommissionsmitgliedern den Zugang zu unserem Anwesen. Er hat die Bäume zwar bis heute nicht gefällt, aber man hat ihn seit dieser Zeit auch nicht mehr in der Kirche von Lower Biggins gesehen.«

Mittlerweile waren sie am Haus angelangt.

»Darf ich dir deinen Gatten für ein paar Minuten entführen?«, fragte Percy Harriet.

»Sie dürfen!«, mischte sich Bella ein, bevor Harriet antworten konnte. »Wollen wir zum Pavillon spazieren, Harry? Er ist noch genau so, wie du ihn in Erinnerung haben wirst.«

»Als wir mit unseren Puppen dort Tee tranken?«

»Ja!« Bella wandte sich an Percy: »Wollen wir uns in fünfzehn Minuten wieder hier vor dem Haus treffen? Ich würde gerne noch etwas an der frischen Luft bleiben, bevor das Bankett beginnt.«

»Abgemacht«, sagte Percy kurz.

Harriet wunderte sich über den ernsten Klang seiner Stimme. Dachte er noch immer an die Unheimlichen Schwestern?

Sie folgte Bella. Als sie sich noch einmal umdrehte, waren John und Percy verschwunden.

KAPITEL 7
Das Briefing

Schweigend lief Stableford neben Holmes her, bis sie das Ende der Hausfront erreicht hatten. Vor ihnen lag eine mit Sträuchern bepflanzte tiefe Böschung und zu ihrer Linken führten drei steinerne Treppenstufen auf eine große Terrasse, die über die gesamte Länge der Gebäudeseite reichte und die sie nun betraten. Das Haus war hier sehr schlicht gehalten. Nur im ersten Stockwerk gab es vier große Flügelfenster, die auf einen schmalen Austritt führten.

Sie gingen weiter bis zu einer flachen Balustrade und betrachteten eine Zeit lang das frisch gemähte Doppel-Grün unter ihnen.

»Sie fragen sich sicherlich, warum ich hier bin«, begann Holmes endlich und nahm eine Zigarette aus seinem Etui.

»Nun, ehrlich gesagt frage ich mich eher, warum wir hier sind. Gehe ich recht in der Annahme, dass es etwas hiermit zu tun hat?« Stableford griff in seine Jackentasche und reichte Holmes den Golfball, den sie tags zuvor zwischen den Rosensträuchern gefunden hatten.

Holmes verzog keine Miene. Er betrachtete kurz das kleine Hakenkreuz und steckte den Ball dann ein. Anschließend wartete er, bis Stableford seine Pfeife gestopft und entzündet hatte, und akzeptierte das ihm angebotene brennende Streichholz. Sie rauchten.

»Können Sie sich an das große Golfturnier erinnern, das kurz nach den Olympischen Spielen in Berlin ausgetragen wurde?«, fragte Holmes nach einer Weile.

»Nein«, entgegnete Stableford knapp.

»Es fand Ende August 1936 in Baden-Baden statt. Sieben Länder kämpften in Zweier-Teams um den ›Golfpreis der Nationen‹. Hitler selbst hatte die Trophäe gestiftet – einen vergoldeten Silberteller mit acht eingelegten Bernsteinscheiben. Der ›Führer‹ hatte auf einen deutschen Sieg gehofft und wollte die Trophäe in diesem Fall selbst überreichen.«

»Und das deutsche Team hat das Turnier gewonnen?«

»Nun, tatsächlich lagen die Deutschen nach dem ersten Tag sensationell mit fünf Schlägen vor England in Front. Nach der Vormittagsrunde am Finaltag waren es immerhin noch drei Schläge und Ribbentrop informierte Hitler begeistert über einen möglichen bevorstehenden Sieg.«

»Ribbentrop? Sie meinen doch nicht etwa den deutschen Botschafter in London?«

»Genau den! Er war zugegen, weil er mit dem Präsidenten des deutschen Golfverbandes verwandt ist. Hitler war hocherfreut und machte sich sofort auf den Weg nach Baden-Baden. Die Nachmittagsrunde verlief allerdings zu Ungunsten der Deutschen. Unsere Jungs behielten die Nerven. Tommy Thirsk spielte eine 65, Arnold Bentley zwar nur eine 75, aber das reichte für den Sieg. Frankreich wurde Zweiter und das niedergeschlagene deutsche Team sogar nur Dritter.«

»Jetzt, wo Sie die Namen nennen, kommt mir die Geschichte doch bekannt vor«, sagte Stableford nachdenklich. »Der ›Führer‹ und Reichskanzler musste also in den sauren Apfel beißen und seine Trophäe den Engländern überreichen?«

»Oh, nein! Als das Ergebnis feststand, verschwand Ribbentrop mit einem Wagen, um Hitler die schlechte Nachricht zu übermitteln und ihn aufzuhalten. Der ›Führer‹ soll getobt haben, ließ seine Staatskarosse wenden und fuhr zurück nach Berlin.«

»Eine interessante Anekdote. Aber was hat sie mit uns zu tun?«

Holmes lächelte. »Praktisch seit diesem Tag drängt das Deutsche Reich auf einen Rückkampf. Die Niederlage muss tiefer gesessen haben, als man annehmen würde. Das Ganze begann mit einfachen Anfragen des deutschen Golfverbandes, wurde jedoch bald zu einem diplomatischen Anliegen. Im letzten Dezember gab es dann einen Brief direkt aus dem Reichskanzleiamt, wenn Sie verstehen, was ich meine. Und an diesem Punkt beschloss unsere Regierung, aus diplomatischen Gründen auf den Wunsch einzugehen. Der Rückkampf wird morgen und übermorgen hier in Upper Biggins stattfinden.«

»Und Sir Edmund richtet dieses Turnier auf seinem privaten Anwesen aus? Sie wollen mich auf den Arm nehmen!«

»Mitnichten, mein lieber Freund. Und gewiss stimmen Sie mir zu, dass das private Ausrichten großer Sportereignisse durchaus eine gewisse Tradition in unserem Land hat. Ich war beispielsweise selbst zugegen, als der 6. Duke of Portland 1934 die Cricket-Teams von England und Australien in Welbeck Abbey bewirtete.«

»Aber Welbeck ist eine gigantische Klosteranlage.«

»Das stimmt, doch ich kann Ihnen versichern, dass Annandale für das bevorstehende Ereignis groß genug ist. Seit Januar ist unsere Abteilung des Inlandgeheimdienstes mit den Vorbereitungen beschäftigt. Ich habe in den letzten Monaten gefühlt mehr Zeit in meinem kleinen Büro im War Office als in meiner psychiatrischen Praxis in der Harley Street zugebracht. Die Suche nach einem geeigneten Golfplatz erwies sich dabei als die größte

Herausforderung. Er sollte einem gewissen Mindeststandard genügen, aber auch so abgelegen und unbekannt sein, dass das Turnier praktisch unter Ausschluss der Öffentlichkeit abgehalten werden kann.«

»Und da dachten Sie nicht gleich an Petershead?«

»Natürlich! Wie könnte ich den Ort unseres ersten gemeinsamen Abenteuers vergessen? Aber die Prüfung ergab, dass man dort in der Kürze der Zeit keinen anständigen Platz hätte herrichten können. Mitte Februar erhielt ich dann eine sehr kurze Liste mit infrage kommenden Orten und stolperte über den Namen ›Upper Biggins‹. Der Platz von Annandale ist einfach ideal. Niemand kennt ihn, denn er wurde 1916 aufgegeben. In unseren Unterlagen tauchte er nur auf, weil der Park von Annandale Grange damals zu einem militärischen Sperrgebiet erklärt worden war. Die Wiederherrichtung wurde als problemlos eingeschätzt, und als ich von Harriet erfuhr, dass Sie im April hier sein würden, gab ich unseren Leuten sofort grünes Licht.«

»Und wie viele Nationen nehmen an diesem Rückkampf teil?«, wollte Stableford wissen. »Es wimmelt hier ja nicht gerade von Golfspielern.«

»Nur Deutschland und England«, sagte Holmes und lachte. »Offiziell haben wir dreißig Länder eingeladen, doch in Wirklichkeit waren es nur zwei, Italien und Frankreich – darauf hatte das Deutsche Reich explizit bestanden. Beide Nationen haben auch zugesagt, allerdings sind bisher nur die Deutschen eingetroffen.«

»Gab es denn Schwierigkeiten bei der Anreise der anderen Teams?«

Holmes schmunzelte. »Nun, das Schiff, auf dem sich das italienische Team befindet, liegt seit drei Tagen vor Southampton in Quarantäne und bei den Franzosen gab es ein Problem bei der Übermittlung des korrekten Turnierdatums.«

»Teuflisch, mein lieber Holmes! Da hat Ihre Abteilung ja wirklich ganze Arbeit geleistet.«

»Unsere Abteilung«, berichtigte ihn Holmes mit einem milden Lächeln. »Und ja, die penibel geplanten Missgeschicke haben vortrefflich funktioniert.«

»Und die Presse?«, fragte Stableford skeptisch. »Hat sie wirklich keinen Wind von der Sache bekommen?«

»Die britische Presse wurde nicht informiert und die angereisten deutschen Berichterstatter werden in London festgehalten.«

»Und das deutsche Team hat sich mit dem bevorstehenden Zweikampf unter Ausschluss der Öffentlichkeit abgefunden?«

»Ich glaube, sie haben keine andere Wahl. Herr Helmes erzählte mir, dass von ihnen erwartet wird, den Teller mit nach Hause zu bringen. Wie dies geschieht, ist wohl eher nebensächlich.«

»Und Herr Helmes ist …?«

»Ein hoher Funktionär des deutschen Golfverbandes und der einzige mitgereiste Offizielle.«

»Ich verstehe«, sagte Stableford. »Aber was ist denn nun der Grund unserer Anwesenheit. Wo kommen Harriet und ich ins Spiel?«

»Harriet? Oh, sie ist einfach nur Ihre Begleitung. Aber vielleicht kann sie sich ein wenig um Miss Rogie kümmern. Sie haben sich ja eben selbst ein Bild von ihr machen können – sehr attraktiv und unverheiratet. Die Spieler beider Teams stehen Schlange, um mit ihr zu flirten. M. A. Peel, unsere Nummer eins, ist ihr hartnäckigster Verehrer. Die Anwesenheit einer Freundin könnte ihr ein wenig Luft verschaffen und nicht zuletzt Mrs Nye beruhigen.«

»Weshalb?«

»Weil sie von dieser Situation alles andere als begeistert ist. Wenn ich ihre Anspielungen richtig verstanden habe, steht ihr Sohn kurz vor der Verlobung mit Miss Rogie.«

»Hm«, machte Stableford. »Und ich bin nur aufgrund meiner Deutschkenntnisse hier? Oder erwarten Sie – wie soll ich sagen? – Unannehmlichkeiten ernsterer Natur?«

»Nun, Ihre vorrangige Aufgabe ist es tatsächlich, Augen und Ohren offen zu halten. Das War Office befürchtet keine Sabotageakte oder Ähnliches, aber aufgrund der angespannten politischen Lage ist man in diplomatischen Kreisen um die Sicherheit der deutschen Spieler besorgt. Helfen Sie mir einfach, die beiden rivalisierenden Teams in Schach zu halten. Bisher verläuft alles friedlich, aber Sie haben ja selbst erlebt, wie schnell unser Auftrag der Geheimhaltung in Gefahr geraten kann. Der Ball im Garten Ihres Schwiegervaters hätte alles zunichtemachen können.«

»Sie meinen, wenn ihn der Vikar selbst gefunden hätte und damit zur örtlichen Polizei gegangen wäre?«

»Genau. Ich nehme an, dass Sie ihn davon abhalten konnten.«

Stableford nickte.

»Sir Edmund ist übrigens in unsere Operation eingeweiht«, fuhr Holmes fort. »Den anderen Hausbewohnern wurde lediglich mitgeteilt, dass unsere Regierung bezüglich des Turniers keine Publicity wünscht. Außerdem haben wir für dieses Wochenende einen der Hausangestellten durch einen unserer Leute ersetzt. Er heißt Evans und ist ein überaus fähiger Mann.«

»Und welche Rolle spielen Sie nach außen?«

»Ich wurde offiziell als der medizinische Berater des englischen Teams vorgestellt. Sie sind ganz einfach ein

Gast aus der Nachbarschaft. Morgen werden Sie allerdings die Aufgabe eines Caddies übernehmen müssen. Wir haben uns heute Vormittag dazu entschieden, diese Aufgabe an die anwesenden Gäste und Bewohner zu vergeben, denn wir wollen die Anzahl der zu überwachenden Personen so gering wie möglich halten.«

Stableford blickte Holmes skeptisch an. »Das alles klingt doch eher nach einem Job für ein Kindermädchen oder besser noch für einen Hirten mit ein paar gut trainierten Border Collies.«

»Sie rümpfen die Nase? Nun, ich kann Ihre Enttäuschung durchaus nachvollziehen. Die Aufgabe klingt simpel und langweilig, aber unterschätzen Sie sie nicht! Tatsächlich hatten wir gestern einen zweiten Zwischenfall. M. A. Peel war auf einmal spurlos verschwunden. Erst am Abend tauchte er wieder auf. Angeblich war er in Scarborough. So etwas darf nicht noch einmal passieren. Die Geheimhaltung und die Gewährleistung eines reibungslosen Turnierablaufes haben höchste Priorität. Sollte es dennoch zu einem ernsten Zwischenfall kommen, wird er hier aufgeklärt oder vertuscht.«

»Vertuscht?«

»Ja. Das ist die unmissverständliche Weisung des War Office. Es wird keine öffentliche Untersuchung geben, denn das Turnier wird offiziell nie stattgefunden haben.«

Im nächsten Augenblick geschahen zwei Dinge fast gleichzeitig: Stableford vernahm ein Geräusch wie von einer Tür, die zugezogen wurde, und eine aufgebrachte Männerstimme rief: »Komm noch einen Schritt näher und ich schlage dir den Schädel ein!«

KAPITEL 8
Streithähne

Holmes und Stableford rannten zur Südseite der Terrasse, denn die Stimme schien aus dieser Richtung gekommen zu sein. Sie erreichten die Balustrade und blickten hinunter. Vor einem geöffneten Tor direkt unter ihnen standen zwei Männer vor einem alten Bentley. Stableford schätzte sie beide auf Anfang dreißig. Der eine war von athletischer Statur. Er trug eine dunkle Anzughose und ein ölverschmiertes Unterhemd. Hosenträger hingen an seinen Beinen herab. In der rechten Hand hielt er einen großen Schraubenschlüssel, den er seinem Gegenüber drohend entgegenreckte.

Simon Hall, dachte Stableford und wandte sich dem anderen zu, der im Vergleich schmächtig wirkte.

Nach allem, was er von den Taylors gehört hatte, musste es sich bei ihm um Nero Nye handeln. In seinem hellen Leinenanzug sah er aus wie eine Gatsby-Karikatur. Mit sichtlich bemühter Lässigkeit lehnte er auf einem dünnen Bambusstock.

»Kein Grund, gleich handgreiflich werden zu wollen, Hall«, sagte er abschätzig mit nasaler Stimme. »Ich habe Sie lediglich darauf hinweisen wollen, dass Sie es unterlassen sollten.«

»Dass ich was unterlassen sollte?«, fragte Hall wütend.

»Sie wissen genau, wovon ich rede. Wenn ich Sie noch einmal dabei erwische, werde ich dafür sorgen, dass Sie Ihre Anstellung hier verlieren – von heute auf morgen und ohne ein Empfehlungsschreiben, darauf können Sie sich verlassen. Haben wir uns verstanden oder soll ich langsamer sprechen, damit Sie meinen Worten besser folgen können?«

Stableford sah auf die Hand, die den Schraubenschlüssel umklammerte, und hielt den Atem an. Die Fingerknöchel waren unter der Anspannung weiß geworden und er spürte, dass er handeln musste, bevor die Situation eskalierte.

»Entschuldigen Sie!«, rief er mit übertriebener Leichtigkeit. »Wir sind auf der Suche nach meiner Frau. Sie trägt einen grauen Mantel und hat kurzes rotes Haar. Ist Ihnen die Dame vielleicht begegnet?«

Die beiden Männer blickten auf. Hall ließ die Hand mit dem Schraubenschlüssel sinken und strich sich mit der anderen eine blonde Locke aus dem Gesicht. Seine wasserblauen Augen betrachteten Stableford einen Moment lang angriffslustig.

Dann sagte er mit überraschend ruhiger Stimme: »Nein.«

Stableford wandte sich dem anderen Mann zu und erschrak fast ein wenig. Sein schmales Gesicht war glatt und weiß, so als ob es aus Seife geschnitzt worden war. Unweigerlich stellte Stableford sich vor, dass es sich kühl und etwas fettig anfühlen musste, wie Speckstein. Die großen Augen bildeten einen starken Kontrast dazu. Sie wirkten fast schwarz und glänzten.

Wie die Augen eines Insekts, dachte Stableford.

Der Klang der nasalen Stimme riss ihn aus seinen Gedanken. »Mir ist sie auch nicht begegnet. Und bitte entschuldigen Sie die schlechten Manieren unseres Chauffeurs. Ein ›Sir‹ hätte dem ›Nein‹ gut angestanden, Hall. Es ist mir wirklich ein Rätsel, warum Edmund Sie nicht schon längst zum Teufel gejagt hat.« Mit diesen Worten drehte er sich um und ging, für Stablefords Geschmack ein wenig zu schnell, seines Weges. Er war sich wohl nicht sicher, ob ihm Hall folgen würde.

Doch der schüttelte nur den Kopf und holte ein 10er-Päckchen Woodbine-Zigaretten aus seiner Hosentasche. »Haben Sie Feuer?«, fragte er.

»Sicher!« Stableford warf ihm seine Streichholzschachtel zu. »Behalten Sie sie, und vor allem – behalten Sie einen kühlen Kopf. Darf ich fragen, worum es bei Ihrem Streit ging?«

»Sie dürfen«, antwortete Hall und verschwand im Toreingang.

Holmes und Stableford blickten sich erstaunt an.

»Haben Sie eine Ahnung, worum es da eben ging?«, fragte Stableford.

»Nicht die geringste«, antwortete Holmes und sah auf seine Armbanduhr. »Aber wir sollten jetzt zum Haus zurückgehen. Die Damen werden bereits auf uns warten und das Bankett wird bald eröffnet. Es wurde auf sechs Uhr vorverlegt, da die morgige Vormittagsrunde schon um acht Uhr beginnt. Kommen Sie!«

KAPITEL 9
Cocktails und Canapés

»Da seid ihr ja endlich!«, rief Harriet ungeduldig, als Holmes und Stableford um die Hausecke bogen. »Bella ist schon hineingegangen, um bei den letzten Vorbereitungen für das Bankett zu helfen, und ein stockschwingender Dandy, der sich sehr galant als Mr Nero Nye vorstellte, erzählte mir, dass ihr mich suchen würdet.«

Holmes entschuldigte sie und Stableford berichtete Harriet in knappen Worten von dem Zwischenfall, dessen Zeugen sie geworden waren. Kurz darauf betraten die drei das Haus. Sie gelangten in eine große Halle, in deren Mitte ein runder Holztisch mit einer silbernen Vase voller weißer Narzissen stand. Die schlichte Eleganz des hohen Raumes bildete einen krassen Gegensatz zu dem architektonischen Stückwerk der Außenfassade des Hauses. Rechts vom Eingang führte eine geschwungene Treppe in den ersten Stock hinauf. Am hinteren Ende des Raumes befand sich eine hohe Flügeltür und an der linken Wand erblickte Stableford eine alte Standuhr. Ein junger Mann erschien und begrüßte sie förmlich. Er trug eine altertümlich anmutende Livree, nahm Harriet den Mantel ab und verschwand in einem Gang links von der Flügeltür.

»Ein bezauberndes Kleid«, bemerkte Holmes. »Primrose, nicht wahr? Hattie erzählte mir, dass diese Farbe der letzte Schrei der Saison ist.«

Harriet ignorierte das Kompliment und fragte: »Wie geht es Penelope?«

»Sie lässt dich ganz herzlich grüßen und freut sich schon auf ein Wiedersehen in London.«

Noch während Holmes sprach, öffnete sich die Flügeltür und Nita Nye betrat die Halle. Stableford erkannte sie sofort. Sie hatte nichts von ihrer einst gefeierten Bühnenpräsenz verloren. Mit weit geöffneten Armen schritt sie langsam auf sie zu. Ihre großen dunkelbraunen Augen signalisierten tiefe Zuneigung und um ihren Mund spielte ein süßliches Lächeln. Der Gesichtsausdruck war zweifelsfrei einstudiert und wirkte doch überraschend real und einnehmend. Nita Nye trug ein weißes paillettenbesetztes Kleid und seidene Pumps. In ihrem hochgesteckten kastanienbraunen Haar glitzerte ein Diadem. Große Ohrgehänge, lange Perlenketten und die vielen Ringe an ihren Fingern rundeten das inszenierte Bild einer exzentrischen Diva perfekt ab.

»Herzlich willkommen!«, rief sie und hielt Stableford ihre Hand entgegen.

Er stutzte einen Moment, denn es war die Hand einer reifen Dame. Der Kontrast zu ihrem stark geschminkten Gesicht war immens. Als er sich zum angedeuteten Kuss über sie beugte, schlug ihm der Duft eines schweren Parfums entgegen. Unwillkürlich musste er an Ayesha, Rider Haggards Herrscherin von Kôr, denken.

»Es ist ganz wunderbar, dass Sie heute Abend unsere Gäste sind«, fuhr Nita Nye überschwänglich fort. »Professor Stableford, nicht wahr? Und Sie müssen Harriet sein. Bella hat schon so oft von Ihnen gesprochen und endlich lernen wir uns kennen. Bitte folgen Sie mir! Ich möchte Sie Edmund vorstellen. Er ist bereits im Saal, das Buffet wurde soeben eröffnet.« Sie drehte sich um und schritt auf die Flügeltür zu.

Die drei folgten ihr schweigend. Für Nita Nye schienen sie einfach Komparsen in einem für sie geschriebenen Stück mit nur einer Sprechrolle zu sein.

Als sie den Saal betraten, riss Stableford die Augen auf: Der atemberaubende Stilmix der Fassaden setzte sich nun doch im Inneren des Hauses fort. Sie befanden sich in einem hohen Raum mit einem gotischen Fächergewölbe und einem Steinfußboden, der tatsächlich aus dem Mittelalter stammen mochte. Am hinteren Ende des Saals brannte ein riesiges Feuer in einem mannshohen Kamin. Zur Rechten war ein Buffet aufgebaut. Alles wirkte höchst informell. Es gab keine festlich eingedeckte Tafel. Die Gäste standen in kleinen Gruppen zusammen und unterhielten sich. Zwischen ihnen liefen zwei Diener umher und boten Getränke an. Nita Nye winkte einen von ihnen heran und ließ es sich nicht nehmen, ihren Gästen selbst die Gläser zu reichen.

»Probieren Sie! Geeister Moselwein in Champagnerschalen, die zuvor mit Curaçao ausgeschwenkt wurden. Eine ganz herrliche Erfrischung! Hinter dem Buffet gibt es auch eine Bar, falls es die Herren später nach etwas Stärkerem gelüstet.« Sie sah sich um. »Wo ist nur Edmund? Ah, dort drüben!«

Stableford folgte ihrem Blick. Sir Edmund saß fernab der anderen Gäste auf einem Stuhl an der linken Wand des Raumes. Er wirkte verloren. Auf seinen Knien balancierte er einen Teller, der gefährlich wackelte, als er sich anschickte, etwas darauf zu schneiden. Er gab es auf.

»Kommen Sie!«, sagte Nita Nye und ging auf ihn zu.

Harriet, Stableford und Holmes folgten ihr wieder.

»Edmund!«, rief Nita Nye, als sie ihn fast erreicht hatten. »Ich möchte dir Professor Stableford und seine Gattin vorstellen.«

»Hm? Ah, sehr erfreut!«, sagte Sir Edmund und sah dabei alles andere als glücklich aus. Er war ein schmächtiger Mann mit schütterem grauem Haar und eingefallenen Wangen. Nichts an seinem Aussehen deutete auf eine Offiziersvergangenheit hin. »Es ist einfach nur lächerlich«, schimpfte er nach einer kurzen Pause unvermittelt. »Aber Annie wollte das Bankett unbedingt modern interpretieren. Als ob man eine gute alte Institution interpretieren müsste! ›Cocktails und Canapés‹ ist das Motto des Abends. Und jetzt sehen Sie mich an! Ich sitze mit einem Teller auf dem Schoß wie ein dressierter Affe bei der Primaten-Fütterung im Zoo. Über kurz oder lang werden diese amerikanischen Bräuche noch Darwins Evolutionstheorie widerlegen.«

»Oh, Edmund!«, sagte Nita Nye sichtlich bestürzt. »Irgendwann erstickst du uns alle noch mit deinen altmodischen Ansichten. Den Gästen scheint es doch zu gefallen.«

»Sie haben auch noch nicht gegessen«, brach es laut aus Sir Edmund heraus.

Die Gespräche der anderen Gäste verstummten kurz.

»Und ich gebe es hiermit auf.« Sir Edmund stellte den unangetasteten Teller scheppernd auf den Boden. »Ich weigere mich, in der Öffentlichkeit weiter mit Geschirr zu jonglieren. Ein Bankett ist ein Festakt und keine Vaudeville-Nummer, Annie!« Mit diesen Worten erhob er sich schwerfällig und ging leicht gebeugt, aber zu Stablefords Erstaunen doch recht leichtfüßig in Richtung Bar.

Nita Nye blickte ihm nach. Sie wirkte gefasst, nur das Beben ihrer Nasenflügel verriet, dass sie nicht weniger wütend war als der Herr des Hauses.

»Darf ich Ihnen die Trophäe zeigen?«, fragte Holmes und deutete auf einen Tisch am hinteren Ende des Saals. Offenbar versuchte er, die peinliche Situation aufzulösen.

Für einen kurzen Moment erkannte Stableford ehrliche Dankbarkeit in Nita Nyes Blick, dann kehrte das süßliche

Lächeln pünktlich für ihren »Abgang« zurück und sie entschwand, sich überschwänglich entschuldigend, zum Buffet.

KAPITEL 10
Golfspieler und andere Gäste

Holmes führte Stableford und Harriet zu dem Tisch hinüber, um den bereits eine Gruppe von vier Männern stand. Sie gesellten sich dazu und Stableford betrachtete die Trophäe. Sie sah genauso aus, wie Holmes sie beschrieben hatte. In der Tellermitte gab es eine gravierte Inschrift:

GOLFPREIS DER NATIONEN
GEGEBEN VOM
FÜHRER UND REICHSKANZLER
BADEN-BADEN
1936

»Darf ich den Herren Professor John Stableford und seine Gattin vorstellen?«, fragte Holmes in eine Gesprächspause hinein.

»Sie dürfen!«, entgegnete ein mittelgroßer Mann um die vierzig in bestem King's English. Er hatte wache graue Augen und kurzes blondes Haar. »Mein Name ist Hans von Scheel. Sehr erfreut!« Er schüttelte Stableford kräftig die Hand und verneigte sich förmlich in Richtung Harriet. »Der Herr zu meiner Rechten ist mein Düsseldorfer Klubkamerad Erich Stellmacher.«

»Angenehm«, sagte der so Vorgestellte kurz. Er war vielleicht Mitte zwanzig, schlank und trug einen akkurat gestutzten Schnurrbart.

»Bitte entschuldigen Sie seine finstere Miene!«, fuhr von Scheel heiter fort. »Aber durch die spontane Nachnominierung von Herrn Heidrich«, er zeigte auf einen

Mann, der ganz allein etwas abseits stand, »muss sich Erich kurzfristig mit der Rolle des Ersatzmannes abfinden. Harald Heidrich ist die neue Nummer eins des Reiches und wurde dafür noch vor seinen Landsleuten per Dekret eingebürgert. Leider spricht er kaum Englisch und ist auch sonst ein Einzelgänger, doch dafür ist er, wenn Sie so wollen, unsere Geheimwaffe: ein begnadeter Skifahrer und der hellste Stern am deutschen Golfhimmel. Er kommt aus Graz und man munkelt in Golfkreisen, dass Hitler den ›Anschluss‹ Österreichs nur seinetwegen geplant hat.« Er lachte – allein.

Holmes nutzte die erneute Gesprächspause, um den Stablefords die beiden anderen Männer vorzustellen. Marc Aurel Peel, ein großer Mann mit dunklem Teint, schwarzen Locken und blauen Augen, war um die dreißig.

Er sieht aus wie eine fleischgewordene griechische Götterstatue, dachte Stableford.

Charles Lester, Peels Spielpartner, musste im ähnlichen Alter sein, war aber äußerlich das ganze Gegenteil: klein, mit rotem Haar und unzähligen Sommersprossen auf dem runden Gesicht.

»Wir sprachen gerade über die Britische Institution des Fair Play«, nahm Peel die Unterhaltung wieder auf. »Ich nannte sie eine normative Tugend. Herr von Scheel hält sie dagegen für einen rein subjektiven Wert.«

»Ich nannte sie ›subjektiv‹, weil ihr meines Erachtens ein fester Bezugspunkt fehlt«, warf von Scheel gut gelaunt ein. »Es ist fair, nach den Regeln zu spielen und den Gegner zu achten. Aber ist es unfair, um jeden Preis gewinnen zu wollen? Meine Tochter ist elf und empfindet viele sie betreffende Entscheidungen als unfair. Unsere Beweggründe als Eltern sind ihr dabei völlig egal. Ihr Bezugspunkt ist allein ihre eigene Situation.«

Lester wandte sich an Stableford: »Haben Sie eine Meinung dazu?«

»Nun, ich denke, dass ich in diesem Punkt Herrn von Scheel folgen würde. Zur Definition des Begriffs im Sport kann ich nur wenig sagen, allerdings wird er auch häufig im Kontext eines literarischen Genres verwendet, mit dem ich mich sehr intensiv befasse: Im Detektivroman wird das Fair Play zwischen dem Autor und dem Leser als eine Art Grundregel verstanden. Das Miträtseln ist ja eigentlich nur unter dieser Prämisse sinnvoll. Betrachtet man die Geschichten allerdings genauer, muss man feststellen, dass es den Autoren gerade darum geht, alle Hinweise, die zur Lösung der beschriebenen Fälle führen, vor den Lesern kunstvoll zu verstecken. So betrachtet spielen sie nicht fair. Tatsächlich scheint aber auch in diesem Fall ein fester objektiver Bezugspunkt hinsichtlich ›fair‹ und ›unfair‹ zu fehlen.«

»Der englische Detektivroman«, sagte von Scheel in einem fast schwärmerischen Ton. »Ich lese jedes Buch, das bei uns übersetzt erscheint – Christie, Berkeley, Carr und wie sie alle heißen. Ach, ich beneide Sie um diese Autoren mit ihrem feinen Humor und scharfen Verstand. Wenn man den Werken dieser Herrschaften folgt, sollte man einer Einladung zu einem Aufenthalt wie diesem hier allerdings höchst misstrauisch gegenüberstehen, denken Sie nicht?«

»Ich verstehe, was Sie meinen«, entgegnete Stableford amüsiert. »Landhausmorde sind wirklich sehr beliebt und Annandale wäre ein perfekter Ort für einen Whodunit. Wenn man einige Vorsichtsmaßnahmen trifft, sollte man das Wochenende auf dem Lande allerdings selbst als eine Figur in einem Kriminalroman unbeschadet überstehen können.«

»Und diese Maßnahmen wären?«, fragte Peel interessiert.

»Nun«, gab Stableford zurück, »wenn es der Autor erlaubt, sollte man es vermeiden, ›Mord‹ zu spielen. Ich meine das Gesellschaftsspiel, bei dem man vorher heimlich die Rollen von Täter und Detektiv verteilt und es im Laufe des Abends eine ›Leiche‹ gibt. Nicht selten ist diese am Ende real. Einladungen zur Weihnachtszeit sind ebenfalls überproportional gefährlich und sollten gegebenenfalls ausgeschlagen werden. Zu guter Letzt würde ich vor Aufenthalten in Arbeitszimmern und Bibliotheken abraten. Die Anzahl von Leichen, die in diesen Räumen entdeckt werden, ist in Detektivromanen wirklich erschreckend hoch.«

»Ich bin froh, dass Sie uns nicht vom Flirten abraten«, sagte Peel mit gespielter Erleichterung. »Bitte entschuldigen Sie mich, aber dort drüben steht Bella – ganz allein.« Er machte sich auf den Weg zu Miss Rogie und die Gruppe löste sich nach und nach auf.

Die beiden Deutschen gesellten sich zu ihrem österreichischen Teamkameraden und Lester ging, angeregt mit Harriet plaudernd, zum Buffet hinüber.

»Und, was denken Sie?«, fragte Holmes, als sie allein waren.

»Über die Spieler?«, entgegnete Stableford. »Nun, sie sind doch alle sehr vernünftig und umgänglich.«

»Nicht wahr? Von Scheel hat in Oxford studiert und Stellmacher kommt aus einer reichen Bankiersfamilie. Nur Herr Heidrich wirkt etwas deplatziert, meinen Sie nicht?«

»Durchaus, aber das mag tatsächlich daran liegen, dass er kaum Englisch spricht.«

»Es liegt wohl eher daran, dass er ein ungebildeter Bauernbursche ist«, sagte jemand hinter ihnen.

Stableford erkannte die nasale Stimme sofort. Er drehte sich um und blickte in das glatte Gesicht von Nero Nye.

»Wir hatten noch nicht offiziell das Vergnügen«, sagte dieser und stellte sich ihm vor.

Von »Vergnügen« kann keine Rede sein, dachte Stableford und brachte gerade noch rechtzeitig ein »Sehr erfreut« heraus. Es gab wenige Menschen, die ihm auf Anhieb unsympathisch waren, aber der »italienisierte Engländer«, wie ihn der Vikar genannt hatte, war seit ihrer ersten Begegnung einer von ihnen.

»Pip!«, rief Nye einer jungen Dame zu, die gerade damit beschäftigt war, eine Kiste mit Weinflaschen zur Bar zu tragen. »Meinst du, du könntest uns eine weitere Runde von diesem kalten Zaubertrank organisieren? Und wenn es geht, heute noch! Die Herren sitzen auf dem Trockenen. Mutter hat schon recht, wenn sie deine Fähigkeiten als Hausdame anzweifelt.«

Die Frau ignorierte ihn, kam aber wenig später mit einem Tablett zu ihnen und reichte ihnen drei Gläser.

»Das ist Miss Saintclair«, sagte Holmes zu Stableford. »Miss Saintclair – Professor Stableford.«

Miss Saintclair verneigte sich leicht. Sie sah erstaunt aus, was Stableford nicht einordnen konnte. Dann warf sie Nye einen wütenden Blick zu und ging ohne ein Wort zur Bar zurück. Sie war noch keine dreißig. Ihr Abendkleid war sehr schlicht, woraus Stableford schloss, dass sie sich nicht zwischen den Rollen einer Hausdame und eines Bankettgastes entscheiden wollte. Dieses Dilemma prägte ihre gesamte Erscheinung: Sie war stark geschminkt und trug wertvollen Schmuck, hatte ihr volles dunkelbraunes Haar jedoch in einem strengen Dutt gebändigt, der sie älter erscheinen ließ und ihr tatsächlich das Aussehen einer gehobenen Hausangestellten verlieh.

»Interessieren Sie sich noch immer für den Hügel mit dem toten Holz, Dr Holmes?«, fragte Nye und trank einen großen Schluck Moselwein.

»Wie kommen Sie darauf?«

»Ich betreibe Small Talk, mein lieber Doktor. Ich hörte, wie Sie Edmund gestern danach fragten.«

»Das ist richtig. Miss Rogie erzählte uns vorhin, dass die drei Baumruinen die Unheimlichen Schwestern genannt werden.«

»Ein passender Name. Es ist ein unheimlicher Ort. Die Blitzeinschläge müssen die Bäume irgendwie konserviert haben. Buchen werden in dieser Gegend sonst keine hundert Jahre alt, aber diese knorrigen Stämme sollen seit dem Mittelalter dort stehen.«

»Totes Holz kann sehr widerstandsfähig sein«, bemerkte Holmes leichthin.

»Das mag sein, aber wissen Sie, was wirklich bemerkenswert ist?«

»Dass dir noch keiner dein unverschämtes Maul gestopft hat?«, mischte sich ein Mann ein, der mit langen Schritten auf sie zukam und sich dann drohend vor Nye aufbaute. Er war fast einen Kopf größer als sein Gegenüber und gewiss nicht zum Plaudern gekommen. »Wenn du Pip nicht endlich in Ruhe lässt, werde ich dich windelweich prügeln! Das verspreche ich dir und die Herren können es bezeugen. Die ständigen Sticheleien deiner Mutter sind schon schlimm genug. Zeig ein wenig Anstand oder ich komme wieder und lasse meinen Worten Taten folgen!« Er drehte sich um und verschwand so schnell, wie er gekommen war.

Die unschöne Szene hatte Nye sichtlich beeindruckt. Nervös fuhr er sich durch sein nach hinten gekämmtes pomadiges Haar.

»Edmunds Sekretär«, sagte er und lächelte unsicher. »Es ist wirklich ein Skandal, was man sich hier von den Angestellten bieten lassen muss!«

»Gehören die Saintclairs denn nicht in gewisser Weise zur Familie?«, fragte Holmes ruhig und zündete sich eine Zigarette an. »Sir Edmund erzählte mir, dass Phillipa und Robert die Kinder seines Schwagers sind.«

»Ich sage Ihnen, was sie sind«, entgegnete Nye aufgebracht. »Sie sind Schmarotzer! Parasiten, die sich hier eingenistet haben und von Edmunds Vermögen leben. Und jetzt entschuldigen Sie mich! Ich muss Edmund sofort von diesem Vorfall berichten. Ein Benehmen dieser Art ist nicht hinnehmbar.« Er ließ die beiden stehen und ging.

Stableford blickte ihm ungläubig nach. Konnte es sein, dass dieser Bursche seine eigene Stellung im Haushalt der Rogies dermaßen verkannte? War nicht er der Parasit, jemand, der sich in der Rolle eines Dandys gefiel und in den Tag hinein lebte – auf Sir Edmunds Kosten?

Er schaute sich um. Nicht weit entfernt unterhielt sich Harriet mit Bella und Nita Nye. Zwischen ihnen und Stableford standen Lester und Peel dicht beisammen. Peel holte etwas aus seiner Jacketttasche hervor und zeigte es seinem Spielpartner. Die Szene wirkte vertraulich – oder waren sie auf Heimlichkeit bedacht? Irgendwie schienen sie verdächtig, und obwohl Holmes die Möglichkeit eines Attentats ausgeschlossen hatte, wurde Stableford unruhig. Er konnte nicht erkennen, was Peel in der Hand hielt, denn der stand mit dem Rücken zu ihm. Lester sah überrascht aus. Er schüttelte den Kopf.

Stableford schaute zu Holmes und dann zu Harriet hinüber. Beide hatten den Vorgang offenbar nicht bemerkt. Er versuchte, Blickkontakt zu Harriet aufzunehmen, doch sie war zu sehr in ihr Gespräch mit Bella vertieft. Also sah er zu Nita Nye und erschrak. Sie stand ganz starr und beobachtete Peel mit weit aufgerissenen Augen, in denen Stableford Entsetzen und Abscheu las. Tatsächlich betrachtete sie ihn wie etwas, das die Katze im Garten gefangen und mit ins Haus gebracht hatte. Dann ging ein Ruck durch ihren Körper und sie verließ hastig den Saal.

KAPITEL 11
Maraschino

Peel steckte den geheimnisvollen Gegenstand zurück in seine Jacketttasche und ging mit Lester an die Bar. Stableford ließ die beiden bis zu diesem Zeitpunkt nicht aus den Augen. Als er sich endlich zu Holmes umwandte, um ihm von seiner Beobachtung zu erzählen, standen zwei Männer vor ihm. Holmes machte sie gut gelaunt miteinander bekannt. Roger Bannister und Carl Helmes waren die einzigen Offiziellen, die ihre jeweiligen Golfverbände für dieses Turnier abgestellt hatten. Sie waren sich auch sonst sehr ähnlich. Beide mussten um die fünfzig sein, waren wohlgenährt, braun gebrannt und trugen ihr schütteres dunkles Haar in einem Seitenscheitel. Zudem hatten sie auf eine klassische Abendgarderobe verzichtet und waren in dunkelblauen Sportblazern und grauen Flanellhosen zum Bankett erschienen. Stableford war das zwillingshafte Duo schon einige Male an diesem Abend aufgefallen. Sie waren einander nicht von der Seite gewichen und hielten ständig frisch gefüllte Gläser in den Händen.

»Sir Edmund erzählte mir vorhin, dass es wohl keine andere Mannschaft mehr schaffen wird, pünktlich zum Turnierbeginn zu erscheinen«, sagte Bannister zu Holmes und leerte sein Glas. Er war merklich angetrunken.

Helmes tat es ihm gleich. Dann sagte er mit schwerer Zunge: »Das ist nicht von Bedeutung.«

»Wie meinst du das, Carl?«, wollte Bannister wissen.

»Dieser ganze Zirkus hier findet doch nur aus einem einzigen Grund statt: Unser Führer empfand die Niederlage in Baden-Baden als Schmach und nun sollen wir diesen lächerlichen Teller dort drüben von euch zurück-erobern. Die beiden einzig relevanten Teams werden also antreten. Möchtest du noch ein Glas, Roger?«

»Gerne, aber ich komme mit. Du scheinst mir nicht mehr ganz sicher auf den Beinen zu sein.«

Leicht schwankend gingen die beiden Männer in Richtung Bar.

»Ein bemerkenswertes Paar«, sagte Stableford.

»Nicht wahr?«, entgegnete Holmes. »Sie kennen sich seit Jahren von unzähligen Turnieren.« Er blickte sich um, dann fuhr er mit gedämpfter Stimme fort: »Aber lassen Sie sich nicht von Helmes' lapidarer Art täuschen. Der Mann steht unter enormem Druck. Wenn die Deutschen dieses Turnier nicht gewinnen, muss er mit ernsten Konsequenzen rechnen.«

»Wie meinen Sie das?«

»Seine Frau ist Jüdin und man hat ihm recht deutlich klargemacht, dass seine Ehe nur im Fall eines Sieges Bestand haben wird. Bisher haben einige einflussreiche Golfer ihre schützenden Hände über das Paar gehalten. Aber das kann sich schnell ändern.«

»Es ist barbarisch«, sagte Stableford düster. »Doch woher wissen Sie das alles?«

»Unser Auslandsgeheimdienst hat es gemeldet. Wir haben auch schon Vorkehrungen getroffen. Frau Helmes befindet sich seit zwei Tagen in England, in einem Hotel in Birmingham. Ihr Gatte weiß nichts davon, und so soll es vorerst auch bleiben. Sollten die Deutschen verlieren, werden wir ihm anbieten, mit ihr in England zu leben. Dieses Arrangement ist übrigens nicht ganz uneigennützig. Helmes ist ein Kenner des deutschen Großkapitals – das Golfspiel ist in diesen Kreisen sehr verbreitet. Er kann uns sicher wertvolle Hintergrundinformationen über die Finanzierung der Rüstungsindustrie des Reiches geben.«

»Darf ich um Ihre Aufmerksamkeit bitten?«, rief in diesem Moment eine kräftige Männerstimme vom anderen Ende des Saals. Es war Robert Saintclair, dessen blonder Haarschopf die Mehrzahl der Anwesenden überragte. »Ihr Gastgeber, Sir Edmund Rogie, möchte ein paar Worte an Sie richten.«

Sir Edmund, der neben ihm stand, räusperte sich. »Zunächst einmal möchte ich Sie alle bitten, den fehlenden festlichen Rahmen dieser Veranstaltung zu entschuldigen«, begann er seine Rede mit einem bitteren Unterton. »Verstehen Sie diesen äußerst legeren Empfang doch einfach als eine ehrlich empfundene Wertschätzung! Unter Freunden macht man nicht viel Aufhebens um Förmlichkeiten, nicht wahr?«

»Hört, hört!«, rief Bannister und einige Gäste applaudierten zaghaft.

»In den nächsten Tagen soll der Golfsport im Mittelpunkt stehen«, fuhr Sir Edmund ungerührt fort. »Da es sich um eine Art Rückkampf handelt, was der dort drüben ausgestellte Trophäenteller sichtbar untermauert, werden die Teams nach den gleichen Regeln wie vor zwei Jahren in Baden-Baden spielen. An zwei Tagen werden vier Runden im Zählspiel absolviert, je eine Morgenrunde und eine am Nachmittag. Pro Team treten zwei Spieler an, deren Scores addiert werden. Die Nation, die am Ende des zweiten Tages den niedrigsten Score vorweisen kann, hat das Turnier gewonnen.« Er räusperte sich abermals. »Es wird Ihnen wohl nicht entgangen sein, dass die Anzahl der teilnehmenden Nationen, nun, sagen wir, sehr überschaubar ist. Neben dem Deutschen Reich und England hatten eigentlich auch Italien und Frankreich ihr Kommen zugesagt. Die beiden zuletzt genannten Teams werden allerdings aufgrund verschiedener Umstände nicht antreten können.« Er machte eine Pause, als ob er eine Reaktion erwartete.

Doch alle Anwesenden schwiegen.

»Nun gut«, sagte Sir Edmund in einem heiteren Ton. »Zumindest die Gastgeschenke sind pünktlich eingetroffen. Wir baten jede Nation um die Zusendung landestypischer alkoholischer Getränke. Das Deutsche Reich schickte uns acht Bierfässer aus Bayern und kleine Sektflaschen, ›Pikkolo‹ genannt. Herr Helmes, der Abgesandte des deutschen Golfverbandes, erklärte mir, dass diese Fläschchen gerade dabei sind, das Reich zu erobern. Mit dem Ginvorrat, den uns der englische Golfverband zukommen ließ, können wir ganz Yorkshire in den nächsten Jahren versorgen. Den Franzosen verdanken wir zehn Kisten Champagner, den wir für die Siegerehrung am letzten Abend vorgesehen haben, und den Italienern einen trockenen Fruchtlikör, für den uns beim besten Willen keine andere Verwendung eingefallen ist, als ihn jetzt quasi als offiziellen Willkommenstrunk anzubieten.« Er nickte in Richtung der Flügeltür und Phillipa Saintclair betrat den Saal, gefolgt von den beiden Dienern.

Alle drei trugen Tabletts mit Silberbechern, die sie an die Gäste verteilten.

Als dies geschehen war, ergriff Sir Edmund erneut das Wort: »Erheben Sie also Ihre Becher mit mir und lassen Sie uns auf einen spannenden und vor allem fairen Wettkampf anstoßen! Möge das bessere Team gewinnen!«

Die Gäste nippten an ihren Getränken. Einige verzogen das Gesicht, andere lachten. Allein Sir Edmund kam nicht zum Zug, denn Nita Nye, die wohl zum Ende seiner Rede in den Saal zurückgekehrt sein musste und zwischenzeitlich an seine Seite getreten war, nahm ihm den Becher aus der Hand und trank einen großen Schluck daraus. Die Szene wirkte kokett. Sie lächelte verschmitzt und gab ihm den Becher zurück. Er nahm ihn entgegen und leerte ihn in einem Zug.

»Maraschino«, stellte Holmes sachlich fest. »Das Zeug ist pur fast ungenießbar, aber im richtigen Verhältnis mit Whisky und französischem Wermut gemischt eine wahre Offenbarung. Erinnern Sie mich daran, dass ich uns später an der Bar zwei Brooklyn mixen lasse!«

Nach einer guten halben Stunde gesellte sich Harriet zu ihnen. Sie hatte sich die ganze Zeit über mit Bella unterhalten und wirkte ausgelassen.

»Sir Edmund wünscht uns zu sprechen«, sagte sie und hakte sich bei Stableford unter. »Ich glaube, er will sich für seinen wütenden Abgang von vorhin entschuldigen. Kommt, er wartet schon auf uns!« Sie sah zu ihrem Gastgeber hinüber, der neben Nita Nye stand und sie freundlich heranwinkte.

Die drei durchquerten den Saal.

»Ah, die Stablefords und der liebe Doktor!«, sagte Sir Edmund, als sie ihn erreicht hatten. »Ich hoffe, Sie amüsieren sich. Vielleicht ist der Cocktailempfang ja doch keine so schlechte Idee gewesen. Im Alter hält man eben gerne an Bewährtem fest. Kurzum: Ich möchte mich in aller Form bei Ihnen für meinen Ausfall von vorhin entschuldigen.«

Er verneigte sich leicht und wollte wohl gerade das Thema wechseln, als Nita Nye das Wort ergriff.

»Und bitte verzeihen Sie auch die mangelnde Organisation unseres kleinen Festes. Die Hausdame scheint ihren Aufgaben nicht gewachsen zu sein und …«

»Herrgott, Annie!«, rief Sir Edmund ärgerlich. »Kannst du nicht einmal Frieden halten?«

»Aber ich wollte doch nur …«

»Du wolltest Pip vor unseren Gästen schlechtmachen. Kümmere dich lieber um deinen Sohn! Er sät Zwietracht, wo immer er auftaucht. Ich werde sein Verhalten nicht länger dulden, ich …« Sir Edmund machte einen unkontrollierten Schritt nach vorn, fing sich jedoch sogleich wieder und fuhr schwer atmend fort: »Ich bin froh, dass Bella seinen Avancen widersteht, und werde alles dafür tun, dass …« Er schien nach Luft zu ringen. Schwankend griff er sich an den Kragen und brach zusammen.

Holmes reagierte als Erster. Noch bevor Nita Nye laut »Edmund!« rief, kniete er neben Sir Edmund, öffnete dessen Krawattenschleife und knöpfte das Hemd auf. Dann beugte er sich über Sir Edmunds blasses Gesicht und fuhr erschrocken zurück.

»Blausäure«, flüsterte er in Richtung Stableford. »Helfen Sie mir, ihn von hier fortzuschaffen, schnell!«

KAPITEL 12
Anschlag oder Anfall?

John und Percy hatten Sir Edmund in den Drawing Room getragen, der an den Saal angrenzte. Harriet war ihnen gefolgt. Vor der Tür hatte ein Diener Stellung bezogen, den Percy »Evans« genannt und dem er klargemacht hatte, dass niemand Zutritt erhalten sollte. Sein schroffer Befehlston hatte Harriet überrascht. Er wirkte fast militärisch. Andererseits schien dieser Ton zu dem Mann namens Evans zu passen, denn mit seinem kurz geschnittenen grauen Haar und dem schmalen Schnauzbart sah er tatsächlich eher wie ein Soldat aus.

Etwas hilflos stand Harriet mit dem Rücken zu einem der Fenster und schaute sich im Zimmer um, das ganz im Chinoiserie-Stil des Neorokoko eingerichtet war. In vier großen Vitrinen waren unzählige Porzellanfiguren in den verschiedensten Posen zu sehen, auf den bunten Tapeten wuchsen Mandarinenbäume in den Himmel und chinesische Damen saßen unter Pagodendächern und tranken Tee. Selbst die deutlich neueren Sessel und Sofas, die in der Mitte des Raumes um einen flachen Couchtisch standen, zeigten exotische Vogel- und Blumenmotive.

Auf einem dieser Sofas lag Sir Edmund. Sein Gesicht glich einer weißen Maske. Harriet beobachtete Percy dabei, wie er ihn untersuchte. Er fühlte den Puls, holte ein kleines Büchlein aus der Innentasche seiner Smokingjacke hervor und machte sich ein paar Notizen.

»Unregelmäßiger Puls, Blässe, blaue Lippen, die Haut feucht und kalt, Bittermandelgeruch in der Ausatemluft«, murmelte er, während er schrieb. »Harriet?«

Sie erschrak.

»Du warst doch nach dem Trinkspruch die meiste Zeit zusammen mit Miss Rogie bei Sir Edmund und Mrs Nye. Hat er danach noch etwas gegessen oder getrunken?«

Harriet überlegte kurz. »Ich glaube nicht«, antwortete sie schließlich.

»Mir ist nicht wohl«, presste Sir Edmund hervor. Er begann, sich hin und her zu werfen, hielt sich den Magen und stöhnte laut.

John reichte Percy eine chinesische Vase, aus der er zuvor einen Seidenblumenstrauß entfernt hatte. Sir Edmund riss sie an sich und erbrach sich in kurzen Abständen mehrmals hintereinander. Es war ein schrecklicher Anblick. Noch schrecklicher war jedoch der feine Bittermandelgeruch, der jetzt im ganzen Zimmer wahrnehmbar war.

»Sir Edmund«, sagte John eindringlich, »wer gab Ihnen den Maraschino?«

»Annie«, kam es leise von der Couch. »Sie half Pip beim Verteilen der Becher.«

»War er voll, als Sie ihn entgegennahmen?«

»Fast randvoll«, antwortete Sir Edmund und richtete sich mit Mühe auf. »Meine Zunge brennt. Wasser, bitte!«

Während Percy ihm ein Glas Wasser reichte, stellte John eine weitere Frage: »Und fehlte etwas, als Ihnen Mrs Nye den Becher zurückgab?«

»Ja, er war nur noch halb voll.«

Harriet war überrascht. Was sollte diese Frage? Schließlich hatten sie doch alle gesehen, wie Nita Nye aus dem Becher getrunken hatte. Natürlich musste etwas von dessen Inhalt fehlen. Aber John hatte sicherlich seine Gründe.

»Mir ist schwindelig, ich kann nicht …« Das Glas fiel zu Boden und Sir Edmund sank zurück auf die Couch.

»Er ist bewusstlos«, sagte Percy kurz darauf und stand auf. Er ging zum Fenster, öffnete es, holte einige Male tief Luft und wandte sich dann etwas unvermittelt an John: »Ich ging zunächst von einer Blausäure-Vergiftung aus. Der Bittermandelgeruch brachte mich darauf. Aber Rogies jetziger Zustand scheint meinen Verdacht Gott sei Dank zu widerlegen.«

»Wieso?«, fragte Harriet.

Percy blickte in Richtung der Couch. »Weil er noch lebt«, sagte er dann lakonisch. »Der Bittermandelgeruch in der Ausatemluft ist ein deutliches Indiz für eine Blausäure-vergiftung, in diesem Fall wird er jedoch vom Maraschino stammen. Die Bittermandelnote dieses Kirschlikörs ist ja sehr dominant.«

John nickte nachdenklich. »Und eine Vergiftung mit Zyankali oder einem anderen Salz der Blausäure würde schon in der kleinsten Dosierung fast augenblicklich zum Tode führen, nicht wahr?«

»Woher wissen Sie das denn nun wieder?«, fragte Percy.

»Aus Detektivromanen«, antwortete John und begann langsam im Zimmer auf und ab zu gehen. »Ich gebe zu, dass sie eine fragwürdige Quelle darstellen, aber ein befreundeter Chemiedozent hat mir versichert, dass die Schilderungen in diesen Büchern doch in der Regel sehr gut recherchiert sind.«

»Nun, es kommt tatsächlich auf die Dosierung an«, erklärte Percy. »Wenn Mrs Nye in der Zwischenzeit allerdings nicht über ähnliche Symptome klagt, können wir meine Gift-Theorie wohl getrost zu den Akten legen. Wahrscheinlich hat Sir Edmund einfach einen Schwächeanfall erlitten. Wissen Sie übrigens, warum er sie ›Annie‹ nennt?«

»Nein, aber ich könnte mir vorstellen, dass ›Nita‹ ihr

Bühnenname ist und ihr richtiger Name ›Anita‹ lautet«, entgegnete John.

Es klopfte an der Tür und kurz darauf steckte Evans den Kopf herein. »Mrs Nye besteht darauf, Mr Rogie zu sehen, Sir.«

»Lassen Sie die Dame eintreten!«, sagte Percy und schob die Vase, die vor dem Sofa stand, mit dem Fuß hinter die Armlehne.

»Wie geht es ihm?«, rief Nita Nye, noch während sie sich an Evans vorbeischob. Ihre Stimme bebte vor Aufregung. »Die Anstrengungen der letzten Tage waren zu viel für ihn – ich hätte es wissen müssen! Er ist dreiundachtzig und sein Herz ist nicht mehr das beste.«

»Sein Zustand ist stabil«, beruhigte Percy sie. »Bitte nehmen Sie doch Platz!« Er zeigte auf einen Sessel, der etwas abseits des Sofas stand.

Nita Nye setzte sich.

»Haben Sie Ihren Hausarzt verständigen können?«

»Ich habe ihn noch nicht erreicht«, entgegnete sie und blickte auf die Hände in ihrem Schoß. »Dr Prendergast ist nicht zu Hause, aber seine Haushälterin ist informiert.«

»Hat Sir Edmund nach dem Maraschino noch irgendetwas anderes zu sich genommen?«, fragte John unvermittelt.

Nita Nye sah überrascht auf. »Nein. Er macht sich nichts aus Cocktails und es war noch zu früh für seinen allabendlichen Whisky. Seine Meinung zu den Canapés haben Sie ja selbst mit anhören müssen.«

»Und Sie haben keine Beschwerden?«

»Beschwerden? Was meinen Sie, Professor Stableford?«

»Nun, Sie haben doch auch aus dem Becher getrunken. Ich konnte nicht umhin, die Szene zu beobachten.«

»Ach das!« Sie lächelte. »Das ist unsere kleine Marotte. Ich erhebe stets den Anspruch auf den ersten Schluck aus seinem Glas. Es war eine spontane Idee bei unserem ersten Aufeinandertreffen auf einem Empfang in Scarborough. Wir kannten uns nicht, aber er gefiel mir. Also trat ich zu ihm, nahm ihm das Glas aus der Hand und trank daraus. Es erregte einiges Aufsehen bei den umherstehenden Herren und ich verdrehte Edmund damit den Kopf. Damals wirkte es ausgesprochen frivol und ihm gefiel wohl der Hauch von ›demi-monde‹, der dieser Geste anhaftete. So lernten wir uns kennen. Aber die Zeiten haben sich geändert. Jetzt ist es eine Schrulle, die wir als Zeichen unserer tiefen Zuneigung konserviert haben. Doch ich verstehe immer noch nicht …«

»Wir wollen nur sichergehen, dass Sir Edmunds Schwächeanfall nichts mit dem genossenen Maraschino-Likör zu tun hat«, mischte sich Percy ein.

»Wie sollte er? Ich habe ja auch davon getrunken, wie Sie eben selbst bemerkt haben. Der Maraschino schmeckte – nun, wie Maraschino eben schmeckt.«

»Sicher«, sagte Stableford beschwichtigend.

»Wird das Turnier trotzdem stattfinden?«, fragte Harriet.

»Es muss!«, rief Nita Nye bestimmt. »Edmund würde eine so kurzfristige Absage als persönliches Versagen interpretieren. Damit würden wir seine rasche Genesung ernsthaft gefährden.«

»Ich denke, Mrs Nye hat recht«, stimmte Percy zu. »Sir Edmund braucht jetzt vor allem Ruhe. Das Turnier kann ohne sein Zutun beginnen und vielleicht ist er zur Siegerehrung schon wieder auf den Beinen.«

Nita Nye erhob sich aus dem Sessel. »Ich werde Mr Bannister und Herrn Helmes Bescheid geben, dass das

Turnier wie geplant stattfinden wird«, sagte sie sichtlich erleichtert und verließ das Zimmer.

Merkwürdig, dachte Harriet und betrachtete den bewusstlosen Mann auf dem Sofa. Sie kam voller Sorge um Sir Edmund und hat ihn doch die ganze Zeit über nicht eines Blickes gewürdigt. Lag es nur an ihrer divenhaften Selbstverliebtheit oder hatte sie vielleicht Angst davor, sich mit seinem Leiden auseinandersetzen zu müssen?

Sie sah zu John hinüber, der inzwischen wieder langsam im Zimmer auf und ab ging, und fragte sich, ob ihm Nita Nyes merkwürdiges Verhalten auch aufgefallen war. Doch er dachte wohl gerade in eine ganz andere Richtung.

»Was wissen Sie eigentlich über Peel?«, wandte er sich an Percy.

Der war sichtlich verwundert. »Wie kommen Sie jetzt auf Peel?«

»Ich habe etwas Merkwürdiges beobachtet«, begann John und erzählte von einem geheimnisvollen Gegenstand, den Peel Lester kurz vor dem Trinkspruch gezeigt und dann wieder in seine Tasche gesteckt hatte.

»Und Sie glauben, dass das etwas mit Sir Edmunds Zusammenbruch zu tun haben könnte?«, fragte Percy skeptisch. »Denken Sie an eine Spritze? Oder vielleicht an ein südamerikanisches Blasrohr mit kleinen vergifteten Pfeilen, die gelegentlich in Ihren Detektivromanen Verwendung finden?«

John schmunzelte. »Nun ...« Er brach ab und blickte erst Harriet und dann sehr eindringlich Percy an.

»Also gut«, sagte dieser zögerlich. Ihm schien die Situation unangenehm zu sein. »Harriet, ich habe deinen Mann hierhergelotst, damit er mir dabei hilft, die Gäste zu observieren. Über die näheren Umstände möchte ich jetzt nichts sagen, aber aus Gründen der nationalen Sicherheit sind wir hier, um einen geregelten Turnierablauf zu gewährleisten.«

»Wir?«, unterbrach ihn Harriet.

Wo war John da nur wieder hineingeraten?

Der lachte. »Ich denke, dass Sie Ihre Vorgesetzten demnächst davon überzeugen müssen, ihr Angebot einer Zusammenarbeit auf Harriet auszuweiten, meinen Sie nicht?«

»Es scheint so«, sagte Percy düster. »Ich weiß allerdings nicht, wie sie auf solch eine ›Tommy und Tuppence‹-Konstellation reagieren werden. Aber lassen Sie uns das ein anderes Mal erörtern.«

Harriet verstand kein Wort, aber sie hatte das Gefühl, dass jetzt nicht der richtige Zeitpunkt für Fragen war.

»Im Moment interessiert mich vor allem, was Sie gerade sagen wollten«, fuhr Percy fort. »Und sprechen Sie bitte ganz offen!«

»Nun, ich dachte tatsächlich an die Möglichkeit eines gezielten Anschlags«, erklärte John. »Die Art und Weise sollten wir jedoch zunächst außer Acht lassen.«

»Aber was wäre das Motiv?«

»Vielleicht will irgendjemand die Austragung des Turniers verhindern?«, mutmaßte John.

»Um das Verhältnis der beiden Staaten weiter zu destabilisieren? Ich gebe zu, dass eine Turnierabsage, egal aus welchem Grund, diplomatischer Zündstoff wäre. Immerhin hat Hitler selbst wohl großes Interesse an der Austragung dieses Wettkampfes.«

»Das mag sein«, stimmte John zu, »aber ich dachte eher an einen kleineren Rahmen. Nämlich daran, dass jemand hier in Annandale Unruhe stiften will. Sagten Sie nicht, dass man von den Deutschen erwarten würde, den Teller mit nach Hause zu bringen, egal wie?«

»Sie meinen …?«

»Ich meine, dass ein Anschlag auf Sir Edmund vielleicht dazu dient, die ganze Organisation des Hauses durcheinanderzubringen, und man diese Situation nutzen könnte, um den Teller zu stehlen.«

»Und Sie denken, dass es Peel aus diesem Grund auf Sir Edmund abgesehen haben könnte?«, fragte Percy.

»Ich würde es zumindest nicht ausschließen. Natürlich muss ich zugeben, dass er – wenn Sie so wollen – im falschen Team spielt, aber er wäre nicht der Erste, der etwa aus finanziellen Nöten die Seiten wechselt.«

Percy strich sich mit der Hand übers Kinn. Er wirkte angespannt.

»Nun gut«, sagte er schließlich. »Ich werde Saunders anrufen und ihm Sir Edmunds Symptome schildern. Eigentlich gehe ich immer noch von einem ganz natürlichen Schwächeanfall aus, aber vielleicht hat er noch eine andere Idee.«

»Es kann auf jeden Fall nicht schaden, ihn zu fragen«, entgegnete John zufrieden. Dann wandte er sich an Harriet: »Saunders ist ein Gerichtsmediziner, der hin und wieder als Experte für das Home Office arbeitet. Holmes erzählte mir bei unserem ersten Abenteuer in Cornwall von ihm.«

»Ich erinnere mich dunkel daran, dass du den Namen später einmal erwähnt hast«, sagte Harriet fast tonlos. Das Gespräch hatte sie nachdenklich gestimmt. Jetzt ist nicht die Zeit für ein neues Abenteuer, dachte sie unruhig. Und es sollte auch nicht in Upper Biggins sein, so dicht bei ihrem Elternhaus.

Percy hatte indessen erneut Sir Edmunds Puls gefühlt. Nun stand er auf und streckte seine langen Glieder.

»Ich werde den Saal heute Nacht bewachen lassen – nur

für den Fall, dass etwas an Ihrer Diebstahls-Theorie dran sein sollte. Und Sie sollten sich jetzt noch einmal kurz unter die Gäste mischen und dann bald zurück zum Pfarrhaus gehen. Morgen früh um acht Uhr beginnt die erste Runde und ich würde Sie bitten, eine Stunde früher zu erscheinen. Ich habe Sie übrigens als Heidrichs Caddie eingeteilt. Er spielt mit Peel.«

»Und wer ist als dessen Caddie vorgesehen?«

»Nero Nye.«

»Da bedanke ich mich aber«, bemerkte John mürrisch und steckte die Hände in die Hosentaschen.

»Ignorieren Sie Nye und nutzen Sie die Zeit, um Peel zu studieren! Bisher wissen wir von ihm nur Folgendes: Er ist zweiunddreißig, ledig, stammt aus Sussex und ist einer der besten Amateure unseres Landes.«

»Sieh es doch mal positiv!«, sagte Harriet und versuchte zu lächeln. »Du gehst mit zwei römischen Kaisern, Marc Aurel und Nero, auf die Runde. Wer kann das schon von sich behaupten?«

KAPITEL 13
Vor der Nachmittagsrunde

Harriet eilte die Auffahrt entlang und blickte immer wieder zum Himmel hinauf. Sie hatte ein Wolkenloch abgepasst, als sie das Pfarrhaus gegen halb zwölf verlassen hatte, aber von Norden her zog bereits die nächste dunkle Regenwand heran. Einmal hatte es am Morgen sogar gehagelt und sie hatte sich gefragt, wie es John wohl mitten auf dem Golfplatz erging. Sie waren für zwölf Uhr zum Lunch verabredet – das glaubte sie zumindest, denn sicher war sie sich nicht mehr. Es war eine kurze Nacht gewesen, sie war erst im Morgengrauen eingeschlafen. Als sie gegen neun Uhr erwacht war, hatte John das Haus schon lange verlassen.

Hatte er sie zum Abschied geküsst? Sie konnte sich nicht erinnern, was sie beunruhigte und gleichzeitig ärgerte, denn sie war immer noch wütend auf ihn. Sie hatten sich heftig gestritten – wegen seiner Arbeit für den Inlandsgeheimdienst, von der er ihr auf dem nächtlichen Rückweg zum Pfarrhaus erzählt hatte. Er sei kein Agent, hatte er beteuert, aber er würde als eine Art freier Mitarbeiter hin und wieder unter Percys Führung für das War Office tätig werden. Sie hatte sich seine Ausführungen ruhig und zunächst ungläubig angehört. Dann war sie schrecklich wütend geworden und hatte ihm vorgeworfen, sein Bedürfnis nach Abenteuer und Gefahr über ihr gemeinsames Glück zu stellen.

Jetzt erschien ihr diese Reaktion etwas unangemessen. Denn erstens tat er es ja für die Belange des Königreichs, nicht für sich, und zweitens war der eigentliche Grund für ihre Wut nicht diese Tätigkeit, sondern der Umstand, dass er sie nicht viel früher ins Vertrauen gezogen hatte. Und dennoch: Sie hatte ihre Gründe, aufgebracht zu sein, und seine Offenbarungen beunruhigten sie bei Tage nicht weniger.

Endlich hatte sie Annandale erreicht. Das Herrenhaus brachte Erinnerungen an den Vorabend zurück. Als sie sich Percys Wunsch folgend noch einmal unter die Gäste gemischt hatten, war ihr sofort die verhaltene Stimmung aufgefallen. Der Grund dafür war wohl weniger die Anteilnahme am Schicksal ihres Gastgebers, sondern eher eine gewisse Unsicherheit, wie man mit dieser neuen Situation umgehen sollte. Mrs Nye hatte immer wieder versucht, die Atmosphäre aufzulockern, indem sie von Grüppchen zu Grüppchen geeilt war und versucht hatte, die Gäste zum Trinken zu animieren.

In gewisser Weise bewunderte Harriet die Dame, die in der guten alten britischen Tradition der Selbstdisziplin ihre Aufgaben als Gastgeberin auch in diesen schweren Stunden nicht vernachlässigt hatte. Dann dachte sie an Bella: Sie war bereits gegangen – ebenso wie Mr Peel. Hatten sie das Bankett gemeinsam verlassen? Aber nein, nach dem Vorfall mit ihrem Vater hatte sie sicherlich anderes im Kopf gehabt.

Die beiden Vertreter der rivalisierenden Golfverbände hatten jedenfalls gemeinsam in einer Ecke gesessen und Gin getrunken, erinnerte sich Harriet weiter. Sie hatten sich offenbar gut verstanden, aus einiger Entfernung hätte man sie durchaus für Zwillinge halten können. Die deutschen Spieler hatten beisammengestanden und waren aus verständlichen Gründen auf Wasser umgestiegen. Nero Nye war noch einmal mit Sir Edmunds Sekretär aneinandergeraten. Worum es dabei gegangen war, hatte Harriet nicht mitbekommen, aber es war wohl nur Mr Lesters Einschreiten zu verdanken gewesen, dass Nero Nye auch dieses Mal ungeschoren davongekommen war. Alle drei hatten den Saal noch vor John und ihr verlassen.

Das Läuten der Kirchenglocken brachte Harriet in die Gegenwart zurück. Schon zwölf Uhr! Sie lief zur Tür des Herrenhauses, die offen stand, durchquerte die Halle und holte tief Luft. Dann betrat sie den Saal. Die Gäste saßen an drei Tischen: an einem die Engländer, am nächsten die Deutschen und am dritten, ganz allein, John. Als er sie sah, sprang er auf und eilte ihr entgegen. Er war vermutlich genauso aufgeregt und unsicher wie sie, denn sie hatten sich bisher nur selten gestritten und eigentlich immer kurz darauf wieder vertragen. Zärtlich küsste er sie auf die Wange und führte sie dann in den Drawing Room.

»Es tut mir leid, dass ich dir erst heute Nacht von dieser Geheimdienstgeschichte erzählt habe«, sagte er, als er die Tür hinter ihnen geschlossen hatte.

»Und mir tut es leid, dass ich so ungerecht darauf reagiert habe«, erwiderte Harriet und umarmte ihn.

Sie küssten sich.

»Schade, dass du nicht rechtzeitig zum Lunch hier warst«, sagte John schließlich. »Das ist natürlich nicht deine Schuld. Er wurde um eine halbe Stunde vorverlegt, da die Wetteraussichten für die Nachmittagsrunde eher bescheiden sind. Nass sind wir sowieso schon alle, aber man rechnet wohl mit einigen regenbedingten Spielunterbrechungen und entschied sich kurzerhand dafür, die zweite Runde bereits um halb eins zu starten.«

»Habe ich etwas verpasst?«, fragte Harriet.

»Nun, es gab eine Fleischbrühe und anschließend Spaghetti mit Tomatensoße.«

Harriet lachte. »Ich meinte, ob es etwas Neues zu berichten gibt. Wie geht es Sir Edmund?«

»Den Umständen entsprechend. Sein Zustand scheint stabil zu sein. Holmes war schon vor der ersten Runde bei ihm und ist auch jetzt gerade in seinem Zimmer oben im ersten Stock. Außerdem war der Hausarzt zwischenzeitlich da.«

»Und sonst?«

»Nun, die Engländer führen dank Lesters grandioser 65 nach der ersten Runde mit zwei Schlägen, obwohl Peel heute Morgen etwas angeschlagen wirkte und fünf Löcher brauchte, bis er in Fahrt kam. Heidrich ist tatsächlich ein großartiger Golfer und hat eine sehr schwere Tasche. Und Nero Nye hat ein ordentliches Veilchen.«

Harriet schmunzelte. »Letzteres wundert mich nicht. Der Kreis der Verdächtigen für diese Tat ist doch recht groß.«

»Den Eindruck habe ich auch. Er schweigt natürlich über die Herkunft des blauen Auges. Es wäre aber interessant, die Fingerknöchel von Saintclair und Hall zu begutachten. Vielleicht hast du ja später Gelegenheit dazu.« John blickte zur Tür und fuhr dann deutlich leiser fort: »Von Peel gibt es übrigens noch etwas wirklich Interessantes zu berichten. Holmes hatte über Nacht eine Wache im Erdgeschoss postiert – den Hausdiener, der gestern Abend auch vor der Tür zum Drawing Room stand. Er gehört zu seinen Leuten. Jedenfalls beobachtete er, wie Peel gegen drei Uhr mit einer Taschenlampe die Treppe herunterschlich und den Saal betrat. Dort blieb er etwa zwanzig Minuten, kehrte dann zurück und stieg die Treppe wieder hinauf.«

»Das klingt spannend und spricht für deinen Verdacht, nicht wahr?«

»Es ist zumindest bemerkenswert«, entgegnete John. »Allerdings steht der Trophäenteller immer noch auf seinem alten Fleck.« Er blickte auf die Uhr. »Ich muss jetzt zum ersten Abschlag, Harriet. Man wird schon auf mich warten.«

»Okay, Sherlock. Ich mache mich auf die Suche nach Bella. Wir haben uns so viel zu erzählen. Hast du sie heute schon gesehen?«

»Nein. Und Mrs Nye hat sich ebenfalls noch nicht blicken lassen. Ich nehme an, dass sie an Sir Edmunds Seite weilt. Vielleicht ist Bella ja auch bei ihm.«

»Ich werde sie schon finden«, entgegnete Harriet.

Als sie den Saal wieder betraten, war er leer. In der Halle trennten sie sich.

»Ich wünsche dir eine abwechslungsreiche und vor allem trockene zweite Runde«, sagte Harriet zum Abschied.

KAPITEL 14
Die Nachmittagsrunde

Stableford verließ das Haus, wandte sich nach links und rannte bis zu der Ecke, an der die Treppe zur Terrasse führte. Vor ihm lag die Böschung, und da er keine Zeit mehr für einen Umweg hatte, kämpfte er sich durch das dichte Buschwerk und stolperte abwärts. Bald darauf stand er auf dem Platz, auf dem tags zuvor Nye und Hall aneinandergeraten waren. Das Garagentor war geschlossen, ebenso die beiden kleinen Fenster darüber. Stableford rannte weiter, fand den schmalen Pfad, der durch eine hohe Hecke führte, und erreichte kurze Zeit später den Abschlag der ersten Bahn. Er blickte das Fairway hinunter und musste feststellen, dass die erste Gruppe mit von Scheel und Lester das Grün bereits verlassen hatte.

»Na endlich!«, rief Peel ungeduldig und betrat das Tee.

Stableford entschuldigte sich, gab Heidrich sein längstes Eisen und schulterte dann dessen Tasche. Sie fühlte sich noch schwerer an als am Morgen. Als Peel sich zum Abschlag bereit machte, donnerte es. Über dem Wald im Norden hatten sich dunkle Gewitterwolken aufgetürmt und Stableford fragte sich, wie weit sie wohl kommen würden, bevor es anfangen würde zu regnen. Peel schlug ab und sein Ball landete sicher am rechten Fairwayrand, etwa auf der Höhe des Hügels mit den drei toten Bäumen. Dann war Heidrich an der Reihe. Sein Ball kam etwa fünfzehn Yards vor Peels zum Liegen.

Die Männer machten sich auf. Das erste Loch war ein relativ kurzes Par-4. Die Bahn war breit und nur ein schmales Rough trennte sie vom parallel verlaufenden

Fairway des fünften Lochs zu ihrer Rechten. Auf dieser Seite standen wenige Bäume und die paar vorhandenen Inseln von Ginsterbüschen waren kaum zwei Fuß hoch. Da sie am Morgen bereits eine Runde gespielt hatten, wusste Stableford, dass zur Linken die zweite Bahn lag, die sich das große Grün unterhalb der Terrasse mit dem achtzehnten Loch teilte. Sehen konnte man dieses Fairway jedoch nicht, denn zwischen den ersten beiden Löchern verlief eine schmale Hecke, die von dem kleinen Hügel mit den Unheimlichen Schwestern unterbrochen wurde.

Die drei Baumruinen sahen wirklich unheimlich aus. Ihre schwarzen Stämme mussten zwischen vierzehn und siebzehn Fuß hoch sein. Allen fehlte die Krone, und die wenigen abgebrochenen Äste, die ihnen geblieben waren, verliehen ihnen bemerkenswert anthropomorphe Züge. Kein Wunder, dass sich im Laufe der Zeit Sagen um sie gerankt hatten.

Heidrichs zweiter Schlag war ein Meisterstück. Es war bemerkenswert, mit welcher Anmut dieser schlaksige Bursche seinen Schläger schwang. Sein Ball startete steil in den Himmel und fiel nur wenige Fuß von der Fahne entfernt auf das Grün.

»Großartig!«, rief Peel mit ehrlicher Bewunderung.

»Danke«, entgegnete Heidrich einsilbig. Er hatte schon auf der ersten Runde kaum gesprochen, schien aber den kurzen Unterhaltungen, die sich zwischen den Schlägen ergaben, einigermaßen folgen zu können.

Es donnerte wieder, diesmal lauter als zuvor, und einzelne dicke Tropfen fielen zu Boden. Eilig gingen die Männer weiter.

»Den Lofter, bitte!«, sagte Peel zu Nye, als sie etwa acht Yards von seinem Ball entfernt waren.

Nye wirkte angeschlagen. Er war blass und bewegte

sich langsam. Gedankenverloren griff er in die Tasche und reichte Peel einen Schläger. Dann blieb er etwa drei Yards vor dessen Ball stehen. Stableford und Heidrich gingen ein paar Schritte weiter in Richtung der Fairwaymitte, denn von dort aus hatte man einen besseren Blick auf das Grün. Sie sahen nach vorne und Stableford wartete gespannt auf das Geräusch eines perfekt getroffenen Balls. Stattdessen hörte er Peels ärgerliche Stimme.

»Das ist der Niblick, Mann! Ich bat Sie um den Lofter.« Offenbar hatte er erst beim Ansprechen des Balles den falschen Schläger in seinen Händen bemerkt.

Stableford drehte sich um und sah, wie Nye einen Schritt auf Peel zu machte. Dann blickte er wieder nach vorn. Ein Blitz erhellte die Umgebung, doch der darauffolgende Donner schien von weiter weg zu kommen.

»Nye?« Peels Stimme klang verwundert. Hatte Nye ihm abermals einen falschen Schläger gereicht?

Als Stableford sich neugierig umschaute, sah er Nye reglos neben Peel am Boden liegen. Peel stand wie angewurzelt da und blickte etwas hilflos auf den Mann zu seinen Füßen. Dann ließ er seinen Schläger ins Gras fallen und kniete sich zu ihm nieder. War Nye vom Blitz getroffen worden? Doch noch während er und Heidrich zurückliefen, verwarf Stableford diese Theorie wieder. Wäre es ein Blitz gewesen, hätte es Peel wohl auch erwischt. Die beiden Männer hatten ja dicht nebeneinandergestanden. Und hätte es dann nicht einen krachenden Einschlag geben müssen?

Plötzlich musste Stableford an den Vorfall beim Bankett denken. War an Holmes' spontaner Gifttheorie doch mehr dran, als sie zunächst gedacht hatten. War Nye vielleicht beim Lunch vergiftet worden und erst hier auf dem Fairway zusammengebrochen?

Peel versuchte indessen, Nye aufzurichten. Er packte ihn am Revers seiner Jacke, doch der nasse Tweedstoff rutschte ihm durch die Finger und Nyes Oberkörper fiel mit einem dumpfen Geräusch zurück auf das kurz gemähte Gras.

»Er ist einfach umgefallen«, sagte Peel fast tonlos, als sie ihn erreicht hatten.

Stableford blickte sich um. Weit und breit war kein Mensch zu sehen. Dann kniete er sich neben Peel und versuchte vergeblich, Nyes Puls zu erfühlen. Er beugte sich auch zu seinem Gesicht hinunter, konnte jedoch keinen Bittermandelgeruch wahrnehmen. Endlich begann er, um Hilfe zu rufen – erst verhalten und dann immer lauter –, bis die vier Männer der ersten Gruppe auf dem Hügel zwischen den Unheimlichen Schwestern erschienen. Sie sahen zu ihnen herunter und rannten los. Lester und Stellmacher kamen zuerst bei ihnen an, von Scheel folgte bald nach, Holmes traf als Letzter ein. Stableford musste feststellen, dass er ihn noch nie hatte rennen sehen. Im Alltag war seine Kriegsverletzung kaum zu bemerken. Er zog beim Gehen nur ganz leicht das linke Bein nach. Beim Laufen war seine Behinderung jedoch deutlich sichtbar und die Anstrengung stand ihm ins Gesicht geschrieben. Er atmete schwer, als er sich zu Nye niederkniete. Während er ihn untersuchte, schaute Stableford auf die Uhr. Es war kurz vor eins.

Nach einer gefühlten Ewigkeit blickte Holmes auf. »Er ist tot«, stellte er nüchtern fest und begann, seine blutigen Hände mit langen streichenden Bewegungen am Gras abzuwischen.

Ungläubig und wie hypnotisiert sah Stableford ihm zu und schloss dann die Augen. Wo kam das viele Blut her? War Nye ermordet worden? Aber wie sollte das passiert sein? Stableford öffnete die Augen wieder und blickte zu

Peel hinüber, der jetzt neben Lester stand. Er war blass, starrte ins Leere und seine Lippen zitterten leicht. Konnte er Nye ermordet haben? Unmöglich, er schien unter Schock zu stehen! Aber wenn er es nicht gewesen war, wer dann?

Das Ganze kam Stableford wie ein unmöglicher Mord vor, den es – so hatte er bisher zumindest angenommen – nur in Detektivromanen gab.

KAPITEL 15
Im Labyrinth

Nachdem John das Herrenhaus verlassen hatte, war Harriet zunächst in den Saal zurückgekehrt. Sie hatte gehofft, dort einen Hausangestellten beim Abräumen des Geschirrs anzutreffen, den sie nach Bellas Zimmer fragen konnte. Doch der Saal war immer noch leer. Also ging sie wieder in die Halle und dann die Treppe hinauf in den ersten Stock. Sie erreichte einen breiten Flur, von dem zu ihrer Rechten zwei Türen abgingen. Doch sie wagte nicht anzuklopfen, da sie hinter einer der beiden Sir Edmunds Zimmer vermutete. Unschlüssig stand sie da und wollte gerade die Treppe wieder hinuntergehen, als sie Schritte vernahm. Sie wartete, doch niemand erschien.

Von Neugier gepackt ging sie dem mittlerweile schwächer gewordenen Geräusch nach und erreichte bald das Ende des Flurs, das im Dunkeln lag. Hier gab es zwei weitere Türen, beide waren angelehnt. Die rechte führte in ein großes Bad, die linke zur Dienstbotentreppe. Harriet horchte, doch die Schritte waren nicht mehr zu hören. Plötzlich erinnerte sie sich, dass sich Bellas altes Kinderzimmer im zweiten Stock befunden hatte. Vielleicht war sie ja nie umgezogen, schließlich war sie das einzige Kind der Rogies. Es hatte also für sie nie einen Grund gegeben, den großen, lichtdurchfluteten Raum, der ursprünglich als Nursery genutzt worden war und den sie so geliebt hatte, zu verlassen.

Harriet ging die schmale Treppe hinauf. Hatte es gerade gedonnert? Als sie im zweiten Stock angelangt war, blickte sie aus einem kleinen Fenster. Der Himmel war dunkel, aber es regnete nicht. Sie sah nach unten und bemerkte eine Bewegung hinter einer Reihe von Rhododendronbüschen. Ein Mann in einem dunklen Blazer und grauen Hosen schlich am Haus vorbei. Harriets Sicht war durch eine hohe Buche dicht vor dem Fenster eingeschränkt, doch sie war sich bald sicher, dass es sich um einen der beiden Vertreter der Golfverbände handeln musste. Welcher von ihnen es war, konnte sie beim besten Willen nicht erkennen. Sie waren sich in Größe und Gestalt einfach zu ähnlich und zudem gleich gekleidet.

Der Mann trug einen länglichen Gegenstand, vielleicht eine Golftasche, unter dem Arm und blickte sich mehrmals um, so als ob er sich versichern wollte, dass ihm niemand folgte. Als er hinter einer Hecke verschwunden war, betrat Harriet den Flur. Auch hier gab es zwei Türen; hinter der ersten lag Bellas Kinderzimmer, wenn Harriet sich nicht irrte. Sie klopfte, doch nichts regte sich. Vorsichtig drehte sie am Türknauf und trat ein. Der Raum war noch immer so, wie sie ihn in Erinnerung hatte: das Schaukelpferd unter dem Fenster, an der linken Wand das große Puppenhaus, mit dem sie so oft gespielt hatten, und gegenüber Bellas Himmelbett, um das Harriet sie stets ein wenig beneidet hatte.

Bemerkenswert, wie selektiv das Gedächtnis arbeitet, dachte sie bei diesem vertrauten Anblick. Sie erinnerte sich an die Farben der Puppenhaustapeten und an den Geruch der Mähne des Schaukelpferdes, aber sie hätte nicht sagen können, zu welcher Seite des Hauses die beiden großen Fenster vor ihr zeigten. Auch hatte sie nicht die Spur einer Ahnung, welche Gänge und Treppen sie als Kind benutzt hatte, um zu diesem Zimmer zu gelangen.

Als sie zurück auf den Flur trat, donnerte es abermals. Sie lauschte eine Weile in die Stille hinein und dachte an

John. Dann klopfte sie an die zweite Tür. Auch hier gab es keine Antwort und die Tür war verschlossen. Harriet ging weiter. Bald erreichte sie eine breitere Treppe und stieg diese hinunter. Sie wusste, dass das Haus einen L-förmigen Grundriss hatte, aber sie hätte nicht sagen können, in welchem Teil des Gebäudes sie sich jetzt befand. Sie musste wieder im ersten Stock sein, so viel war sicher, doch der Flur, in dem sie nun stand, war länger und schmaler als der, in dem ihre Odyssee begonnen hatte.

Zielstrebig ging sie auf ein großes Fenster zu und blickte hinaus, um sich zu orientieren, doch den kleinen Nutzgarten unter ihr hatte sie noch nie gesehen. Die zwei Personen, die dicht beieinander zwischen den Beeten standen, erkannte sie jedoch sofort. Es waren die Saint-clairs und ihre Körpersprache verriet, dass sie sich nicht über den besten Termin für die Salatkeim-Aussaat unter-hielten. In gebeugter Haltung hielt sich Robert Saint-clair fast theatralisch die rechte Schulter, während seine Schwester immer wieder mit dem Fuß aufstampfte und wütend auf ihn einzusprechen schien. Dabei ruderte sie mit den Armen und Harriet hatte den Eindruck, dass ihr Bruder unter diesem leidenschaftlichen Ansturm immer kleiner wurde. Die Szene wirkte übertrieben, bei-nahe wie aus einem Stummfilm, doch da die erklären-den Texteinblendungen fehlten, verlor Harriet bald das Interesse und beschloss, denselben Weg zurückzugehen, den sie gekommen war, um sich nicht noch weiter in den labyrinthischen Gängen von Annandale zu verlaufen.

Nach etwa zehn Minuten stand sie wieder am Treppen-absatz im ersten Stock und blickte erleichtert in die Ein-gangshalle hinunter. Plötzlich hörte sie, wie hinter ihr eine Tür geöffnet wurde. Sie sah sich um. In diesem Moment trat Nita Nye durch die erste Tür auf den Flur. Sie trug einen eng anliegenden smaragdgrünen Pullover und eine weit geschnittene braungrüne Tweedhose.

»Hallo!«, sagte Harriet.

Doch Nita Nye schien sie nicht gehört zu haben. Sie drehte Harriet den Rücken zu und ging etwas unsicher und schwankend den Flur entlang. Dabei stoppte sie zweimal, um sich an der Wand abzustützen, und verschwand dann im Bad.

Die Arme, dachte Harriet mitfühlend.

Hatte sie sich in den Alkohol geflüchtet, weil sie die Angst um Sir Edmund nur so ertragen konnte? Oder war ihr erst nach dem gestrigen Unglück ihre fragile Lage ganz zu Bewusstsein gekommen? Wenn Sir Edmund keine Vorkehrungen getroffen hatte und sich nicht von seinem Schwächeanfall erholen würde, ständen sie und Nero wohl tatsächlich völlig mittellos vor dem Nichts.

Harriet seufzte und stieg die Treppe hinunter. Die große Standuhr in der Halle zeigte Viertel nach eins. Harriet hatte plötzlich das Bedürfnis nach frischer Luft. Sie ging zur Haustür, öffnete sie und erschrak. Dicht vor ihr stand ein großer Mann in einem schmutzigen Tweedanzug. Er war wohl selbst gerade im Begriff gewesen, die Tür zu öffnen.

»Sehe ich so zum Fürchten aus?«, fragte er freundlich und lächelte, dann streckte er ihr die Hand entgegen. »Simon Hall, wir hatten noch nicht das Vergnügen.«

»Harriet Stableford, sehr erfreut«, erwiderte Harriet, die sich schnell von ihrem Schrecken erholt hatte, und nahm seine Hand.

Der Mann sah ganz und gar nicht zum Fürchten aus – im Gegenteil, eigentlich war er sehr attraktiv. Doch als sie auf seine Hand hinuntersah, beschlich sie ein ungutes Gefühl: Die Fingerknöchel waren rötlich und geschwollen.

KAPITEL 16
Die Leichenschau

»Ich bin Ihnen sehr dankbar, dass Sie mich vor den anderen nicht nach der Todesursache gefragt haben«, sagte Holmes und zündete sich eine Zigarette an. »Eine diesbezügliche Spekulation vor Zeugen führt häufig zu wilden Gerüchten und kann viel Unruhe in die Ermittlungsarbeit bringen.«

»Nichts zu danken!«, entgegnete Stableford ernst. »Haben Sie denn schon eine Idee, wie Sie mit dieser neuen Situation umgehen werden?«

»Wir, mein lieber Stableford, wie wir mit dieser Situation umgehen werden! Und ja, ich habe mir darüber Gedanken gemacht und auch schon einiges in die Wege geleitet, während Sie mit Harriet sprachen.«

Sie standen vor Nyes Bett und blickten auf das glatt rasierte weiße Gesicht des Leichnams. Mit Lesters Hilfe hatten sie ihn auf sein Zimmer gebracht und auf dem Weg dorthin Harriet getroffen, die sichtlich bestürzt reagiert und es vehement abgelehnt hatte, sie zu begleiten. Während Stableford sie gebeten hatte, im Drawing Room auf sie zu warten, hatte Holmes mit Evans gesprochen.

»Ich habe die Spieler samt ihren Aushilfscaddies gebeten, bis auf Weiteres im Saal zu bleiben«, erklärte Holmes nun. »Evans wird dafür sorgen, dass sich auch alle anderen Bewohner und Gäste dort einfinden und für Fragen zur Verfügung halten. Anschließend wird er sich um die Sicherstellung der Golftaschen von Peel und Heidrich kümmern, auch wenn ich mir bezüglich des Mordes nicht viel von deren Untersuchung verspreche.«

»Mord? Kennen Sie denn die Todesursache?«, fragte Stableford überrascht.

»Ich habe eine Ahnung, aber wir werden vielleicht gleich Gewissheit haben.«

»Und Mrs Nye? Wann wollen Sie es ihr sagen?«

»Sobald ich sie sehe. Evans meinte eben, dass sie weder in ihrem noch in Sir Edmunds Zimmer ist – die beiden Räume befinden sich nebeneinander im ersten Stock. Nachdem er sich um die Golftaschen gekümmert hat, wird er sich auf die Suche nach ihr machen und mir Bescheid geben, wenn er sie gefunden hat.«

»Und wie haben Sie sich die nichtoffizielle Untersuchung vorgestellt? Müssten Sie sich nicht langsam als Quasi-Scotland-Yard-Ersatz zu erkennen geben?«, fragte Stableford.

»Ich?« Holmes sah ihn erstaunt an. »Ich bin doch nur der Teamarzt der englischen Mannschaft. Sie werden die Sache untersuchen, Stableford. Natürlich werde ich immer an Ihrer Seite sein, aber ich hatte mit meinem Vorgesetzten schon vor Beginn dieses Einsatzes besprochen, dass ich Sie im Fall der Fälle als privaten Ermittler mit Beziehungen bis in die höchsten Kreise von Scotland Yard vorstellen würde. Damit ist die örtliche Polizei aus dem Spiel, und bis die Herren von Scotland Yard eintreffen – was sie natürlich nie tun werden, weil niemand sie von diesem Vorfall unterrichten wird –, haben wir freie Hand und weitreichende Befugnisse.«

»Ah, die gute alte Carte Blanche also. Ist die von unserem letzten Abenteuer in Schottland noch gültig oder haben Sie sich eine neue ausstellen lassen?«

Holmes lächelte kurz. »Sie ist neu und noch blütenrein. Aber das wird sich gleich ändern, denn wir sollten uns jetzt ans Werk machen!« Er drückte seine halb gerauchte

Zigarette in einem marmornen Aschenbecher auf dem Nachttisch aus und begann dann, dem Toten die Tweedjacke auszuziehen.

Mit Stablefords zaghafter Hilfe folgten ein Fair-Isle-Pullunder und ein am Rücken blutdurchtränktes Flanellhemd, bis Nyes Oberkörper nackt war.

»Was wir nun tun werden, ist sozusagen die nichtoffizielle Leichenbeschauung. Sind Sie bereit?«, fragte Holmes.

Stableford nickte ohne jede Begeisterung und Holmes fing mit der Untersuchung des Toten an. Er fasste dessen linken Arm am Handgelenk, hob ihn an und es dauerte keine dreißig Sekunden, bis er fündig wurde.

»Da, sehen Sie!«, sagte er und deutete mit seinem langen Zeigefinger auf ein etwa daumennagelgroßes Loch ungefähr eine Handbreit unter der Achsel am Ansatz des Brustmuskels.

Es war fast kreisrund und rötlich braun.

»Ein Einschuss?«, fragte Stableford.

Holmes nickte.

»Ich habe keine Erfahrung in diesen Dingen, aber er sieht doch ziemlich harmlos aus«, bemerkte Stableford skeptisch.

»Sicher, aber eine kleine äußere Wunde sagt bei Schussverletzungen nie etwas über die Schwere der inneren Schädigungen aus«, erklärte Holmes. »Diese Erfahrung habe ich übrigens aus dem Krieg mitgebracht, denn wie Sie sich bestimmt erinnern werden, bin ich Psychiater und kein Gerichtsmediziner. Wenn ich mir allerdings die Lage des Einschusses anschaue, dann hat das Projektil definitiv die Lunge und höchstwahrscheinlich auch das Herz durchschlagen.«

»Und ist am Rücken wieder ausgetreten, nicht wahr?

Das viele Blut, das Sie auf dem Golfplatz an Ihren Händen hatten, und auch das auf dem Hemd sind wohl nur so zu erklären.«

»Schauen wir doch einfach nach!«

Sie drehten Nye auf die Seite und Stableford fuhr erschrocken zurück. Auf dem Rücken des Toten klaffte eine fast handtellergroße offene Wunde in Form eines Dreiecks. Teile der Rückgrats waren sichtbar und die vielen kleinen Knochensplitter legten nahe, dass das Projektil einen der Wirbel durchschlagen hatte.

»Kein schöner Anblick«, bemerkte Holmes.

Stableford sagte nichts. Er spürte Übelkeit in sich aufsteigen und versuchte, sie durch konzentriertes tiefes Ein- und Ausatmen zu bekämpfen.

»Sie sind sprachlos?«, fragte Holmes verwundert. »Das erlebt man nicht alle Tage. Soll ich Ihnen ein Glas Wasser holen – oder etwas Stärkeres?«

»Nein, danke, es geht schon wieder. Haben Sie eine Idee, was für eine Waffe diese Verletzung herbeigeführt haben könnte?«

»Als Psychiater – nein. Doch als ehemaliger Offizier würde ich auf ein Gewehr aus ziemlich kurzer Distanz tippen. Aber das ist merkwürdig.«

»Was ist merkwürdig?«

»Es muss einen lauten Knall gegeben haben, als die Waffe abgefeuert wurde, doch auf der zweiten Bahn war nichts zu hören, nur hin und wieder ein Donnergrollen des heranziehenden Gewitters. Diese beiden Geräusche kann man allerdings wirklich nicht miteinander verwechseln.«

»Nein«, stimmte Stableford zu. »Ich habe übrigens auch keinen Schuss gehört. Peel rief ›Nye!‹, und als ich mich umdrehte, lag er am Boden. Er muss sofort tot gewesen sein.«

»Mehr oder weniger. Wenn das Herz verletzt wurde, hat es nur wenige Sekunden gedauert und er war sicherlich gleich bewusstlos wegen des Nervenschocks.«

Stableford schwieg. Er versuchte, Nyes letzte Bewegungen zu rekonstruieren.

»Lassen Sie mich an Ihren Gedanken teilhaben?«, fragte Holmes nach einer Weile.

»Nun, in Anbetracht von Nyes Position und der Lage von Ein- und Austrittswunde wollte ich die Richtung ermitteln, aus der der Schuss gekommen sein muss.«

»Dann lassen Sie mal hören!«

»Nye stand ein paar Fuß hinter Peel, der im Begriff war, seinen Ball zu spielen. Als er bemerkte, dass Nye ihm einen falschen Schläger gereicht hatte, bat er um den richtigen und Nye machte einen Schritt auf ihn zu. Das habe ich noch gesehen, bevor ich mich wieder umdrehte. Nye trug Peels Tasche über der linken Schulter, die Öffnung mit den Schlägerköpfen zeigte nach vorn. Ich nehme an, dass er dann im Laufen mit der rechten Hand nach dem Schläger griff und sich dabei etwas nach links und nach vorne beugte.«

»Er könnte sich aber auch weiter umgedreht oder den Schläger mit der linken Hand gegriffen haben, nicht wahr?«, wandte Holmes ein.

»Sicher, aber ich meine mich zu erinnern, dass er die Schläger während der Vormittagsrunde immer auf die gleiche Weise aus der Tasche zog. Wie dem auch sei, Peels Ball lag etwa auf der Höhe des Hügels mit den drei Baumruinen. Folgt man meiner Rekonstruktion, müsste der Schuss doch von dieser Anhöhe aus abgegeben worden sein, nicht wahr?«

»Gesetzt den Fall, dass sich Nye wirklich so bewegt hat, ja.«

»Wieso?«

»Als wir Ihre Hilferufe hörten, blickten wir sofort in Ihre Richtung und hätten den Schützen sicher gesehen, wenn er auf unserer Seite des Hügels gestanden hätte. Hätte er sich auf der anderen Seite befunden, hätten Sie ihn wohl kaum übersehen können. Dazu kommt, dass wir alle vier über den Hügel rannten, um zu Ihnen zu gelangen. Da war niemand, das kann ich beschwören. Und das Unterholz der Hecke zwischen den beiden Bahnen bietet kaum Deckung.«

»Es ist wie verhext«, sagte Stableford und begann seine Pfeife zu stopfen.

»Und damit haben wir gleich drei Verdächtige auf diesem Hügel beisammen, nicht wahr?«

Überrascht sah Stableford auf. Holmes' Bemerkung über die Unheimlichen Schwestern sollte geistreich und humorvoll wirken, doch seine Stimme verriet ein tiefes Unbehagen.

KAPITEL 17
Schwarze Magie

»Stellt euch das vor!«, rief Percy fassungslos. »Sie glaubte mir nicht, schrie mich an, nannte mich einen Lügner und noch einiges mehr, was ich hier vor Harriet nicht wiederholen möchte. Ihre Schimpfworte waren bemerkenswert und hätten jeden Londoner Taxifahrer erröten lassen. Dann warf sie eine Haarbürste und einen Handspiegel nach mir und brach schließlich vor meinen Augen schluchzend zusammen. Ich half der Kammerzofe noch, sie ins Bett zu legen, und zog mich dann schnell zurück. Jetzt brauche ich etwas zu trinken.«

»Ein Diener hat vor ein paar Minuten Kaffee gebracht«, sagte Harriet und wies auf das Sideboard neben der Tür zum Saal.

»Kaffee? Ich brauche vierzigprozentigen Kaffee! Schau dir meine Hände an. Sie zittern! Mrs Nye hat mich das Fürchten gelehrt.«

John ging zu einem kleinen Bartisch am Fenster, goss Whisky in ein Glas und reichte es Percy. Der trank es in einem Zug leer.

»Danke! Das war nötig«, sagte er etwas ruhiger und ließ sich in einen Sessel fallen. »Ich kann ihre Wut auf das Schicksal ja verstehen. Erst Sir Edmunds Schwächeanfall und jetzt der Tod ihres Sohnes. Aber die Heftigkeit ihrer Reaktion hat mich doch überrascht.«

Harriet musste daran denken, wie sie Mrs Nye zuvor im Flur gesehen hatte. Offenbar hatte sie tatsächlich getrunken und dieser Zustand war vermutlich auch für ihr extremes Verhalten Percy gegenüber verantwortlich.

Sie hatte Mitleid mit der Frau. Immerhin hatte sie gerade ihr einziges Kind verloren.

John und Percy hatten Nero Nyes Leiche untersucht und waren dann in den Drawing Room gekommen, wo Harriet auf sie gewartet hatte. Percy hatte ihr gerade von dem Ergebnis ihrer Leichenschau erzählt, als Evans eingetreten war und ihm gemeldet hatte, dass Mrs Nye jetzt auf ihrem Zimmer sei. Percy hatte sich verabschiedet und sich aufgemacht, ihr vom Tod ihres Sohnes zu berichten. Während seiner Abwesenheit hatte John Harriet von den Geschehnissen auf der ersten Bahn erzählt und seine Ratlosigkeit hatte ihr Angst gemacht.

»Und wie geht es jetzt weiter?«, fragte sie, während sie sich einen Kaffee eingoss.

»Nun, Holmes möchte mich den Gästen als privaten Ermittler mit sehr guten Scotland-Yard-Kontakten vorstellen. Ich weiß nicht, ob sie sich mit dieser etwas schwammigen Empfehlung abfinden werden, aber da der Inlandsgeheimdienst jedwede Beteiligung der Polizei verhindern will, gibt es wohl keine Alternative.«

»So ist es«, sagte Percy und balancierte das leere Glas auf seinen Knien. »Ich schlage vor, dass wir den Drawing Room zu unserem Hauptquartier machen und alle Personen, die irgendwie für diesen Mord in Betracht kommen, hier befragen.«

»Wenn sie einer Befragung zustimmen«, warf John ein.

»Natürlich. Zunächst sollten wir jedoch unsere Beobachtungen zusammentragen. Vielleicht ergibt sich ja daraus schon eine Richtung für unsere Ermittlungen.«

»Bin ich denn überhaupt als Teil eures Teams vorgesehen?«, fragte Harriet überrascht.

»Ja«, entgegnete John bestimmt. »Ich habe darauf bestanden. Seit heute Morgen gehörst du offiziell dazu.«

Percy nickte zustimmend, doch sein Gesicht verriet wenig Begeisterung. »Ich habe noch vor der Vormittagsrunde mit meiner Kontaktperson in London telefoniert. Er war nicht gerade erfreut, was aber auch an dem Umstand liegen könnte, dass ich ihn aus dem Bett geklingelt habe. Gleichwohl haben wir zunächst für diesen Einsatz seine Zustimmung erhalten. Willkommen beim Inlandsgeheimdienst!«

»Danke«, sagte Harriet und versuchte sich an einem Lächeln. Sie hatte sich die Tage in Upper Biggins anders vorgestellt.

»Gut! Wollen wir dann anfangen?«, fragte Percy ungeduldig.

John sah ihn verständnislos an.

»Ich meine, wollen Sie mit der Rekapitulation Ihrer Beobachtungen beginnen, Stableford?«

»Gerne, aber an welchem Punkt?«

»Vielleicht beim ersten Abschlag auf der Nachmittagsrunde? Viel weiter brauchen wir meines Erachtens nicht zurückzugehen.«

»Dann schließen Sie also aus, dass Sir Edmunds Zusammenbruch irgendetwas mit dem Mord an Nye zu tun haben könnte?«

»Ja. Ich denke, es war tatsächlich nur ein Schwächeanfall, wenn auch einer der übleren Art. Dr Prendergast tippt auf den Magen, wollte aber einen leichten Herzanfall ebenso nicht ausschließen.«

»Wie Sie meinen. Bei einer derart stichhaltigen Diagnose würde ich wohl genauso denken«, sagte John und begann mit seiner Schilderung.

Als er fertig war, erzählte Harriet von ihrer glücklosen Suche nach Bella. Dabei erwähnte sie den Mann hinter der Hecke ebenso wie die Saintclairs im Gemüsegarten, ihre

Begegnung mit Simon Hall und Mrs Nyes schwankenden Auftritt gegen Viertel nach eins auf dem Flur im ersten Stock.

»Und du glaubst wirklich, dass sie getrunken hatte?«, fragte Percy.

»Ich kann mir ihren Zustand nicht anders erklären.«

»Oh, versteh mich bitte nicht falsch! Ich finde, das klingt absolut naheliegend. Es wäre nämlich ein Grund für ihre ausgesprochen unkontrollierte und bemerkenswert rüde Reaktion auf meine Hiobsbotschaft, nicht wahr?«

Harriet nickte. »Diesen Gedanken hatte ich auch schon.«

John äußerte sich nicht dazu. Stattdessen fragte er Percy: »Und was haben Sie uns zu erzählen?«

»Nicht viel, befürchte ich. Ich trug die Tasche für von Scheel, während Stellmacher sich um Lesters Schläger kümmerte. Die beiden verstanden sich auf Anhieb. Gesehen habe ich während der fraglichen Zeit niemanden auf dem Golfplatz. Allerdings habe ich auch nicht wirklich darauf geachtet. Wir plauderten sehr nett. Lester und von Scheel schlugen am Tee der zweiten Bahn ab. Ihre Bälle landeten fast nebeneinander auf der Mitte des Fairways. Als wir sie gerade erreicht hatten, hörten wir Ihre Hilferufe. Der Hügel mit den Unheimlichen Schwestern lag etwa sechzig Yards von uns entfernt. Wir rannten los und überquerten ihn nacheinander – erst Lester und Stellmacher, dann von Scheel, und ich bildete die humpelnde Nachhut. Mehr habe ich nicht zu berichten. Allerdings kann ich ausschließen, dass einer der Herren aus meiner Gruppe direkt etwas mit dem Schuss auf Nye zu tun hatte. Wir waren immer dicht beisammen.«

»Hm«, machte John nachdenklich. »Wir sind der Lösung des Problems also nicht nähergekommen.«

»Nein«, sagte Harriet leise. »Es scheint unmöglich zu sein.«

»Ganz recht!«, rief Percy. »Und doch haben wir eine Leiche.«

»Es ist wie verhext«, warf John ein.

»Das sagten Sie vorhin schon einmal. Meinen Sie nicht, es wäre langsam an der Zeit, die Schwarze Magie als Ursache dieses Verbrechens auszuschließen und sich auf die Suche nach einem weltlichen Motiv zu machen?«

»Ich gebe Ihnen recht, dass Verbrechen in der Regel aus Motiven und nicht aus Gelegenheiten entstehen. Und wenn es solch ein Motiv gibt, findet sich irgendwann auch eine Gelegenheit für die Tat. Aber hier haben wir ein Verbrechen, für das es scheinbar gar keine Gelegenheit gab. Wie kann man da zuerst nach einem Motiv suchen? Wir sollten zunächst klären, wie das Verbrechen überhaupt begangen werden konnte. Dann können wir immer noch überlegen, ob wir die heilige römische Inquisition anrufen oder – falls es uns gelingt, einen menschlichen Verdächtigen zu ermitteln – über ein Tatmotiv nachdenken sollten.« John ging zum Sideboard hinüber und hantierte mit einer Kaffeetasse. »Die Frage ist doch, wie wir den unheimlichen Anschein dieses Verbrechens durchdringen können«, fuhr er mit dem Rücken zu ihnen fort. »Er verstellt die Sicht auf das eigentliche Problem. Am besten klären wir zunächst, ob wir die ›Schwarze Magie‹, wie Sie es nannten, wirklich so einfach ausschließen sollten.«

»Mir ist gerade nicht nach Späßen zumute«, bemerkte Percy angespannt.

»Ich spaße nicht! Haben Sie eine Schilling-Münze?«

»Oh, Gott! Kommt jetzt wieder einer Ihrer magischen Zaubertricks so wie damals in Cornwall?«

»Wenn ich mich richtig erinnere, hat dir dieser Trick sehr gut gefallen«, mischte sich Harriet ein.

»Du hast recht«, gab Percy zu. »Hier, mein lieber Stableford, ein Schilling!« Er legte die Münze auf den Tisch. »Ich hoffe, Sie halten mich nicht für einen sentimentalen Esel, aber es ist tatsächlich derselbe, mit dem Sie uns in Peters Peter ›bezauberten‹. Ich trage ihn seit diesem Abend immer bei mir.«

John schmunzelte und kam mit seiner dampfenden Tasse zu ihnen. »Wollen wir uns hierhin setzen?«, sagte er zu Harriet und zeigte auf das Sofa neben dem Sessel, in dem Percy Platz genommen hatte.

Sie ließen sich nieder und John stellte vorsichtig seine Tasse ab. Dann nahm er die Münze vom Tisch und befühlte sie nachdenklich.

»Es ist wichtig, dass sie die richtige Temperatur hat«, erklärte er. »Die Temperatur des Kaffees ist ebenfalls von Bedeutung. Ich hoffe, dass er noch heiß genug ist.« Er hielt die Münze am Rand zwischen Daumen und Zeigefinger und ließ sie langsam über der Tasse kreisen. Dann legte er sie vorsichtig auf der schwarzen Kaffeeoberfläche ab und zog seine Hand zurück.

Die Münze schwamm.

»Seht es euch genau an! Gleich wird sie versinken. Es funktioniert nur, solange der Kaffee heißer ist als das Geldstück.«

Tatsächlich begann sich die Münze in diesem Moment nach einer Seite zu neigen. Dann war sie verschwunden.

»Ich gebe zu, dass mich Ihr Trick beeindruckt«, sagte Percy mürrisch. »Aber was hat das mit unserer misslichen Lage zu tun?«

»Nun, Ihr spracht ja eben selbst von der Unmöglichkeit dieses Verbrechens. Ich musste schon auf dem Platz darüber nachdenken und fand wie so oft eine Analogie im Detektivroman. Dort sind ›unmögliche Morde‹ wie auch das ›Rätsel des verschlossenen Raumes‹ typische Taschenspielertricks im Repertoire der Autoren. Man kommt in diesen Fällen nur auf die Lösung, wenn man gewillt ist, seine Alltagsperspektive auf die Dinge, Fakten und Hinweise aufzugeben. Und genau dies sollten wir auch in unserem Fall schleunigst tun, solange die Spur noch nicht völlig erkaltet ist. Der Trick sollte euch diesen Ansatz verdeutlichen. Habt ihr eine Idee, wie ich die Münze zum Schwimmen gebracht habe?«

»Die Sache mit der Temperatur ist wahrscheinlich völliger Unsinn, nicht wahr?«, sagte Harriet.

»Genau.«

»Lassen Sie hören, Mann!«, rief Percy ungeduldig.

»Also gut. Während ich mit dem Rücken zu euch am Sideboard stand, errichtete ich in der Tasse eine Säule aus Zuckerwürfeln. Ich wartete, bis Sie die Münze auf den Tisch gelegt hatten, und goss dann vorsichtig Kaffee ein. Er sollte den obersten Würfel nur ganz knapp verdecken. Ich balancierte die Tasse zum Tisch und platzierte schließlich die Münze auf der Zuckersäule.«

»Und als sich der Zucker aufzulösen begann, sank sie zu Boden«, schloss Harriet.

»Und die neue Perspektive?«, fragte Percy. »Wollten Sie uns damit in Ihrer so typisch philosophischen Weise klarmachen, dass wir das Ding an sich hinter der Erscheinung suchen müssen?«

»Kant? Nein, mein lieber Holmes. Sie beschämen mich. Mir ging es eigentlich nur um den Umstand des Schwimmens. Das Treiben der Münze auf dem Kaffee ist doch der eigentliche Skandal dieses Tricks, und der Betrachter ist von diesem Umstand so befangen, dass er ihn nicht wirklich hinterfragt.«

»Und ein Wechsel der Perspektive ändert das?«

»Ja, denn tatsächlich schwimmt die Münze nie – weder allein noch durch den Zucker. Der verzögert nur die Geschwindigkeit ihres Versinkens. Das ist der notwendige Perspektivwechsel, der in diesem Fall das scheinbar Unmögliche möglich macht.«

»Ich verstehe«, sagte Percy. »Wäre es Ihnen dennoch möglich, mir meine Münze aus der Tasse herauszufischen?«

KAPITEL 18
Dramatis Personae

»Wir wissen nun also, dass wir unorthodox denken müssen«, sagte Percy, rieb die Schilling-Münze sorgsam mit einem Taschentuch ab und steckte sie in seine Westentasche zurück. »Aber sollten wir nicht auch etwas tun?«

»Sicher«, stimmte John zu. »Ihr, ich meine unser eingeschleuster Mann sollte den Hügel und die Hecke zwischen den beiden Bahnen nach Spuren absuchen.«

»Gut, ich werde das in die Wege leiten. Und was machen Sie?«

»Ich?«, fragte John erstaunt.

»Ja! Was werden Sie jetzt tun?«

»Mein Metier ist doch eher das Denken, meinen Sie nicht? Ich werde mir eine neue Tasse Kaffee holen und meine müden Glieder ausruhen. Heidrichs Tasche war wirklich schwer. Und falls Sie die Damen und Herren von der Notwendigkeit einer Befragung überzeugen können, werde ich mich anschließend mit ihnen in der Kunst der Unterredung üben.«

»Wie Sokrates?«

John lachte. »Ja, wie ein detektivischer Sokrates. Im Prinzip ist ja jede Befragung eine abgeleitete Form der Dialektik. Wir erwerben Wissen und überprüfen es.«

»Und wen willst du befragen?«, mischte Harriet sich ein.

»Alle«, antwortete John lakonisch. »Besonders interessant sind natürlich die Personen, die wir während der Tatzeit nicht im Blick hatten. Aber auch die anderen können wichtig sein. Vielleicht haben sie Dinge gesehen oder gehört, die uns entgangen sind.«

»Ich schlage vor, dass wir mit den deutschen Spielern beginnen«, sagte Percy.

»Weshalb?«

»Weil wir sie unter Umständen nach der Befragung nach Hause schicken können.«

»Um eine diplomatische Krise zu vermeiden?«

»Nun, sagen wir, um Unannehmlichkeiten zu entgehen.«

»Wie Sie meinen. Befragen wir also zuerst von Scheel, Stellmacher und Heidrich. In gewisser Weise können wir ja tatsächlich für diese drei Herren bürgen. Sie waren mehr oder weniger an unserer Seite, als Nye erschossen wurde. Helmes würde ich von dieser Extrabehandlung aber gerne ausschließen. Immerhin könnte er der Mann hinter der Hecke gewesen sein, von dem Harriet sprach.«

»Oder Mr Bannister«, fügte sie hinzu.

»Ganz recht. Dann sollten wir diese beiden Herren im Anschluss befragen.«

»Und dann die englischen Spieler?«, wollte Percy wissen.

»Lieber nicht. Lester und vor allem Peel würde ich mir gerne bis zum Schluss aufheben. Gerade Peel scheint mir eine unbekannte Größe in diesem Rätsel zu sein. Ich wäre für die Saintclairs.«

»Gefolgt von Hall?«

»Einverstanden.«

»Und Miss Rogie?«

»Bella?« Harriet war überrascht. »Was hat sie denn mit dieser Sache zu tun?«

»Weißt du, wo sie sich gegen ein Uhr aufgehalten hat?«, fragte John vorsichtig.

»Nein.«

»Dann sollten wir sie doch danach fragen, meinst du nicht?«

»Der Vollständigkeit halber? Einverstanden«, gab Harriet nach.

»Im Anschluss können wir uns dann mit Lester und Peel beschäftigen.«

»Sie halten Peel tatsächlich für eine Schlüsselfigur?«, fragte Percy skeptisch.

»Allerdings! Mir ist klar, dass wir ihn von vornherein als Täter ausschließen müssten, würden wir allein dem gesunden Menschenverstand folgen. Er hat sich jedoch dermaßen auffällig verhalten, dass ich ihn nicht so schnell vom Haken lassen möchte.«

»Und wenn dich dein detektivischer Spürsinn hier einmal täuschen sollte?«, gab Harriet zu bedenken.

»Dann müssen wir Mrs Nye belästigen. Es fällt mir schwer, sie als Verdächtige zu betrachten, aber vielleicht kann sie uns etwas über die Beziehungen ihres Sohnes zu Hall und Saintclair erzählen. Dass die beiden ein Problem mit ihm hatten, steht wohl außer Frage. Es wäre interessant zu wissen, wie tief ihre Abneigung wirklich ging und ob Mrs Nye die Gründe dafür kennt.«

»Aber lassen Sie ihr noch den Tag und die kommende Nacht Zeit, Stableford!«, riet Percy mit ernster Miene. »Sie hat gerade ihren Sohn verloren und braucht jetzt vor allem Ruhe und Schlaf.«

»Sicher. Vielleicht kann sie uns ja morgen Vormittag empfangen, wenn es dann überhaupt noch nötig sein sollte.«

»Und Sir Edmund?«, fragte Harriet.

»Oh, den hätte ich fast vergessen! Der Schwächeanfall hat ihn ja praktisch aus dem Spiel genommen. Aber du hast ganz recht. Wenn es sein Zustand zulässt, sollten wir auch ihn befragen.«

»Nun gut«, sagte Percy und erhob sich aus seinem Sessel. »Dann werde ich mich jetzt in den Saal begeben, die Anwesenden über Ihre hochgeschätzte Tätigkeit für Scotland Yard unterrichten und sie um ihre Mithilfe bitten. Mit etwas Glück kehre ich bald mit den deutschen Golfspielern zurück.«

»Wir zählen die Minuten, mein lieber Holmes. Aber übertreiben Sie bitte nicht, wenn Sie von meiner fiktiven gelegentlichen Arbeit für Scotland Yard sprechen. Es wäre für uns von Vorteil, wenn uns unsere Gesprächspartner auf Augenhöhe begegneten.«

»Ich werde mich bemühen«, erwiderte Percy und verließ den Raum.

Sobald er die Tür hinter sich geschlossen hatte, wandte John sich an Harriet: »Ist dir nicht wohl? Du hast kaum etwas gesagt und siehst müde und auch ein wenig verängstigt aus.«

»Es ist nichts«, log Harriet und blickte zu Boden. Sie konnte ihm nicht in die Augen sehen, nicht jetzt. So kurz vor dem Beginn der Befragungen wollte sie ihn auf keinen Fall verunsichern.

Sie hatte tatsächlich Angst. Es war ihr drittes gemeinsames Abenteuer – wenn man die Jagd nach einem Mörder so bezeichnen wollte. Im ersten Fall hatte sie ein persönliches Interesse an der Aufklärung gehabt, im zweiten war sie John naiv in die Highlands gefolgt. Das Detektivspielen war zugegebenermaßen aufregend, aber auch unheimlich, und sie hatte gehofft, dass er es nach ihrer Rückkehr aus Schottland an den Nagel hängen und sich ganz dem Schreiben von Detektivromanen widmen würde. Während seiner Beichte von letzter Nacht war ihre Hoffnung gesunken und der Mord an Nero Nye hatte sie nun gänzlich zunichtegemacht. Statt im Pfarrhaus bei den Vorbereitungen für das Geburtstagsfest ihres Vaters zu

114

helfen, unterstützte sie nun einmal mehr John und Percy bei der Aufklärung eines Mordes. Es war auch diesmal aufregend, aber es hatte sich etwas Grundlegendes geändert.

»Harriet?«

Sie blickte auf und sah in Johns besorgtes Gesicht. In diesem Moment öffnete sich die Tür und Percy betrat den Drawing Room, gefolgt von den drei deutschen Golfern.

KAPITEL 19
Das Spiel beginnt

»Ich möchte mich zunächst bei Ihnen dafür bedanken, dass Sie einer Befragung zugestimmt haben«, begann Stableford, nachdem die drei Herren um den Couchtisch Platz genommen hatten. »Sie ersetzt natürlich nicht die offizielle Untersuchung der Kriminalpolizei, aber da diese nicht vor morgen Abend hier sein wird, hielten wir es für angebracht, die Eindrücke und Beobachtungen aller Anwesenden zu sammeln, solange sie ihnen noch frisch im Gedächtnis sind.«

»Und Sie leiten diese nicht offizielle Befragung?«, fragte von Scheel freundlich, aber in seinem Tonfall schwang eine gewisse Skepsis mit.

»Nun, wie Ihnen Dr Holmes wohl schon erzählt hat, habe ich gute Kontakte zu Scotland Yard und einige Erfahrung in der Ermittlungsarbeit. Dennoch will ich noch einmal betonen, dass unsere Unterhaltung rein informativ und völlig informell ist. Möchten Sie vielleicht etwas trinken?«

»Ich könnte einen Whisky vertragen«, sagte Stellmacher müde und strich sich über seinen Schnurrbart. »Gestern scherzten Sie mit Hans noch über die tödlichen Gefahren von Landhauswochenenden und nun ist es tatsächlich geschehen. Können Sie uns sagen, wie Mr Nye gestorben ist? Ich habe natürlich auch das viele Blut gesehen, aber Ihre Erwähnung der Kriminalpolizei hat mich doch etwas überrascht.«

Während Holmes an dem Bartischchen den Whisky eingoss und anschließend die Gläser verteilte, erzählte

Stableford den drei Männern von der Schusswunde in Nyes Oberkörper, ihrer Rekonstruktion der Richtung, aus der der Schuss gekommen sein musste, und von Holmes' Verdacht, dass es sich bei der Tatwaffe um ein Gewehr handelte.

»Mord?« Von Scheel war sichtlich schockiert. »Ich gebe zu, dass Mr Nye auf mich nicht den charmantesten Eindruck gemacht hat, aber das?«

»Und es ist auch gar nicht möglich!«, fiel Heidrich seinem Teamkollegen aufgebracht ins Wort. Sein Englisch war simpel, aber gut verständlich. »Einen Schuss, den hört man. Immer. Bamm!« Er klatschte in die Hände. »Ich habe keinen Schuss gehört. Nur ein …« Er wandte sich an Stellmacher und flüsterte ihm etwas zu. Nachdem er eine ebenso leise Antwort erhalten hatte, fuhr er fort: »Nur ein Zischen.«

»Ein Zischen?« Stableford war überrascht. Er hatte zur Tatzeit neben Heidrich gestanden, aber nichts dergleichen vernommen.

»Ja. Nur so ein Zischen«, wiederholte Heidrich noch einmal. »Wie wenn man einen Kronkorken von einem Bier abhebt.«

»Das ist wirklich interessant«, sagte Stableford nachdenklich und begann seine Pfeife zu stopfen. »Und sonst? Hat jemand von Ihnen vielleicht irgendetwas Ungewöhnliches auf dem Platz beobachtet?«

»Sie meinen Personen oder so etwas wie Bewegungen in der Hecke?«, fragte von Scheel.

»Ja, zum Beispiel.«

»Nein«, antwortete Stellmacher bestimmt. »Auf der zweiten Bahn waren nur wir vier: Dr Holmes, Mr Lester, Hans und ich.«

Von Scheel nickte zustimmend. »Und gehört habe ich

nur das Donnergrollen und später dann die Hilferufe von der ersten Bahn.«

»Und Sie?«, wandte Stableford sich an Heidrich.

»Ich habe Golf gespielt«, antwortete er ernst. »Mit viel Konzentration und wenig Interesse für die Landschaft.«

»Ich verstehe«, mischte Holmes sich ein. »Dann hätten wir doch erst einmal alles, nicht wahr, Stableford?« Er sah den Freund erwartungsvoll an.

»Nicht ganz«, entgegnete dieser und entzündete seine kurze Bulldog-Pfeife. »Mich würde nämlich noch interessieren, ob den Herren gestern Abend etwas Bemerkenswertes aufgefallen ist.«

»Sie meinen während des Banketts?«, fragte von Scheel verwundert.

»Ja. Dr Holmes und ich waren zum Beispiel Zeugen einer Auseinandersetzung zwischen Mr Nye und Mr Saintclair.«

»Dann halten Sie Mr Saintclair für seinen Mörder?«

»Weil Nye dessen Schwester herumkommandiert und er ihm dafür Prügel angedroht hat? Nein. Das Beispiel sollte Ihnen lediglich die Richtung meiner Frage verdeutlichen. Saintclair ist nicht mehr oder weniger verdächtig als andere. Die Wahrheit ist, dass wir zu diesem Zeitpunkt niemanden ausschließen können.«

»Nicht einmal uns?« Stellmacher war sichtlich erstaunt.

»Nicht einmal Sie. Denn solange wir nicht wissen, wie der Mord begangen wurde, ist jedes Alibi hinfällig. Ein Gewehrschuss ohne Knall, abgefeuert von einem Schützen, den niemand gesehen hat, obwohl es zwischen den beiden Bahnen so gut wie keine ausreichende Deckung gibt – das sind dermaßen absurde Hinweise, dass sie definitiv keine Schlussfolgerungen zulassen.«

»Dennoch«, begann Holmes etwas zögerlich, »sehen wir

keinen Grund, Sie noch länger hier in Annandale festzu-halten. Eine Fortsetzung des Turniers ist ausgeschlossen, meine Herren. Sie können also getrost Ihre Koffer packen und sich auf den Heimweg machen.«

»Das klingt ja fast so, als wollten Sie uns möglichst schnell loswerden«, sagte von Scheel und erhob sich. »Mir soll es recht sein. Und was Ihre letzte Frage angeht, Mr Stableford, so haben Erich und ich gestern Abend tatsäch-lich etwas Bemerkenswertes mit angehört. Wir standen in unmittelbarer Nähe, als Mr Nye sich bei Sir Edmund über den Chauffeur beschwerte. Er sprach sehr abfällig über den jungen Mann, bis ihm Sir Edmund ebenso deutlich zu verstehen gab, dass er schweigen sollte, und ihm demons-trativ den Rücken zuwandte. Mr Nye schien sehr wütend zu sein und verließ kurz darauf den Saal.«

»Wann war das?«, fragte Stableford.

»Kurz bevor Sir Edmund seine Rede hielt. Mr Nye kam dann zusammen mit der Hausdame und Mrs Nye zurück in den Saal. Als diese die Becher zu verteilen begannen, stand er bald wieder in unserer Nähe.«

Stableford blies Rauchringe gegen die Decke. »Das ist tatsächlich bemerkenswert«, sagte er schließlich und erhob sich ebenfalls. »Ich danke Ihnen für Ihre Zeit und Ihre wertvollen Beobachtungen.«

Nun standen auch Stellmacher und Heidrich auf und verließen gemeinsam mit von Scheel den Drawing Room.

»Und?«, fragte Holmes, sobald sie die Tür hinter sich geschlossen hatten. »Haben Sie erste Hinweise sammeln können?«

»Was den Mord an Nye betrifft? Nein. Da tappe ich immer noch im Dunkeln. Obwohl ich zugeben muss, dass mich das Zischen stutzig gemacht hat, das Heidrich bemerkt haben will. Halten Sie es für ausgeschlossen, dass

Nyes Wunde von einem Schuss aus einer auf irgendeine Art modifizierten Luftpistole stammen könnte?«

»Vollkommen«, entgegnete Holmes. »Sie denken wieder an Peel, nicht wahr? Und ich muss zugeben, dass die Idee verlockend ist. Sie stehen mit Heidrich ein paar Yards vor Nye und Peel und blicken nach vorn. Peel zieht seine Waffe, erschießt Nye, steckt sie zurück in die Tasche oder den Hosenbund, stellt sich mit dem Schläger wieder in Positur und ruft: ›Nye?‹ Aber ich kann Ihnen versichern, dass keine Luftpistole auf dieser Welt eine derartige Wunde erzeugen würde.«

»Und was ist mit einem Schalldämpfer?«, fragte Harriet, die die ganze Zeit über kein Wort gesagt hatte.

»Eine interessante Idee«, gab Holmes zu. »Aber man überschätzt im Allgemeinen die Geräuschdämpfung, die diese Vorrichtungen erreichen. Soweit ich weiß, sind sie auch eher für kleinkalibrige Waffen erhältlich. Bei Sportschützen sollen sie ja sehr beliebt sein. Wenn ich an Nyes Wunde denke, würde ich eine solche Waffe aber ausschließen.«

»Dann, mein lieber Holmes, sollten wir uns jetzt mit Mr Bannister unterhalten.«

KAPITEL 20
Roger Bannister

Bannister wirkte angespannt, als er den Raum betrat. Er blieb in der Nähe der Tür stehen und blickte sich um, so als ob er einen Ausweg aus seiner Lage suchen würde. Seine Hände waren zu Fäusten geballt. Stableford bat ihn freundlich, Platz zu nehmen, und zeigte auf einen der Sessel. Der Vertreter des englischen Golfverbandes setzte sich, doch erst nachdem Holmes ihm einen Whisky gebracht hatte, wurde er ruhiger. Das Glas in seiner Hand schien ihm Halt zu geben und Stableford hatte das Gefühl, dass es nicht sein erster Drink an diesem Nachmittag war.

»Ich nehme an, dass Sie von dem schrecklichen Vorfall bereits gehört haben«, begann er schließlich das Gespräch.

»Ich habe ihn sogar beobachtet«, antwortete Bannister und nahm einen großen Schluck.

»Sie haben was?«, rief Holmes ungläubig.

»Ja, Sie haben ganz richtig gehört. Ich hatte mich mit Carl auf der großen Terrasse an der Ostseite des Hauses verabredet. Wir wollten uns gemeinsam den Beginn der Nachmittagsrunde ansehen und von dort aus hat man einen guten Blick auf die ersten beiden Bahnen. Carl ist allerdings nicht erschienen, und so schaute ich mir die ersten Abschläge allein an.«

»Sie sahen also Lester und von Scheel am ersten Tee abschlagen?«, fragte Stableford ruhig.

»Genau – und natürlich auch die Abschläge von Heidrich und Peel.«

»Und blieben Sie danach auf der Terrasse?«

»Ja, denn ich wollte mir Lesters Puttkünste einmal genauer ansehen. Er hatte am Morgen einen fantastischen Lauf und hat mir während des Mittagessens erzählt, dass dies vor allem daran lag, dass er praktisch jeden Putt innerhalb eines Radius von zehn Fuß versenkt hat. Das Grün der zweiten Bahn liegt ja genau unterhalb der Terrasse. Ich blieb also und wartete.«

Stableford nickte. »Aber Sie warteten vergeblich. Würden Sie uns genau beschreiben, was Sie nach den ersten Abschlägen von Heidrich und Peel beobachtet haben?«

»Nun, die Spieler der beiden Gruppen schlugen mehr oder weniger gleichzeitig von den Tees der ersten und zweiten Bahn ab. Dann machten sie sich auf den Weg zu ihren Bällen. Von meinem Standpunkt aus war es schwierig, die Entfernungen genau einzuschätzen, aber ich hatte den Eindruck, dass die Bälle auf den parallel verlaufenden Fairways fast auf einer Höhe lagen. Sie müssen allesamt etwa in der Nähe dieses skurrilen Hügels mit den kaputten Bäumen gelandet sein.«

»Und Sie befanden sich wo genau?«

»Ich stand an der Balustrade. Vor mir erhob sich die Hecke, die die ersten zwei Spielbahnen trennt. Von dort aus hatte ich beide Fairways im Blick.«

»Bitte fahren Sie fort!«

»Die zweite Gruppe erreichte ihre Bälle zuerst. Ich sah Heidrichs großartigen Annäherungsschlag und war auf Peels Reaktion gespannt. Würde er aggressiv spielen und eine ähnlich direkte Flugbahn wählen oder auf Nummer sicher gehen und versuchen, den Ball auf das breite Vorgrün zu spielen? Doch auch hier wartete ich vergeblich.«

»Denn Peel kam nicht mehr dazu, seinen Ball zu spielen.«

»Genau. Nye reichte ihm noch auf dem Weg zu seinem

Ball einen Schläger. Peel nahm das Grün ins Visier und stellte sich in Positur. Allerdings verharrte er in dieser Position nach meinem Geschmack etwas zu lange. Es ist nie gut, über einen Schlag nachzudenken, wenn man einmal einen Entschluss über dessen Ausführung gefasst hat. Zu meiner Erleichterung brach er den Schwung aber mitten in der Bewegung ab. Dann schien er mit Nye zu sprechen. Ich nehme an, dass er sich in der Wahl des Schlägers geirrt hatte. Nye machte einen Schritt auf Peel zu und fiel plötzlich zu Boden.«

»War Nye im Begriff, einen Schläger aus Peels Tasche zu ziehen, während er auf ihn zuging?«, fragte Stableford angespannt.

»Daran kann ich mich nicht erinnern, aber ich schenkte ihm auch wenig Beachtung. Ich dachte, er wäre gestolpert, und blickte dann auf die andere Seite.«

»Und was sahen Sie auf dem Fairway der zweiten Bahn?«

»Die Spieler und ihre Caddies. Sie hatten zu diesem Zeitpunkt den ersten Ball erreicht. Von Scheel stand neben Ihnen, Dr Holmes, und zog, wenn ich mich richtig erinnere, einen Schläger aus seiner Tasche. Unweit von Ihnen warteten Lester und Stellmacher. Sie schienen sich zu unterhalten.«

»Genau so war es«, bemerkte Holmes.

»Haben Sie denn sonst etwas auf dem Platz beobachtet?«

»Was meinen Sie, Mr Stableford?«

»Nun, sahen Sie außer den Spielern und ihren Caddies vielleicht noch eine andere Person? Oder haben Sie eine Bewegung in der Hecke wahrgenommen?«

»Nein, nichts dergleichen. Da war niemand. Das würde ich beschwören.«

»Gut. Haben Sie dann möglicherweise etwas gehört, das Ihnen im Nachhinein merkwürdig vorkommt?«

Bannister überlegte. »Nein.« Er zögerte kurz. »Nur einen Specht«, sagte er etwas verlegen.

»Sie meinen ein Klopfen?«

»Ja, das Klopfen eines Spechts, Mr Stableford. Ich habe ihn auch gesehen. Er flog auf, als Sie um Hilfe zu rufen begannen.«

»Ich verstehe.«

»Dann haben Sie mir etwas voraus. Würden Sie mir bitte erklären, worauf Sie hinauswollen und warum wir auf diese Weise befragt werden?«

»Weil Mr Nye erschossen wurde«, antwortete Stableford nüchtern.

»Erschossen?« Bannister wurde blass. »Dann handelt es sich um Mord? Ich dachte, er wäre an einem Herzschlag oder etwas Ähnlichem gestorben. Aber warten Sie mal! Hätte man nicht einen Schuss hören müssen, wenn er durch eine Kugel starb?«

»Das ist genau das Problem«, entgegnete Stableford. »Oder besser gesagt ein Problem von vielen, denn niemand hat einen Schuss gehört. Alle Spieler und Caddies, die sich in der Nähe aufhielten, können sich gegenseitig ein Alibi geben und keiner von ihnen scheint eine andere Person oder auch nur irgendetwas Verdächtiges beobachtet zu haben.«

»Das klingt wirklich rätselhaft.«

»Nicht wahr? Doch damit nicht genug: Der Ort des Verbrechens gibt ein weiteres Rätsel auf. Warum wurde Nye ausgerechnet zu diesem Zeitpunkt auf dem Golfplatz erschossen – mit so vielen Zeugen in der Nähe? Der Täter konnte ja nicht davon ausgehen, dass ihn niemand sehen würde.«

»Das stimmt«, sagte Bannister nachdenklich. »Ich sah Nye seit unserer Ankunft oft allein im Park spazieren gehen. Ein Mord ohne Zeugen wäre für den Täter ein Leichtes gewesen.«

»Und doch hat er den Golfplatz als Tatort gewählt.«

»Es tut mir leid, dass ich Ihnen nicht weiterhelfen kann«, sagte Bannister und stand auf. »Soll ich den nächsten Kandidaten hereinschicken?«

»Wenn Sie so freundlich sein wollen, Herrn Helmes hereinzubitten, wäre ich Ihnen sehr verbunden.«

Bannister nickte und verließ den Raum.

»Und, Holmes, was denken Sie?«, fragte Stableford, als er gegangen war. »Hat seine Aussage etwas Licht ins Dunkel bringen können?«

»Wenn Sie aus dem Klopfen nicht eine weitere Wunderwaffe imaginieren, würde ich diese Frage mit Nein beantworten. Allerdings scheint er sich mit seiner Geschichte selbst von der Liste der Verdächtigen gestrichen zu haben. Seine Beschreibungen stimmen mit dem, was wir selbst erlebt haben, doch weitestgehend überein. Spricht das nicht dafür, dass er den Vorfall wirklich von der Terrasse aus beobachtet hat?«

»Absolut, mein Freund! Aber können wir auch ausschließen, dass er seine Beobachtungen mit einem Gewehr im Anschlag gemacht hat?«

»Mein Gott!«, sagte Harriet. »Daran habe ich überhaupt nicht gedacht. Er war ja ganz allein auf der Terrasse.«

»Genau«, stimmte Stableford ihr zu. »Ganz allein und möglicherweise völlig unbeobachtet. Wenn wir das Problem des lautlosen Schusses mal beiseitelassen und auch die Frage nach einem Motiv ignorieren, wäre er unser erster echter Verdächtiger.«

»Ein grandioser Perspektivwechsel, mein lieber Stableford!«, rief Holmes begeistert. »Wir konnten ihn nicht sehen, weil er durch die Hecke verdeckt wurde. Und dass ihn sonst niemand gesehen hat, war wohl einfach Glück. Wir wissen ja von Harriet, dass sich Helmes und die Saintclairs etwa zur Tatzeit auf der Rückseite des Hauses aufhielten. Sir Edmund lag in seinem Zimmer, und da Harriet Mrs Nye aus eben jenem gegen Viertel nach eins herauskommen sah, können wir wohl annehmen, dass sie die ganze fragliche Zeit über bei ihm war.«

»Glaubst du denn ernsthaft, dass Mr Nyes Mutter ein Alibi braucht?«, fragte Harriet.

»Natürlich nicht. Ich wollte nur gründlich vorgehen.«

»Dann wäre allerdings noch zu klären, woher Mr Hall kam, als ich ihm am Eingang fast in die Arme lief«, gab Harriet zu bedenken. »Sein Anzug war feucht und schmutzig. Er muss sich also irgendwo draußen aufgehalten haben.«

»Ihr macht mir Spaß!«, sagte Stableford kopfschüttelnd. »Wir stehen noch ganz am Anfang unserer Untersuchung und ihr gebt allen für die Tat in Frage kommenden Personen schon vorab und auf der Basis reiner Spekulation Alibis.«

»Allen bis auf Bannister und Hall«, entgegnete Holmes schnell.

»Und Bella«, ergänzte Stableford. »Ich nehme an, dass ihr sie einfach vergessen habt, weil ihre großen blauen Augen so unschuldig wirken. Aber die Anzahl der Ausnahmen ist hier gar nicht der Punkt. Ihr verteilt Alibis, weil ihr Bannister für den Täter haltet. Dabei haben wir nicht den kleinsten Anhaltspunkt für diese Theorie.«

»Es war Ihre Theorie«, entgegnete Holmes etwas säuerlich.

»Das war nur ein Gedankenspiel! Und bei näherer Betrachtung wirft es mehr Fragen auf, als es beantworten kann. Wie soll Bannister den Schuss denn ohne den dazugehörigen Knall abgefeuert haben? Wo hatte er die Waffe her und wo befindet sie sich jetzt? Dazu kommt, dass er behauptet, mit Helmes auf der Terrasse verabredet gewesen zu sein. Wenn das nicht stimmt, wäre es eine sehr kurzsichtige Lüge. Ich bin gespannt, ob sich Helmes an diese Verabredung erinnern kann.«

»Aber Sie müssen doch zugeben, dass Bannister schon allein deswegen verdächtig ist, weil sich die anderen Personen zur Tatzeit gar nicht in der Nähe des Golfplatzes befanden«, entgegnete Holmes kämpferisch.

»Muss ich das? Ich würde eher behaupten, dass der zeitliche Rahmen für die Alibis von euch viel zu großzügig bemessen ist. Es war kurz vor eins, als Sie, Holmes, am Tatort erschienen und Nyes Tod feststellten. Und angenommen, die Uhr in der Halle geht richtig, war es Viertel nach eins, als du, Harriet, am Ende deiner Odyssee durch die Treppenhäuser und Flure von Annandale Mrs Nye gesehen hast. Der tödliche Schuss muss gegen Viertel vor eins gefallen sein. Wir haben also ein Fenster von etwa dreißig Minuten. Dass Harriet die von Ihnen aufgezählten Personen während dieser Zeit gesehen hat, ist unbestritten. Aber ihre Beobachtungen waren nur Momentaufnahmen. Was sie vor oder auch nach ihrer Sichtung gemacht haben, wissen wir nicht. Und der Zeitraum reicht für jeden von ihnen aus, die Tat begangen zu haben.«

»Da muss ich dem Herrn Professor recht geben«, sagte plötzlich eine männliche Stimme.

Stableford sah zur Tür, in der Carl Helmes stand und ihnen freundlich zunickte.

KAPITEL 21
Carl Helmes

»Eine unangenehme Situation«, sagte Herr Helmes leise, nachdem ihm John in knappen Worten vom Mord an Mr Nye berichtet hatte.

Unangenehm? Harriet war von der Wortwahl überrascht. Der Vertreter des deutschen Golfverbandes schien mit seinen Gedanken ganz woanders zu sein. Dann erinnerte sie sich, dass ihr John letzte Nacht von seiner misslichen Lage erzählt hatte. Seine Zukunft war in gewisser Weise vom Sieg des deutschen Teams abhängig! Bezog sich seine Bemerkung daher vielleicht eher auf den Turnierabbruch und die daraus entstehenden drohenden Konsequenzen für ihn und seine Frau? Tatsächlich wirkte er bedrückt und nervös. Er schlug abwechselnd die Beine übereinander, trommelte mit den Fingern auf seinen Knien, verschränkte die Arme und begann im nächsten Augenblick wieder mit dem Trommeln. John stopfte indessen seelenruhig seine Pfeife.

Er lässt ihn zappeln, dachte Harriet. Aber warum?

Nachdem John die Pfeife entzündet hatte, räusperte er sich und stellte endlich die erste Frage: »Wie gut kennen Sie Mr Bannister, Herr Helmes?«

»Roger?« Herr Helmes war sichtlich irritiert. »Nun, ich würde behaupten, dass wir befreundet sind. Wir kennen uns seit vielen Jahren und sehen uns regelmäßig auf internationalen Turnieren. Ich war allerdings überrascht, ihn hier anzutreffen.«

»Wirklich? Und nennen Sie uns den Grund dafür?«

Herr Helmes dachte einen Moment lang nach. »Nun«,

begann er etwas zögerlich, »das Masters Turnier fand, wie Sie vielleicht wissen, Anfang dieses Monats in Augusta statt und ich wähnte ihn in den Staaten. Normalerweise lässt er sich dieses Ereignis nicht entgehen und bleibt danach noch ein paar Wochen an der Ostküste, um die vielen fantastischen Plätze dort zu spielen. Aber er erzählte mir, dass ...« Er brach mitten im Satz ab und blickte auf seine wippende Schuhspitze. »Ich bin mir nicht sicher, ob es ihm recht wäre, wenn ich Ihnen den Grund für seine Anwesenheit hier nennen würde«, sagte er dann.

»Weil er ihn verdächtig erscheinen lassen würde?«, fragte John.

»Verdächtig? Oh, nein!«

»Dann möchte ich Sie doch bitten, uns den Grund zu nennen, Herr Helmes!«

»Wie Sie meinen. Es dürfte Ihnen wohl bekannt sein, dass Roger zu den einflussreichen Persönlichkeiten seines Verbands gehört. Normalerweise ist er dort anzutreffen, wo sich dessen beste Spieler aufhalten.«

»Wie zum Beispiel in Augusta?«

»Genau. Ich fragte ihn also, warum er hier ist, denn weder Peel noch Lester gehören in diese Kategorie von Spielern. Sie sind ausgezeichnete Amateure, aber international gesehen eher zweitrangig. Tatsächlich hat Roger Mr Peel hier zum ersten Mal getroffen. Nun, am Abend meiner Ankunft saßen wir an der provisorischen Bar nebenan im Saal und schwelgten in Erinnerungen. Als ich ihn dann eher beiläufig fragte, warum er nicht in Amerika sei, verdunkelte sich seine Miene. Also wechselte ich das Thema. Wir sprachen über andere Dinge und ich hatte meine Frage schon wieder vergessen, als Roger völlig unvermittelt bemerkte, dass ›Nita‹ – so nannte er Mrs Nye an jenem Abend – sich nach all den Jahren kaum verändert hatte.«

»Sie kennen sich von früher?«, mischte Percy sich ein. »Ich hatte nicht den Eindruck, dass Mrs Nye …«

»Ganz recht, Dr Holmes!«, unterbrach Herr Helmes ihn. »Und genau das war auch die Quintessenz seines abendlichen Klageliedes: Sie hat ihn nicht wiedererkannt und seinem Ego damit wohl einen mächtigen Schlag versetzt. Wir hatten beide schon einiges getrunken, also wurde er redselig und bestand darauf, mir von ihrer ersten Begegnung zu erzählen.«

»Dann war es ein Zufall, dass er Mrs Nye hier wiedergetroffen hat?«, fragte Percy.

Erneut zögerte Herr Helmes kurz. »Nein«, antwortete er schließlich. »Er hatte die Passage nach New York schon gebucht, als ihm die Turnieransetzung für den Rückkampf um den Golfpreis der Nationen in die Hände fiel. Der Austragungsort Annandale Grange war ihm völlig unbekannt und machte ihn neugierig. Also recherchierte er ein wenig und stieß dabei auf den Namen Nita Nye. Er ließ seine Beziehungen spielen, schickte einen Kollegen nach Augusta und kam hierher.«

»Um sie wiederzusehen?«

»So habe ich es verstanden. Doch als ihn Mrs Nye herzlich, aber eben wie einen Fremden begrüßte, zog er es wohl vor, sich ihr nicht zu erkennen zu geben.«

»Und wie haben sie sich nun kennengelernt?«, fragte Harriet gespannt.

»Das ist in gewisser Weise eine sehr traurige Geschichte, zumindest für Roger. Ist Ihnen bekannt, dass er einmal als das größte Talent im englischen Golfsport galt? Nein? Nun, das mag daran liegen, dass seine Karriere zu Ende war, bevor sie richtig begonnen hatte.«

»Und Mrs Nye hat etwas mit diesem Umstand zu tun«, mutmaßte John.

»Das könnte man so sagen. Auf jeden Fall bin ich davon überzeugt, dass Roger seine damalige Entscheidung bis heute bereut.«

»Aber was für eine Entscheidung meinen Sie? Nun reden Sie schon!«, forderte Percy ungeduldig.

Herr Helmes räusperte sich. »Also gut. Es geschah auf Rogers erster Reise in die Staaten, bei einem Turnier in der Nähe von New York. Roger war ein junger Bursche und international völlig unbekannt. Und obwohl das Starterfeld die Namen fast aller großen Spieler dieser Zeit aufwies, lag er nach dem ersten Tag sensationell in Führung und die Zeitungen schrieben am nächsten Morgen von einem neuen Stern, der am Golfhimmel aufgehen würde. Niemand konnte ahnen, dass dieser ›aufgehende Stern‹ nicht zur Startzeit seiner zweiten Runde erscheinen würde. Der Grund dafür war Mrs Nye. Am Abend des ersten Turniertages hatte er sie bei einem festlichen Spielerdinner kennengelernt. Der Überschuss an jungen Männern ist bei diesen Veranstaltungen naturgemäß sehr groß, und so hatte ein wohlhabender Theateragent und Mäzen des Turniers einige seiner jungen und natürlich hübschen Schauspielerinnen eingeladen, um den Herren Gesellschaft zu leisten. Mrs Nye war eine von ihnen. Roger verliebte sich Hals über Kopf in sie, und als er erfuhr, dass sie aus England stammte, machte er ihr noch am selben Abend einen Heiratsantrag.«

»Bis hierhin klingt es fast wie ein Märchen«, bemerkte Percy trocken.

»Nicht wahr? Das Problem war nur, dass sie beide viel zu viel getrunken hatten. Roger war blind vor Liebe und Mrs Nye vielleicht einfach zu jung und zu abenteuerlustig. Zumindest überredete sie ihn am Ende der Veranstaltung, mit ihr nach New York zu fahren, um dort weiterzufeiern.

Er willigte ein, und so bestiegen sie gemeinsam ein Taxi, das die jungen Damen in die Stadt zurückbringen sollte. Als der Starter Roger am nächsten Morgen aufgrund seines Nichterscheinens von der Teilnehmerliste strich, saß er immer noch an der Bar eines großen Hotels in Downtown Manhattan und schwelgte in romantischen Zukunftsplänen.«

»Und was geschah dann?«, fragte Harriet.

»Was so oft geschieht: Die magische Anziehungskraft, die sie zunächst verspürt hatten, entpuppte sich als ein Strohfeuer und nach ein paar Tagen wurde sie seiner überdrüssig. Sie bat ihn zu gehen, und so kehrte er nach England zurück. Er spielte noch einige große Turniere in Europa, doch die Einladungen aus Amerika blieben nach seiner Eskapade in New York aus. Seine Karriere als internationaler Spieler war zu Ende und er begann sich in seinem Verband zu engagieren.«

»Das ist wirklich eine bemerkenswerte Geschichte«, sagte John. »Aber ich denke, dass wir uns nun den Geschehnissen des heutigen Tages widmen müssen. Stimmt es, dass Sie mit Mr Bannister auf der Terrasse verabredet waren, um sich mit ihm gemeinsam den Beginn der Nachmittagsrunde anzusehen?«

Herr Helmes stutzte. »Hat Ihnen Roger das erzählt?«

»Ja.«

»Das erklärt es! Ich wunderte mich nämlich darüber, dass er mich auf dem Putting Green versetzt hatte.«

»Dann waren Sie nicht auf der Terrasse verabredet?«

»Doch, doch! Ich befürchte nur, dass ich ihn missverstanden habe. Wir hatten uns auf ›der Terrasse‹ verabredet, aber ich ging davon aus, dass er die kleine Terrasse meinte, die sich auf der anderen Seite des Hauses am Putting Green befindet.«

»Und dort warteten Sie gegen halb eins auf ihn?«

»Gegen halb eins oder etwas später. Ich hatte mir nach dem Mittagessen noch ein wenig die Beine vertreten. Als ich auf die Uhr blickte, war es kurz vor halb eins. Also ging ich zurück auf mein Zimmer, holte meinen Putter und nahm eine Abkürzung durch den Park.«

»Und die führte Sie an der Rückseite des Hauses vorbei?«, fragte John und blickte zu Harriet.

»Ja.«

»Ich verstehe. Haben Sie auf Ihrem Weg jemanden gesehen?«

»Auf dem Weg nicht, aber als ich auf dem Übungsgrün stand und auf Roger wartete, meinte ich, Miss Rogie im Pavillon zu entdecken. Er befindet sich nicht weit entfernt auf einem kleinen Hügel.«

»Sie sind sich aber nicht sicher, ob sie es war.«

»Nein, denn die Türen waren geschlossen und ich sah nicht viel mehr als eine Silhouette hinter dem Glas.«

»Und hörten Sie etwas, während Sie auf Mr Bannister warteten?«

Herr Helmes dachte nach. »Ich nehme an, Sie meinen den Schuss, aber da muss ich Sie enttäuschen«, sagte er nach einer Weile. »Allerdings hörte ich einen dumpfen Schlag und anschließend einen lauten Knall. Ich weiß nicht warum, aber ich musste sofort an einen klappernden Fensterladen denken.«

»Am Pavillon gibt es Fensterläden«, sagte Harriet zu John.

»Dann mag das Geräusch von dort gekommen sein«, erwiderte er und wandte sich Herrn Helmes zu: »Sie sagten vorhin, dass Sie Ihren Putter holten. Darf ich fragen, weshalb?«

»Um zu putten«, entgegnete Herr Helmes und lachte.

Ein sympathisches Lachen, dachte Harriet.

»Das Leben von mitreisenden Verbandsmitgliedern ist oft ziemlich langweilig, Mr Stableford. Roger und ich vertreiben uns die Zeit daher mit kleinen Wetten. Wir machen das schon seit Jahren. Gestern simulierten wir Lochspiele auf dem Putting Green. Ich gewann und nahm an, dass Roger heute eine Revanche wollte. Vielleicht habe ich ihn deshalb falsch verstanden.«

»Vielleicht«, sagte John nachdenklich. »Ich habe noch eine letzte Frage: Haben Sie oder Mr Bannister während der letzten Tage einmal länger mit Mr Nye gesprochen?«

»Sie meinen gestritten, nicht wahr? Ich hatte das Gefühl, dass Mr Nye es immer darauf angelegt hat. Mit seinen sarkastischen Bemerkungen hätte man Türen abbeizen können. Deshalb bin ich ihm aus dem Weg gegangen. Ob sich Roger mit ihm unterhalten hat, kann ich nicht sagen. Das englische Team war ja schon ein paar Tage vor uns hier. Aber es grenzt an ein Wunder, dass wir gestern Abend von ihm verschont geblieben sind.«

»Wie meinen Sie das?«

»Nun, während des Banketts beobachteten Roger und ich einige unschöne Szenen. Ich kann nicht sagen, ob Mr Nye betrunken war, aber er schien auf der Suche nach Ärger zu sein. Er kreuzte seine Klinge nacheinander mit Miss Saintclair, ihrem Bruder und Sir Edmund, und wäre Mr Lester nicht so beherzt dazwischengegangen, hätte Mr Saintclair ihm wohl gegen Ende des Abends die Nase gebrochen.«

»Wissen Sie, worum es bei diesem letzten Streit ging?«

»Um Mr Saintclairs Schwester, nehme ich an. Der junge Mann scheint einen äußerst ausgeprägten Beschützerinstinkt zu haben. Er lässt sie kaum aus den Augen und ich hatte während der letzten Tage einige Male den Eindruck, dass sie diesen Umstand eher als Belastung empfindet.«

»Vielen Dank dafür, dass Sie Ihre Beobachtungen mit uns geteilt haben«, sagte John. »Ich denke, das war vorläufig alles.«

Herr Helmes erhob sich. »Natürlich, gern.«

»Ein interessantes Gespräch«, bemerkte Percy, nachdem er gegangen war. »Die Figuren gewinnen langsam an Tiefe. Meinen Sie, dass Bannisters Bekanntschaft mit Mrs Nye etwas mit dem Mord an ihrem Sohn zu tun haben könnte?«

»Wie kommen Sie denn darauf?«, fragte John.

»Nun, vielleicht hat er sich ihr doch zu erkennen gegeben. Und es könnte doch sein, dass sie von diesem Wiedersehen alles andere als begeistert war.«

»Und ihr Sohn hat das mitbekommen und Bannister zur Rede gestellt?«

»Genau. Sie gerieten aneinander, Nye hat Bannister bis aufs Blut gereizt und der hat ihn erschossen.«

»Also wirklich, Holmes!«

»Zugegeben, es klingt äußerst melodramatisch«, mischte sich Harriet ein, »aber vielleicht ist Percys Annahme gar nicht so absurd, wie du denkst. Könnte es nicht sein, dass Mrs Nye den italienischen Grafen nur für ihre Künstler-Vita erfunden hat?«

»Welchen Grafen?«, fragte Percy erstaunt.

»Man erzählt sich in Upper Biggins, dass Nero das Ergebnis einer stürmischen Affäre zwischen Mrs Nye und einem italienischen Adligen ist«, erklärte Harriet. »Aber vielleicht ist ja Mr Bannister sein Vater?«

»Das ist es!«, rief Percy und klatschte in die Hände. »Ein Verbrechen aus gekränkter Liebe, die sich über all die Jahre in schwelenden Hass verwandelt und sich im Mord an seinem eigen Fleisch und Blut entladen hat!«

»Sie machen mir Angst, Holmes«, sagte John und schmunzelte. »Ist euch mal in den Sinn gekommen, dass Herr Helmes genau diese Schlussfolgerung von uns erwartet?«

»Was meinst du?«, wollte Harriet wissen.

»Nun, ich frage mich, warum er uns so tiefe Einblicke in die Vergangenheit von Roger Bannister gewährt hat.«

»Weil Sie ihn dazu aufgefordert haben«, entgegnete Percy.

»Habe ich das? Wenn ich mich richtig erinnere, fragte ich ihn lediglich, wie gut er Bannister kennt. Alles, was er uns danach erzählt hat, könnte geplant gewesen sein und dazu dienen, Bannister verdächtig erscheinen zu lassen.«

Harriet betrachtete ihn skeptisch. »Um uns von seiner eigenen Rolle in diesem mörderischen Rätsel abzulenken?«

»Genau. Ich gebe zu, dass mir bisher kein Motiv für ihn eingefallen ist, aber selbst das vermeintliche Missverständnis bezüglich der Terrassen könnte eine Finte gewesen sein. Denn wechselt man hier einmal die Perspektive, diente diese Geschichte vielleicht nur dazu, ihm genügend Zeit für den Mord an Nye zu geben.«

»Und wenn Bella ihn vom Pavillon aus gesehen hat?«, warf Harriet ein.

»Richtig. Falls sie wirklich dort war, könnte sie seine Geschichte bestätigen. Aber solange wir sie nicht dazu befragt haben, kann der längliche Gegenstand, mit dem du ihn vom Haus aus hinter den Büschen gesehen hast, sowohl sein Putter als auch ein Gewehr gewesen sein.«

»Was ist mit seiner Bemerkung über Saintclair?«, fragte Percy. »War das auch nur eine Finte?«

»Das, mein lieber Holmes, sollten wir nun ergründen. Wären Sie so freundlich, Mr Saintclair hereinzubitten?«

KAPITEL 22
Die Saintclairs

Zu Stablefords Erstaunen kehrte Holmes nicht nur mit Robert Saintclair zurück, sondern auch mit dessen Schwester. Die beiden setzten sich in zwei dicht nebeneinanderstehende Sessel.

»Darf ich fragen, ob es einen Grund für Ihr gemeinsames Erscheinen gibt?«, sagte Stableford freundlich.

»Sie dürfen«, erwiderte Saintclair überraschend aggressiv. »Ich bezweifle, dass Sie zu dieser Befragung legitimiert sind, Mr Stableford.«

»Dennoch sind Sie gekommen.«

»Nur um meiner Schwester beizustehen! Immerhin geht es hier um einen Mord, wenn ich Mr Bannisters Anspielungen im Saal richtig verstanden habe. Als ich Dr Holmes von meiner Entscheidung in Kenntnis setzte, einer Befragung nicht zuzustimmen, wandte er sich sofort an Pip. Sie hatte keine Einwände, aber ich würde es begrüßen, wenn Sie uns gemeinsam ins Kreuzverhör nehmen würden. Sie hat mit der Sache nichts zu tun und ich will nur sicherstellen, dass Sie ihr die Worte nicht im Mund herumdrehen.«

»Oh, Robert!«, sagte seine Schwester und seufzte.

Dieser Ausdruck des Kummers stand in einem bemerkenswerten Gegensatz zu ihrer starren Mimik. Sie hatte große braune Augen und Brauen, die in einem Winkel eingefroren schienen, der ihr den Ausdruck permanenten Erstaunens verlieh.

Sie sieht wie eine Puppe aus, dachte Stableford.

Und er hatte das Gefühl, dass Saintclair seine Schwester auch genau so behandelte. Er machte die Regeln und sie ließ ihn gewähren. Nachdenklich betrachtete Stableford ihn: Er saß aufrecht und hielt sich die rechte Schulter. Seine vollen Lippen verliehen ihm den Gesichtsausdruck eines schmollenden Kleinkindes, obwohl er eigentlich ein Hüne war.

»Ich kann Ihnen versichern, dass unsere Befragung rein gar nichts mit einem Verhör zu tun hat«, erklärte Stableford ruhig. »Denn wie Sie eben selbst so treffend bemerkt haben, bin ich dazu nicht legitimiert. Es geht uns bei diesen Gesprächen lediglich darum, die Eindrücke und Beobachtungen der Anwesenden zu sammeln. Aber das funktioniert nur, wenn Sie alle mitspielen. Nur unter dieser Prämisse ergibt sich ein Bild, das uns helfen könnte, die Geschehnisse ein wenig zu ordnen. Wollen wir beginnen, Miss Saintclair?«

»Bitte«, antwortete sie leise.

»Ich habe gehört, dass Sie hier als Hausdame beschäftigt sind. Ehrlich gesagt hat mich das ein wenig überrascht, da Sie doch mit Sir Edmund verwandt sind.«

»Was hat das denn mit dem Mord an Nero zu tun?«, mischte sich Saintclair aufgebracht ein.

»Nichts«, entgegnete Stableford. »Aber es hilft uns möglicherweise, das Verhältnis der Hausbewohner zueinander besser zu verstehen. Möchten Sie mir vielleicht antworten? Was hält einen jungen Mann wie Sie hier in der Provinz?«

»Das Schicksal«, erwiderte Saintclair mit einem bitteren Unterton in der Stimme. »Ich wollte Medizin studieren«, setzte er nach einer kurzen Pause hinzu und hielt sich wieder die Schulter.

»Und was hinderte Sie daran?«

»Eben das Schicksal! Vielleicht haben Sie auch schon seine Bekanntschaft gemacht. Es erwischt uns wohl alle irgendwann. Mich hält es hier in Annandale fest. Kurz nach dem Tod unserer Mutter zog Vater mit uns hierher. Als er starb, war Pip sechs Jahre alt. Ich war kaum älter als sie, aber ich versuchte ihr schon damals Halt zu geben und in gewisser Weise tue ich das noch heute. Edmund bot uns ein Heim und ein sicheres Auskommen, denn wir sind praktisch mittellos. Er wollte mir sogar das Studium finanzieren.«

»Aber Sie schlugen das aus?«

»Wäre ich allein gewesen, hätte ich sein großzügiges Angebot sicher angenommen. Aber die Vorstellung, Pip hier zurückzulassen, machte es mir unmöglich fortzugehen.«

»Oh, Robert!«, sagte seine Schwester fast mechanisch und seufzte wieder.

Seine Gesichtszüge wurden plötzlich weich. Die Verbitterung war schlagartig von ihm abgefallen und seine Lippen begannen ganz leicht zu beben.

»Ich muss doch auf dich ... aufpassen«, sagte er leise.

»Ich habe dich nie darum gebeten!«, entgegnete seine Schwester mit einer Härte, die Stableford so nicht erwartet hätte.

»Du weißt nicht, was du da sagst«, rief ihr Bruder wütend und sprang auf. »Für mich ist dieses Gespräch hiermit beendet!« Er ging zur Tür hinüber.

Dort stellte sich Holmes, der sich ebenfalls erhoben hatte, ihm in den Weg. Er hielt ihm die Hand entgegen und Saintclair ergriff sie.

»Nichts für ungut!«, sagte Holmes munter und klopfte ihm beherzt auf die rechte Schulter.

Saintclair zuckte zusammen, stöhnte und zog mit Mühe seine Hand zurück. Nachdem er das Zimmer verlassen hatte, bat seine Schwester um einen Whisky.

»Leidet Ihr Bruder schon länger unter seinem gebrochenen Schlüsselbein?«, fragte Holmes, als er ihr das Glas reichte.

»Sie meinen seine Schulter? Nein. Ich habe es erst heute bemerkt.«

»Dann wissen Sie nicht, wie es dazu gekommen ist?«

»Nein, aber ich befürchte, er hat etwas Dummes getan.« Sie sah zu Boden, seufzte und fuhr dann fort: »Er und Nero sind in letzter Zeit immer wieder aneinandergeraten. Aber, oh Gott! Nicht dass Sie denken ...« Sie blickte auf und diesmal passte ihre starre Miene des Erstaunens. Vermutlich hatte sie sich vor ihrem eigenen Gedankengang erschrocken. Schnell fügte sie hinzu: »Robert würde so etwas nie tun, das müssen Sie mir glauben!« Dann schwieg sie. Sie saß einfach nur da und wirkte irgendwie leblos.

Wie eine Puppe, mit der niemand spielt, dachte Stableford. Und er fragte sich, ob ihr Bruder in diesem Augenblick genauso hilflos war wie sie – voller Verbitterung, aber ohne seine Puppe, die er doch immer beschützen musste.

Wovor musste er sie eigentlich beschützen? Gab es einen nachvollziehbaren Grund dafür, eine reale Bedrohung, die womöglich etwas mit Nye zu tun hatte? Oder beschützte er sie nur, um selbst eine Aufgabe zu haben? Schaffte er sich auf diese Art vielleicht einen emotionalen Ausgleich, da ihm nicht einmal die Hoffnung auf eine Veränderung in seinem Leben geblieben zu sein schien?

Wie dem auch sei, dachte Stableford, sie sind voneinander abhängig, alte Kinder, die nie erwachsen geworden sind und folglich noch immer in ihrer eigenen Welt leben, die nur sie verstehen und in der andere Regeln gelten.

War es schon zu spät für die beiden? Während Stableford damit beschäftigt war, diese verstörenden Gedanken abzuschütteln, hatte Miss Saintclair ihr Glas geleert. Sie streckte es Holmes entgegen, und als sie ihren zweiten Whisky in den Händen hielt, begann sie zu Stablefords Verwunderung von selbst zu erzählen.

»Sie fragen sich vielleicht, warum Robert und Nero so ein schlechtes Verhältnis zueinander hatten.«

»Die Frage kam mir in den Sinn, Miss Saintclair«, antwortete Stableford. Er dachte an die Auseinandersetzung zwischen den beiden, deren Zeugen Holmes und er während des Banketts geworden waren.

»Vor etwa einem Jahr entwickelte sich zwischen Nero und mir etwas, was man wohl gemeinhin eine platonische Beziehung nennt. Nero ist – war – ein schwieriger Mensch. Aber er war es nicht ohne Grund. Ich glaube, dass er zu wenig Liebe erfahren hat.«

»Von seiner Mutter?«, fragte Harriet.

»Ja, von Nita, aber auch von anderen Menschen. Nero und ich verstanden uns und es war wundervoll, meine eigenen Ängste und Wünsche mit ihm zu teilen und zu erleben, dass sie sich von den seinen nur wenig unterschieden. Wir waren beide auf ganz verschiedene Weise Gefangene in einem goldenen Käfig. Am liebsten gingen wir stundenlang spazieren und sprachen dabei über Gott und die Welt. Manchmal las er mir Geschichten vor, die er geschrieben hatte, und manchmal saßen wir einfach nur im Gras und blickten den Wolken nach. Es war eine wunderbare Zeit.«

»Bis Ihnen Mrs Nye auf die Schliche kam?«, fragte Stableford vorsichtig.

»Nita? Nein. Es war Robert. Als er von unserer Beziehung erfuhr, fing er an, Nero zu schikanieren. Wie Sie ja eben selbst miterleben mussten, hat mein Bruder einen sehr ausgeprägten Beschützerinstinkt, der sich zuweilen ins Unerträgliche steigert. Er nannte Nero eine Missgeburt und einen Bastard und verbot mir, mich weiterhin mit ihm zu treffen.«

»Und Sie hielten sich daran?«

»Natürlich nicht! Aber dann geschah etwas Merkwürdiges: Nero wandte sich plötzlich von mir ab. Als Robert spürte, wie sehr ich darunter litt, stellte er ihn zur Rede.«

»Und was hat Mr Nye gesagt?«

»Nichts. Doch bald darauf begann Nita zu verbreiten, dass Bella und er füreinander bestimmt seien und dass wir, die Saintclairs, uns nicht zu heimisch in Annandale fühlen sollten.«

»Hat Miss Rogie Ihnen gegenüber jemals von ihrer Beziehung zu Mr Nye gesprochen?«

»Ich habe sie gefragt und sie hat nur gelacht. Ihre Vermutung war, dass Nita mittlerweile selbst kaum noch daran glaubt, dass Edmund sie eines Tages zum Altar führen wird. Also versuchte sie, eine Verbindung zwischen den Kindern anzubahnen, um ihre Anwesenheit hier auch nach Edmunds Tod zu legitimieren.«

»Aber es hat nicht funktioniert.«

»Nein!«, antwortete Miss Saintclair. »Nero hat nie Interesse an Bella gezeigt und Bella hat sich eigentlich nie etwas aus Männern gemacht.« Sie stockte. »Das hat sich in den letzten Tagen allerdings geändert«, sagte sie dann.

»Sie denken an Mr Peel?«

»Ja. Ich hoffe inständig, dass Bella seinem Werben nachgibt. Sie kennen sich zwar erst seit ein paar Tagen, aber ich glaube, dass sie mit ihm glücklich werden könnte. Und selbst wenn nicht, könnte sie wenigstens diesen Ort mit ihm verlassen.«

»Und Sie?«

»Ich habe Robert«, sagte Miss Saintclair und seufzte. »Auch wenn es für Sie anders erscheinen mag, bin ich es, die auf ihn aufpassen muss. Die kurze Zeit mit Nero war wie ein schöner Traum. Er wird mir Kraft für die nächsten Jahre geben.«

Stableford sah in ihre großen Augen. Er hatte Tränen erwartet, aber sie wirkten nur leer.

»Miss Saintclair, Sie sagten vorhin, dass Sie befürchten, Ihr Bruder habe etwas Dummes getan. Was meinten Sie damit genau?«

»Ich habe Nero heute Mittag kurz beim Lunch gesehen. Er hatte ein blaues Auge und sah auch sonst ziemlich schlecht aus. Als ich mich nach dem Essen ein wenig um die Beete im Küchengarten kümmerte, besuchte mich Robert dort. Er sah nicht viel besser aus als Nero und ich bemerkte auch die Sache mit seiner Schulter. Ich befürchtete, dass es in der Nacht nach all den verbalen Auseinandersetzungen doch noch zu einem Kampf zwischen den beiden gekommen ist. Während des Banketts sind sie ja mehrmals aneinandergeraten. Also stellte ich Robert zur Rede.«

»Und?«

»Er leugnete es zuerst, doch nach einer Weile gab er es zu, ersparte mir jedoch die Details.«

»Erinnern Sie sich, aus welcher Richtung Ihr Bruder kam, als er Sie im Küchengarten besuchte?«, fragte Holmes.

Verwundert schaute Stableford zuerst ihn und danach Miss Saintclair an. Ihr Gesichtsausdruck zeigte ihm, dass auch sie überrascht war.

Sie zögerte einen Moment, bevor sie antwortete: »Ich habe nicht darauf geachtet.«

»Und haben Sie außer Ihrem Bruder noch jemand anderen gesehen, als Sie sich im Küchengarten aufhielten?«, übernahm Stableford wieder die Befragung.

»Nein. Ich habe allerdings auch nicht Ausschau gehalten.«

»Ich verstehe. Dann würde ich gerne noch einmal auf den gestrigen Abend zurückkommen. Sie halfen ja, die mit Maraschino gefüllten Becher zu servieren. Waren Sie auch dabei, als man den Likör einschenkte?«

»Sicher. Ich war in der Küche und habe die Flaschen selbst geöffnet.«

»Und war sonst noch jemand zugegen, der eigentlich nichts in der Küche zu suchen hatte?«

»Nein, niemand. Nur die beiden Saaldiener, die mir beim Einschenken halfen.«

»Ich frage deshalb, weil uns Herr von Scheel erzählt hat, dass Mrs Nye und ihr Sohn zeitgleich mit Ihnen den Saal betraten«, erklärte Stableford.

»Das stimmt, aber es war Zufall. Wir trafen sie in der Halle und sie kamen mit uns.«

»Waren die Becher abgezählt?«

»Ja, doch wir hatten natürlich ein paar in Reserve für den Fall, dass es ein Missgeschick geben würde.«

»Dann bedanke ich mich für Ihre Zeit und Ihre Offenheit, Miss Saintclair.«

»Keine Ursache«, erwiderte sie und stand auf. »Auch ich möchte, dass Neros Mörder gefunden wird.« Sie ging zur Tür und verließ den Raum.

»Also glauben Sie bei Sir Edmund immer noch nicht an einen altersbedingten Schwächeanfall?«, fragte Holmes, als sie wieder unter sich waren.

»Geben Sie mir etwas Zeit – oder noch besser, nutzen Sie diese und erklären Sie mir Ihre Schlüsselbeinbruch-Diagnose! Was hatte das zu bedeuten?«

»Nun, es könnte ein Hinweis auf den Täter sein, wenn wir weiterhin davon ausgehen wollen, dass Nye mit einem Gewehr erschossen wurde.«

»Ein Hinweis? Dann lassen Sie mal hören!«

»Gerne! Meine Idee beruht auf einer eigenen schmerzhaften Erfahrung, mein lieber Stableford. Zum Leidwesen meines Vaters hatte ich immer eine Aversion gegen das Jagen. Daraus folgte, dass sich mein erster Kontakt mit einem Gewehr erst in einem Offiziers-Trainingslager kurz vor Kriegsausbruch ergab. Für den Ausbilder war es wohl völlig unvorstellbar, dass der 3. Baronet of Durbar nicht schießen konnte. Also hielt er es nicht für nötig, mich davon in Kenntnis zu setzen, dass man den Gewehrschaft vor der Betätigung des Abzugs fest gegen seine Schulter pressen muss, um so den gewaltigen Rückschlag besser abfangen zu können. Das Resultat war ein gebrochenes Schlüsselbein.«

»Und als du sahst, wie Mr Saintclair seine Schulter hielt, hast du dich daran erinnert?«

»Richtig, Harriet. Saintclair war bei Kriegsausbruch noch ein Kind. Und da Sir Edmund wohl eher Insekten jagt, hielt ich es für möglich, dass auch Saintclair noch nie ein Gewehr abgefeuert hat.«

»Das heißt bis zum heutigen Tag. Eine geniale Schlussfolgerung, Holmes! Saintclair nimmt Nye ins Visier, platziert den Gewehrschaft nur locker an der Schulter und der Rückschlag bricht ihm das Schlüsselbein. Wie man eine Waffe lädt und bedient, kann er irgendwo gesehen oder nachgelesen haben, aber wenn es tatsächlich sein erster Schuss war, könnte er sich seine Verletzung so zugezogen haben.«

»Aber ist es nicht äußerst unwahrscheinlich, dass ein ungeübter Schütze sein Ziel gleich beim ersten Versuch trifft?«, fragte Harriet skeptisch.

»Äußerst unwahrscheinlich«, stimmte Holmes ihr zu.

»Und wäre die Rauferei mit Mr Nye als Grund für Mr Saintclairs Schulterverletzung nicht naheliegender?«

»Sicher, und er hat sie seiner Schwester gegenüber ja auch zugegeben«, räumte Holmes ein.

»Allerdings erst, nachdem er sie zuvor geleugnet hatte«, sagte Stableford. »Vielleicht wurde ihm auf einmal klar, dass ihm der Verdacht seiner Schwester einen plausiblen Grund für seine Verletzung bot.«

»Dann hat also der Chauffeur Mr Nye das Veilchen verpasst?«, fragte Harriet.

»Das halte ich durchaus für möglich und du hast seine geschwollenen Fingerknöchel ja selbst gesehen.«

»Aber wenn wir nun tatsächlich davon ausgehen, dass Mr Saintclair den Mord begangen hat – was für ein Motiv könnte er gehabt haben?«, wollte Harriet wissen.

»Eine gute Frage!«, sagte Holmes und rieb sich die Hände. »Eine andere wäre, wie weit man hier mit der Suche nach vernünftigen Gründen überhaupt kommen kann. Man könnte fast meinen, dass Annandale ein privates Sanatorium ist. Aus psychiatrischer Sicht gibt es hier mehr Fälle als Personen.«

»Es ist verwirrend«, stimmte Stableford ihm zu. »Aber lassen Sie uns jetzt nicht zynisch werden! Mit wem wollten wir als Nächstes sprechen?«

»Mit Simon Hall«, antwortete Harriet.

»Ah! Dann bin ich mal gespannt, wie er uns seine wunde Hand erklären wird.«

KAPITEL 23
Miss Annabella Rogie

Percy öffnete die Tür und trat einen Schritt zur Seite. Harriet hatte Simon Hall erwartet, doch im Türrahmen erschien Bella.

»Harry!«, rief sie verwundert. »Was machst du denn hier?«

»Mrs Stableford hilft uns bei den Befragungen«, erklärte Percy, bevor Harriet antworten konnte. »Ist Ihnen ihre Anwesenheit unangenehm, Miss Rogie?«

Bella sah ihn fragend an. »Im Gegenteil!« Dann wandte sie sich an Harriet: »Darf ich mich zu dir setzen?«

»Sicher«, sagte Harriet. Sie hatte sich ein wenig unwohl gefühlt bei dem Gedanken, bei der Befragung ihrer Freundin dabei zu sein, aber Bellas Reaktion bedeutete offenbar, dass es in Ordnung war. »Wie geht es deinem Vater?«, fragte sie, als Bella neben ihr auf der Couch Platz genommen hatte.

»Unverändert. Von Zeit zu Zeit erlangt er für ein paar Minuten das Bewusstsein, aber das Sprechen fällt ihm schwer. Nita kümmert sich rührend um ihn. Ich lerne sie gerade von einer ganz neuen Seite kennen.«

»Miss Rogie, Sie wissen, was heute passiert ist?«, fragte John ernst.

»Mit Nero? Ja. Er wurde erschossen. Das erzählt man sich zumindest im Kirchenschiff.«

»Im Kirchenschiff?«

»Oh, im Saal, meine ich. Wir nennen ihn nur ›das Kirchenschiff‹ – wegen des gotischen Fächergewölbes. Bitte entschuldigen Sie meine legere Ausdrucksweise!

Das ist eine schlimme Sache, vor allem für Nita. Ein Doppelschlag sogar. Es muss furchtbar sein, das eigene Kind zu verlieren.«

»Standen sich Mrs Nye und ihr Sohn sehr nah?«

»Ich glaube schon.«

»Und wie war Ihr Verhältnis zu Mr Nye?«

»Wir kannten uns natürlich seit vielen Jahren. Aber unser Verhältnis war eher distanziert. Nero ist – entschuldigen Sie – war ein sehr spezieller Typ. Er verbarg seine Persönlichkeit hinter einer Mauer aus Ironie und Sarkasmus. Es war schwierig, eine normale Beziehung zu ihm aufzubauen, und er blieb am liebsten für sich allein.«

»Dann hat er Ihnen keine Avancen gemacht?«

»Avancen? Ah, ich weiß, worauf Sie hinauswollen! Nun, er hat sich in den letzten Monaten tatsächlich um mich bemüht, aber ich glaube nicht, dass er sich jemals wirklich für Frauen interessiert hat. Hinter diesen ›Avancen‹, wie Sie es nennen, steckte seine Mutter.«

»Und das hat Ihr Verhältnis zu Mrs Nye getrübt?«

Bella lächelte. »Ich befürchte, dass Nita und ich nie ein Verhältnis hatten, das getrübt werden könnte, Mr Stableford. Wir halten Frieden um Vaters willen und gehen uns, wann immer es möglich ist, aus dem Weg.«

»Wollen Sie uns den Grund dafür nennen?«

»Warum nicht? Im Dorfklatsch von Upper Biggins erscheint Nita oft als Vamp, der nur auf den Besitz und das Geld meines Vaters aus ist. Ich dagegen bin davon überzeugt, dass sie ihn einmal wirklich geliebt hat. Die Beziehung kam ihr sicherlich gelegen, da sie keine großen Engagements mehr erwarten konnte und finanziell ruiniert war, aber ich finde, dass man ihr das nicht vorwerfen kann. Als sie jedoch erkennen musste, dass mein Vater vor dem letzten Schritt, also der Heirat mit ihr, zurückschreckte, begann sie Intrigen zu spinnen.«

»Gegen die anderen Bewohner von Annandale?«

»Ja. Ihr Ziel ist es wohl, die Beziehungen zwischen ihnen und meinem Vater langsam zu vergiften, sodass er am Ende nur noch sie hat. An mich wagt sie sich nicht heran, aber Pip, Robert und auch Simon leiden seit Jahren unter ihren ständigen Sticheleien und falschen Beschuldigungen.«

Harriet schluckte. So viel Offenheit hatte sie von Bella nicht erwartet.

»Und sie hat auch ihren Sohn für ihre Zwecke instrumentalisiert?«, fragte John.

»Ja. Allerdings zeigte sich mein Vater, Gott sei Dank, weitgehend immun gegen ihre Machenschaften.«

»Demnach war das Gerücht um Ihre bevorstehende Verlobung mit Mr Nye auch nur eine dieser ›Machenschaften‹?«, vergewisserte sich Percy. »Bitte entschuldigen Sie meine Frage, aber Mrs Nye hat mir davon selbst erzählt.«

»Ja, Dr Holmes. Sie hat wohl eingesehen, dass sie in Bezug auf die Heirat mit meinem Vater nicht zum Ziel kommen wird. Es ist erstaunlich, aber ich kann sie in gewisser Weise sogar verstehen. Wenn mein Vater stirbt, steht sie ohne Ansprüche da. Eine Verbindung zwischen ihrem Sohn und mir erschien ihr wohl als die letzte mögliche Lösung ihres Problems.«

»Hat sich Ihr Vater in dieser Angelegenheit neutral verhalten?«, wollte John wissen.

»Mein Vater? Nun, er mochte Nero nicht besonders, wenn Sie das meinen. Aber er würde sich in solche Dinge nie einmischen. Er hat mir stets gepredigt, dass ich meinem Herzen folgen soll. Und genau das werde ich tun. Ich bin gespannt, ob er sich daran erinnern wird, wenn ich seinen Rat befolge.«

»Dann sind Sie – verliebt?«

»Ich weiß wirklich nicht, ob das hierhergehört.«

»Sie haben recht. Die Frage war impertinent und ich entschuldige mich dafür. Lassen Sie uns das Thema wechseln! Würden Sie uns erzählen, wo Sie sich heute gegen ein Uhr aufgehalten haben?«

»Gegen eins? Geschah der Mord zu dieser Zeit?«

»Ja.«

»Auf meinem Zimmer, glaube ich.«

Harriet blickte vorsichtig zu John hinüber.

»Das ist merkwürdig«, entgegnete er.

»Was genau?«, wollte Bella wissen.

»Herr Helmes, der Gesandte des deutschen Golfverbandes, meint, Sie gegen ein Uhr im Pavillon gesehen zu haben.«

»Im Pavillon? Das kann nicht sein. Da muss er sich geirrt haben.«

»Dann bleiben Sie dabei, dass Sie auf Ihrem Zimmer waren?«

»Sicher, denn so ist es nun mal gewesen.«

»Gut, dann sind wir auch fast schon fertig, Miss Rogie. Erlauben Sie mir noch eine letzte Frage: Mrs Nye erzählte uns von einer Marotte, die sie mit Ihrem Vater teilt und die sie auch gestern Abend gemeinsam zelebriert haben.«

»Oh Gott! Sie meinen doch nicht etwa dieses furchtbar kitschige Der-erste-Schluck-gehört-immer-mir-und-ist-ein-Zeichen-unserer-unvergänglichen-Liebe-Ritual?«

»Genau dieses. Es ist also allen Bewohnern von Annandale gut bekannt?«

»Ja.«

»Und den momentan anwesenden Gästen ebenfalls?«

»Das glaube ich eher nicht. Zumindest habe ich das Spektakel seit der Ankunft der Teams gestern zum ersten Mal gesehen. Allerdings war ich nicht bei allen Mahlzeiten zugegen.«

»Ich verstehe. Vielen Dank, Miss Rogie!«

Bella lächelte Harriet zu und fragte leise: »Sehen wir uns später noch? Ich möchte dir etwas erzählen.«

»Natürlich, gern«, erwiderte Harriet, denn auch sie hatte Neuigkeiten.

»Also gut.« Bella erhob sich. »Bis später dann!« Sie verließ den Raum.

»Hat sie gelogen?«, fragte Percy, als er sich kurz darauf am Bartisch einen Whisky eingoss.

»Sie meinen bezüglich ihres Aufenthaltsortes zur Tatzeit?« John wirkte nachdenklich.

»Ja. Denn ich wüsste nicht, warum uns Helmes die Unwahrheit erzählt haben sollte.«

»Nun, er sagte ja selbst, dass er sich nicht sicher war, wen er im Pavillon gesehen hat«, gab John zu bedenken.

»Aber wer außer Miss Rogie könnte es denn noch gewesen sein?«

»Sie haben recht. Mrs Nye war in Sir Edmunds Zimmer und Miss Saintclair höchstwahrscheinlich im Küchengarten.«

»Und wenn es nur eine Finte war?«, warf Harriet ein.

»Wie meinst du das?«

»Angenommen, Herr Helmes war gar nicht auf dem Putting Green. Was, wenn er die Geschichte einfach nur erfunden hat, um auf gut Glück das Alibi einer anderen Person fragwürdig erscheinen zu lassen?«

»Um so von sich selbst abzulenken?«

»Genau!«

»Das ist möglich, aber doch ziemlich konstruiert, meinst

du nicht? Hätte Peel zu dieser Zeit nicht mit mir auf dem Golfplatz gestanden, würde ich denken, dass Bella sich vielleicht zu einem heimlichen Rendezvous mit ihm im Pavillon verabredet hatte. Aber das ist ausgeschlossen. Hat sie dir gestern Abend eigentlich irgendetwas zu diesem Thema erzählt?«

»Sie meinen zu ihrem Flirt mit Peel?«, mischte sich Percy ein.

»Ist es denn nur ein Flirt?« John sah Harriet an.

»Nein, ich glaube, es ist viel mehr. Bevor ihr Vater zusammenbrach, erzählte sie mir, dass sie noch nie so glücklich war und dass eine große Veränderung in ihrem Leben bevorstehen würde. Seinen Namen nannte sie nicht, aber ihre Blicke – und vor allem seine – sagten mehr als tausend Worte.«

»Hui!«, rief Percy. »Das Karussell der Verdächtigen dreht sich einmal mehr zu Peels Ungunsten, nicht wahr? Ich weiß, dass er von der vermeintlich anstehenden Verlobung zwischen Miss Rogie und Nye gehört hat. Er hat sie mir gegenüber selbst erwähnt.«

»Und er war alles andere als begeistert, nehme ich an«, sagte John.

»Er war außer sich! Liebe ist ein starkes Motiv, aber es ist mir dennoch völlig schleierhaft, wie er Nye erschossen haben könnte.«

»Dann sollten wir jetzt mit der Befragung der übrigen Personen fortfahren. Warum ist Hall eigentlich nicht erschienen? Hat er eine Befragung abgelehnt?«

»Nein, er hatte Evans nur recht unmissverständlich klargemacht, dass er sich nicht den ganzen Nachmittag über im Saal zur Verfügung halten kann. Er sei jederzeit in der Garage anzutreffen, sagte er wohl und verschwand. Zumindest berichtete Evans mir das, bevor ich Miss

Rogie hereinführte. Er hat übrigens die Untersuchung der Taschen und des Golfplatzes mittlerweile abgeschlossen.«

»Und?«

»In den Taschen von Peel und Heidrich gab es erwartungsgemäß nichts Verdächtiges.«

»Es steckte also kein Gewehr zwischen Peels Schlägern?«, fragte John und lachte.

»Nein, und auch keine modifizierte Luftpistole. Wirklich unheimlich ist jedoch, dass Evans keinerlei Spuren am Hügel und in der Hecke gefunden hat – keinen abgeknickten Zweig, kein achtlos ausgedrücktes, zurückgelassenes Zigarettenende, keine Fußspuren oder niedergedrücktes Gras. Der lautlose Schuss ist also nicht unser einziges Problem. Uns fehlt jegliche Spur eines Täters.«

»Nun gut«, sagte John. Er wirkte müde und etwas unglücklich. »Umso wichtiger sind unsere Befragungen. Ich schlage vor, dass wir Hall später auf dem Weg zurück zum Pfarrhaus einen Besuch abstatten. Einverstanden, Harriet?«

»Wie du meinst.«

»Dann wäre jetzt Mr Lester an der Reihe.«

KAPITEL 24
Charles Lester

»Mr Lester«, begann Stableford, nachdem es sich der Rot-
haarige mit einem Glas Whisky in einem Sessel bequem
gemacht hatte. »Haben Sie heute irgendetwas auf dem
Golfplatz bemerkt, das Sie für erwähnenswert halten würden?«

»Außer meiner grandiosen 65 am Morgen? Nein. Ich
habe weder etwas gesehen noch etwas gehört, das Ihnen
weiterhelfen könnte. Die Wahrheit ist, dass ich so auf mein
Spiel fokussiert war, dass ich Ihnen nicht einmal sagen
kann, wie Herr von Scheel während der Nachmittagsrunde am zweiten Tee abgeschlagen hat.«

»Aber Sie erinnern sich, dass beide Bälle in etwa auf
der Höhe des Hügels zum Liegen kamen?«

»Ja, das stimmt. Und ich erinnere mich auch, dass Dr
Holmes bemerkte, die toten Bäume seien hier als die
Unheimlichen Schwestern bekannt. Erich – Herr Stellmacher – und ich sprachen gerade über den nächsten
Schlag. Er ist ein echter Sportsmann. Obwohl er zum geg-
nerischen Team gehört, hat er mir als Caddie einige groß-
artige Tipps gegeben.«

»Sie haben also nichts auf dem Hügel oder in dessen
unmittelbarer Nähe gesehen? Vielleicht nur eine Bewegung oder einen Lichtreflex aus dem Augenwinkel?«

»Nein, wirklich nicht. Uns wurde erst durch Ihre Hilferufe bewusst, dass auf der ersten Bahn etwas passiert sein
musste. Und ich kann Ihnen versichern, dass sich zu diesem Zeitpunkt niemand auf dem Hügel befand. Schließlich überquerten wir ihn kurz darauf.«

»Ich verstehe. Dürfte ich Ihnen dann noch ein paar Fragen zum gestrigen Abend stellen?«

»Sicher! Was wollen Sie wissen?«

»Zum einen, was Ihnen Mr Peel kurz vor Sir Edmunds Rede gezeigt hat.«

»Und zum anderen?«, fragte Lester ausweichend.

»Wollen wir nicht zunächst bei meiner ersten Frage bleiben?«

»Es tut mir leid, aber darauf kann ich nicht antworten.«

»Weil Mr Peel Sie darum gebeten hat?«

»Bitte fragen Sie ihn selbst! Ich möchte mich dazu nicht äußern.«

Stableford dachte nach. Lester wirkte nicht verängstigt, aber sein Entschluss, die Aussage zu verweigern, schien endgültig zu sein.

»Wie Sie wollen«, sagte er schließlich. »Dann können Sie uns vielleicht sagen, worum es bei dem Streit zwischen Mr Saintclair und Mr Nye ging.«

»Sie meinen den, bei dem ich mich einmischte?«

»Genau.«

»Es ging um Mr Saintclairs Schwester Phillipa. Den genauen Grund kann ich Ihnen nicht nennen, aber Mr Saintclair verlangte von Mr Nye, dass er Pip, wie er sie zu nennen pflegt, in Ruhe lässt.«

»Und was geschah dann?«

»Mr Nye entgegnete so etwas wie ›Zum Teufel mit dir!‹, woraufhin Mr Saintclair handgreiflich wurde. Ich ging dazwischen und führte Mr Nye kurz darauf aus dem Saal.«

»Wo Sie sich trennten?«

»Ja. Er war ziemlich angetrunken und schien von Mr Saintclairs Attacke überrascht zu sein. Er zitterte und versuchte etwas ungeschickt, seine Kleider in Ordnung zu bringen. Dann bedankte er sich bei mir und ging.«

»Hatte Mr Saintclair ihm ins Gesicht geschlagen?«

»Sie fragen wegen des blauen Auges?«

Stableford nickte.

»Ich habe erst vorhin im Saal davon gehört und kann Ihnen versichern, dass es nicht während dieser unschönen Szene entstanden ist«, sagte Lester. »Mr Saintclair hat Mr Nye am Kragen gepackt und durch den Saal geschubst. Mehr ist nicht passiert.«

»Und Sie und Mr Nye trennten sich in der Halle?«

»Ja.«

»Ging er anschließend die Treppe hinauf?«

»Nein, er ging hinaus. Ich nehme an, um sich ein wenig abzukühlen.«

»Ich verstehe. Mr Lester, wie gut kennen Sie Mr Peel? Haben Sie ihn vor diesem Turnier schon einmal getroffen?«

»Natürlich. Er gilt als bester linkshändiger Golfspieler im Königreich. Wir sind uns bei nationalen Turnieren bereits einige Male über den Weg gelaufen. Aber wir kennen uns praktisch kaum. Wir haben nicht viel gemeinsam und ich suche nicht unbedingt seine Nähe.«

»Darf ich fragen, warum?«

Lester lachte. »Er sieht einfach zu gut aus, Mr Stableford! Man wirkt immer ein wenig blass neben ihm und mein Ego verträgt das nicht. Ich bin ja eher ein unscheinbarer Typ. Selbst Mr Nye, der praktisch jeden hier beleidigt hat, verschonte mich, wenn Sie verstehen, was ich meine.«

»Dann ist er auch mit Mr Peel aneinandergeraten?«

»Ja. Ich war nicht dabei, aber Peel erzählte mir davon. Mr Nye riet ihm wohl, die Hände von seiner Braut zu lassen.«

»Und wen meinte er damit?«

»Miss Rogie, nehme ich an. Peel ließ ihn einfach stehen – das behauptete er zumindest.«

»Vielen Dank, Mr Lester!«

»Keine Ursache.« Lester erhob sich und ging zur Tür.

»Er hat es Ihnen nicht verraten«, sagte Holmes, nachdem Lester sie hinter sich geschlossen hatte.

»Sie meinen, was Peel ihm gezeigt hat?«

»Ja! Ich verstehe zwar immer noch nicht, was dieser Vorfall mit dem Mord an Nye zu tun haben könnte, aber es ist doch bemerkenswert, nicht wahr?«

»Wissen Sie, was ich um einiges bemerkenswerter finde?«, fragte Stableford nachdenklich.

»Nun?«

»Bisher war niemand von Nyes Ableben wirklich überrascht, geschweige denn schockiert oder zumindest traurig«, erklärte Stableford. »Nicht einmal Miss Saintclair, die ihm doch nahe zu stehen schien. Irgendetwas stimmt hier nicht. Heute Nachmittag ist ein Mord geschehen und niemand ist verwirrt, verängstigt oder wenigstens empört. Auch scheint niemand einen näheren Bezug zu dieser Tat und dem Opfer zu haben.« Er stockte. »Wie spät ist es?«, fragte er dann.

Holmes zog seine Uhr aus der Westentasche. »Kurz vor sechs«, sagte er und steckte sie zurück. »Zeit für einen Drink. Wollt ihr auch einen?«

»Warum nicht?«, erwiderte Stableford und stand auf.

Harriet winkte ab. »Für mich nicht, Percy. Ich bin müde.«

»Dann sollten wir jetzt mit Peel reden. Ich verspreche mir einiges von seiner Befragung. Selbst wenn er es nicht war, muss er doch etwas von der Tat mitbekommen haben, irgendetwas, das uns weiterbringt!« Stableford ging zum Fenster und blickte in den Park hinaus.

Die Regenwolken zogen träge über den Himmel. Er musste sich eingestehen, dass die Befragungen nicht so verliefen, wie er es sich vorgestellt hatte. Tatsächlich gab es noch keine Spur, der es sich seiner Meinung nach zu folgen lohnte. Sein detektivischer Spürsinn schien zu versagen. Und langsam, ganz langsam begann er, an seinem Verstand zu zweifeln. Dieser Umstand machte ihm Angst. Lag es an dem sagenumwobenen Ort, in dessen Nähe das Verbrechen geschehen war? Vielleicht. In jedem Fall wirkte der Mord an Nye inzwischen nicht mehr nur unmöglich, sondern auch unheimlich.

KAPITEL 25
Marc Aurel Peel

Als Mr Peel das Zimmer betrat, wurde Harriet klar, was Mr Lester gemeint hatte. Sein gutes Aussehen war ihr auch am Vorabend nicht entgangen, doch erst jetzt wurde ihr bewusst, dass er tatsächlich »das gewisse Etwas« hatte, eine Präsenz, die andere überstrahlen konnte. Er war hochgewachsen, breitschultrig und schlank. Dunkle Locken hingen ihm verwegen in die Stirn und seine blauen Augen funkelten.

Moment, dachte Harriet.

Taten sie das wirklich? Eigentlich blickte er eher verdrossen drein. Er wirkte unglücklich. Als er sich gesetzt hatte, sah er John erwartungsvoll an.

»Hier bin ich«, sagte er müde.

»Und ich danke Ihnen für Ihr Erscheinen. Wollen Sie etwas trinken?«

»Nein, danke. Ich habe in den letzten Tagen schon zu viel getrunken. Was kann ich für Sie tun?«

»Nun, beginnen wir doch damit, dass Sie uns die Geschehnisse auf der ersten Bahn während der Nachmittagsrunde aus Ihrer Sicht schildern.«

»Natürlich. Lassen Sie mich kurz nachdenken! Heidrich und ich schlugen am ersten Tee ab. Dann gingen wir alle vier gemeinsam auf dem Fairway zu den Bällen. Heidrichs zweiter Schlag war einfach großartig. Sein Ball landete auf dem Grün in der Nähe der Fahne. Anschließend gingen wir zu meinem Ball. Nein, warten Sie! Heidrich und Sie gingen noch ein Stück weiter. Sie blieben ein paar Yards vor mir und Mr Nye etwa in der Mitte des Fairways stehen und warteten dort auf meinen Schlag.«

»Genau so war es«, sagte John leise.

»Mr Nye gab mir schon im Gehen einen Schläger aus meiner Tasche. Er lief links von mir und blieb ein paar Fuß zurück, während ich das Ziel und dann den Ball ins Visier nahm. Als ich auf meinen Schläger hinuntersah, bemerkte ich, dass er mir den Niblick und nicht den von mir gewünschten Lofter gereicht hatte. Ich bat ihn um den richtigen Schläger und er machte einen Schritt auf mich zu.«

»War er dabei immer noch links von Ihnen?«

»Ja.«

»Und griff er schon, während er auf Sie zuging, nach dem Lofter in Ihrer Tasche?«

»So war es, ja. Er griff mit der rechten Hand nach dem Schläger. Die Tasche hing über seiner linken Schulter.«

»Und was geschah dann?«

»Er fiel zu Boden und blieb liegen. Ich dachte erst, er wäre ohnmächtig geworden. Schon auf der Morgenrunde hatte er ziemlich müde und angeschlagen gewirkt und am Nachmittag hatte sich sein Zustand meines Erachtens noch einmal verschlechtert.«

»Das Gefühl hatte ich auch«, bestätigte John. »Dann riefen Sie seinen Namen, nicht wahr?«

»Ja, weil er sich nicht regte. Ich kniete mich neben ihn und versuchte, ihn aufzurichten. Zu dem Zeitpunkt standen Sie und Heidrich schon über uns.«

»Haben Sie etwas gehört, als Mr Nye zusammenbrach?«

»Merkwürdig, dass Sie das fragen! Ich kann es mir selbst nicht erklären, aber ich hörte so etwas wie einen Peitschenknall. Zunächst hielt ich das Geräusch für einen Blitzeinschlag in der Nähe, aber dafür war es definitiv zu leise.«

Harriet dachte sofort an Heidrichs »Zischen«. Das Geräusch musste etwas zu bedeuten haben, aber was? Sie sah zu Percy hinüber, der ebenfalls nachdenklich wirkte.

»Herr Heidrich hat etwas Ähnliches gehört«, sagte John. »Haben Sie eine Idee, woher dieses Geräusch kam?«

»Das kann ich Ihnen beim besten Willen nicht sagen.«

»Und Sie haben in diesem Moment auch nichts anderes wahrgenommen?«

»Leider nein.«

»Sie haben uns dennoch sehr geholfen, Mr Peel!«, erklärte John.

Überrascht blickte Harriet zu ihm. Er wirkte tatsächlich zufrieden. Hatten ihn Mr Peels Antworten auf etwas gebracht?

»Hätten Sie die Güte, uns jetzt noch über einen anderen Vorfall aufzuklären?«, fragte John nach einer kurzen Pause.

»Vorfall?«, fragte Mr Peel überrascht. »Wovon sprechen Sie, Mr Stableford?«

»Nun, ich konnte während des Banketts nicht umhin zu beobachten, wie Sie Mr Lester etwas zeigten. Es war wohl ein Gegenstand, den Sie aus Ihrer Jackentasche geholt hatten.«

»Oh«, sagte Mr Peel und strich sich die Locken aus der Stirn. »Hat Ihnen Charles davon erzählt?«

»Nein, er bat uns, Sie selbst danach zu fragen.«

»Ist das wirklich notwendig?«

»Es würde uns helfen, das Wesentliche vom Unwesentlichen zu trennen«, antwortete John freundlich.

»Nun gut. Ich zeigte ihm einen Ring.«

»Einen Ring?«

»Ja, einen Verlobungsring. Ich habe ihn vorgestern in Scarborough gekauft. Es ist mir wirklich unangenehm.«

»Er ist für Miss Rogie, nicht wahr? Bitte entschuldigen Sie meine Direktheit, aber Ihr Werben ist nicht unbemerkt geblieben.«

»Wohl kaum«, sagte Mr Peel und seufzte.

»Haben Sie ihn Miss Rogie bereits gegeben?«

»Er ist verschwunden«, erklärte Mr Peel düster. »Nachdem ich ihn Charles gezeigt hatte, steckte ich ihn zurück in meine Jackentasche. Das dachte ich zumindest. Aber vielleicht habe ich die Patte nicht richtig hochgeklappt und er ist mir heruntergefallen. Jedenfalls war er später verschwunden. Doch da war es sowieso egal.«

»Egal? Würden Sie uns das vielleicht etwas genauer erklären?«

»Wenn Sie wirklich darauf bestehen.«

John nickte.

Mr Peel seufzte. »Kurz nach Sir Edmunds Ansprache bat ich Bella um ein Tête-à-Tête. Sie willigte ein und wir gingen – nun, wir gingen hierher.«

»In den Drawing Room?«

»Ja. Ich gestand ihr meine Gefühle und bat sie um ihre Hand. Sie war sehr freundlich, aber sie schien mein Werben nicht wirklich ernst zu nehmen. Ich hatte diese Reaktion befürchtet, schließlich kennen wir uns ja erst seit ein paar Tagen. Also wollte ich die Echtheit meiner Absichten durch den Ring untermauern. Doch meine Jacketttasche war leer – der Ring war verschwunden. Ich versuchte natürlich dennoch, sie für mich zu gewinnen, aber ich merkte, dass ihr die Situation immer unangenehmer wurde, und brach meine Überzeugungsversuche kurze Zeit später ab. Ich begleitete sie zurück in den Saal und ging dann direkt weiter auf mein Zimmer.«

»Also haben Sie Sir Edmunds Schwächeanfall gar nicht miterlebt?«

»Nein.«

»Doch in der Nacht kamen Sie noch einmal in den Saal zurück, um nach dem Ring zu suchen, nicht wahr?«, sagte John.

Mr Peel sah ihn überrascht an. »Das tat ich tatsächlich! Woher wissen Sie das?«

»Man hat Sie dabei beobachtet. Aber ich denke, dass wir nicht weiter darüber sprechen müssen.«

»Dann sind wir hier fertig?«

»Im Prinzip ja. Eines würde mich allerdings noch interessieren: Sind Sie mit Mr Nye während Ihres Aufenthaltes hier irgendwann mal aneinandergeraten?«

Mr Peel lächelte. »Ein Mal, ja. Es war vorgestern, glaube ich. Wie Sie ja eben selbst bemerkt haben, ist mein Werben um Bella nicht unbemerkt geblieben. Mr Nye fing mich in der Halle ab und riet mir, die Finger von seiner Braut zu lassen.«

»Und was haben Sie darauf erwidert?«

»Nichts, Mr Stableford. Ich habe ihn einfach stehen lassen. Später fragte ich Bella, ob sie wirklich mit ihm liiert sei.«

»Und?«

»Sie hat gelacht. Allerdings hatte ich das Gefühl, dass ihr die Frage etwas unangenehm war.«

»Ich bedanke mich für Ihre Offenheit«, sagte John. »Sie können nun gehen.«

Mr Peel erhob sich langsam und verließ den Raum. Er tat Harriet leid, doch noch mehr wunderte sie sich über Bellas Verhalten.

»Und?«, fragte Percy. »Halten Sie ihn immer noch für eine Schlüsselfigur in diesem Fall?«

»Oh ja, genau das ist er: eine Schlüsselfigur«, antwortete John müde und rieb sich die Augen.

»Dann glauben Sie nicht an seine Geschichte mit dem Ring?«

»Doch, doch. Ich würde Sie dennoch bitten, ihn heute Nacht nicht aus den Augen zu lassen. Vielleicht kann Evans vor seiner Tür Wache halten?«

»Wie Sie meinen«, sagte Percy verwundert.

John sah auf seine Uhr. »Das war wirklich ein ausgesprochen sokratischer Nachmittag.«

»Das kann man wohl sagen!«, stimmte Percy ihm zu und lachte. »Sehr viele Dialoge, und am Ende wissen wir nur, dass wir nichts wissen. So geht es mir zumindest.«

»Dann befürchte ich, dass Sie mit dieser Aporie wohl zu Bett gehen müssen, mein lieber Holmes.«

»Ich persönlich würde einen Nightcap vorziehen. Allerdings würde ich vorher zu gerne wissen, wer denn nun eigentlich Miss Rogies Herzbube ist, wenn Peel bei ihr tatsächlich abgeblitzt ist.«

»Darüber habe ich auch gerade nachgedacht«, gab Harriet zu.

»Und hast du eine Vermutung?«

»Allerdings. Ich würde weiterhin auf Mr Peel tippen. Vielleicht war Bella nur von seinem Tempo irritiert und wünscht sich einfach, noch ein wenig mehr von ihm umworben zu werden.«

»Gut möglich«, sagte John und stand auf. »Es ist schon spät. Ich schlage vor, dass wir nun zur Garage hinübergehen und Hall einen Besuch abstatten. Wollen Sie uns begleiten, Holmes?«

»Wenn es Ihnen recht ist, würde ich mich lieber ein wenig unter die Gäste und Hausbewohner im Saal mischen. Unter Umständen gelingt es mir ja, noch das eine oder andere aufzuschnappen, was für uns von Nutzen sein könnte.«

»Wie Sie meinen. Dann sehen wir uns morgen früh. Ich hoffe, dass Mrs Nye uns im Laufe des Vormittags empfangen wird. Nach den bisherigen Befragungen sehe ich keine Möglichkeit, ihr ein Gespräch mit uns zu ersparen. Vielleicht kann sie uns sagen, ob ihr Sohn unter den Anwesenden einen wirklichen Feind hatte.«

Sie verließen den Drawing Room und gingen durch die Halle. An der Eingangstür verabschiedeten sie sich von Percy. Er wollte die Tür gerade schließen, als sich John noch einmal zu ihm umwandte.

»Was denken Sie, Holmes: Wie groß ist Peel?«

»Knapp sechs Fuß, würde ich sagen.«

»Und Nye?«

»Etwas kleiner, aber ist das wirklich wichtig?«

»Es ist elementar, mein lieber Holmes! Ich erkläre es Ihnen ein andermal. Gute Nacht für jetzt!«

KAPITEL 26
Simon Hall

»Bist du gar nicht neugierig, wieso ich Holmes nach der Größe der beiden Männer gefragt habe?«, wollte Stableford wissen, als er und Harriet die Auffahrt entlanggingen.

»Ich bin schrecklich müde«, antwortete sie und hakte sich bei ihm unter. »Außerdem kenne ich dich zu gut. Du würdest mir nur eine kryptische Antwort geben und dich dann auf dein Credo berufen, dass ein Detektiv seine Gedankengänge erst am Ende einer Geschichte offenlegen darf.«

»Wahrscheinlich hast du recht.« Stableford blickte in den Himmel hinauf.

Der Regen hatte aufgehört und der fast noch volle Mond war bereits zwischen den bizarren Wolkenformationen zu sehen. Stableford lächelte Harriet zu und sie gingen weiter. Am Ende der Hecke bogen sie links ab. Der Weg führte nun leicht bergab. Kurze Zeit später standen sie vor dem Garagentor unterhalb der großen Terrasse.

»Hör mal!«, sagte Harriet plötzlich. »Ist das ein Grammophon?«

»Ja«, antwortete Stableford, »und wenn mich nicht alles täuscht, spielt es den ersten Satz der Mondscheinsonate.«

Harriet schmiegte sich an ihn.

»Ein wenig überraschend, findest du nicht? Ich hätte nicht gedacht, dass Hall in seiner Freizeit Beethoven hört.«

Harriet antwortete nicht, und so lauschten sie der Musik und betrachteten dabei das Schauspiel der Wolken am Himmel, bis das Stück zu Ende war. Dann klopfte Stableford kräftig an das Tor. Ein darüberliegendes Fenster wurde geöffnet und Halls Kopf erschien.

»Warten Sie!«, sagte er leise.

Sein Kopf verschwand und kurz darauf wurde das Tor ein Stück aufgeschoben. Harriet und Stableford betraten die nur spärlich beleuchtete Werkstatt. Vor ihnen stand der alte Bentley, daneben Hall. Er trug eine weite Flanellhose und ein Hemd, das bis über die Ellenbogen aufgekrempelt war.

»Folgen Sie mir!«, sagte er und führte sie an dem Wagen vorbei zu einer schmalen Treppe, die sie hinaufstiegen. Hall öffnete eine schlichte Holztür und bat sie einzutreten. »Willkommen in meinem Reich«, sagte er freundlich. »Möchten Sie etwas trinken? Ich kann Ihnen einen ausgezeichneten Sherry aus dem Keller von Annandale anbieten.«

Harriet lehnte ab, aber Stableford nahm das Angebot dankend an. Während Hall im Nebenzimmer verschwand, blickte er sich um. Es war ein bemerkenswerter Raum, durchzogen von vier dicke Sparren. Die niedrige Holzdecke gab ihm etwas Behagliches. Die Möbel waren alt, aber von ausgesuchter Schönheit, an den Wänden hingen ein paar durchaus ansprechende Aquarelle und viele Fotografien, die fast allesamt die Unheimlichen Schwestern zeigten. An einer Wand stand ein großes, gut bestücktes Bücherregal und auf einem Tisch in der Nähe des Fensters das Grammophon sowie eine Remington-Reiseschreibmaschine, in die ein leeres Blatt eingespannt war. Auf dem Sofa lag ein aufgeschlagenes Buch, dessen Einband Stableford sofort erkannte: T.S. Eliots »The Waste Land«.

»Ich lese es jeden April«, sagte Hall, der gerade mit zwei Gläsern in den Händen zurückkam.

Er muss meinem Blick gefolgt sein, dachte Stableford und griff nach dem Glas, das Hall ihm reichte.

»April ist der grausamste Monat, treibt Flieder aus toter Erde ...« Ich liebe diese morbide Poesie und schreibe gelegentlich selbst ein wenig. Zeit dazu habe ich hier genug. Der Wagen ist alt, aber in Ordnung, und Mrs Nye und Robert fahren lieber selbst. Sir Edmund dagegen verlässt kaum noch das Haus. Wie geht es ihm übrigens? Robert erzählte mir, dass er gestern Abend einen Schwächeanfall erlitten hat.«

»Nicht gut«, antwortete Stableford. »Aber sein Zustand scheint stabil zu sein.«

»Das freut mich. Ich habe dem alten Knaben viel zu verdanken. Als ich acht war, verschwand mein Vater von einem Tag auf den anderen. Sir Edmund nahm mich quasi in seine Familie auf und sorgte für mich, bis ich die Stellung meines Vaters übernehmen konnte.«

»Dann sind Sie glücklich hier?«, fragte Stableford vorsichtig.

»Glücklich? Nun, in gewisser Weise bin ich das wohl. Ich vermute, dass Sie meine Einrichtung irritiert. Sie passt wohl nicht so ganz in Ihr Bild vom Leben eines Chauffeurs.«

»Sie überrascht und beeindruckt mich in der Tat, Mr Hall. Haben Sie die Fotos gemacht?«

»Nein, sie stammen noch von meinem Vater. Er war ein leidenschaftlicher Fotograf. Ich habe sie hängen lassen, denn auch sie verströmen einen morbiden Charme. Die Aquarelle sind allerdings von mir.«

»Sie sind bemerkenswert.«

»Vielen Dank! Aber Sie sind doch bestimmt nicht hier, um sich mit mir über Kunst zu unterhalten.«

»Da haben Sie leider recht. Eigentlich möchten wir Sie

fragen, wo Sie heute zwischen kurz vor und Viertel nach eins waren.«

»Wurde Nero zu dieser Zeit umgebracht?«

»Ja.«

»Darf ich fragen, wie?«

»Er wurde erschossen, Mr Hall.«

»Erschossen?«

»Finden Sie das merkwürdig?«

»Nun ja, ich habe keinen Schuss gehört.«

»Niemand hat das. Aber mich würde dennoch interessieren, wo Sie sich zu der genannten Zeit aufgehalten haben.«

»Ich war hier.«

»Kann das jemand bezeugen?«

Hall lachte. »Nein. Leider weiß man ja nie im Voraus, wann man ein Alibi benötigt. Aber ich nehme an, dass ich nicht der Einzige bin, dem das so geht.«

»Das stimmt«, gab Stableford zu. »Mit Alibis ist es immer so eine Sache. Wir haben hier sogar den Fall, dass jemand ein Alibi, das ihm eine andere Person gegeben hat, ausgeschlagen hat.«

»Aber wer macht denn so was?«, fragte Hall amüsiert.

»Miss Rogie. Herr Helmes meint, sie zur ungefähren Tatzeit im Pavillon gesehen zu haben. Aber sie behauptet, auf ihrem Zimmer gewesen zu sein.«

Hall schwieg einen Moment. Dann holte er tief Luft und sagte: »Sie war im Pavillon.«

»Und woher wissen Sie das?«

»Weil ich bei ihr war, Mr Stableford. Bella und ich sind ein Paar.«

»Seit wann?«

»Seit Kurzem. Wir waren uns schon immer sehr nah. Aber als dieser adonishafte Golfspieler hier auftauchte und ihr schöne Augen machte, wurde mir auf einmal klar, dass ich sie wirklich liebe und mir ein Leben ohne sie nicht vorstellen kann.«

»Und Miss Rogie empfindet ebenso?«

»Ja, zum Glück. Wir haben uns heute im Pavillon heimlich verlobt.«

»Und haben Sie auch Herrn Helmes gesehen?«

Hall nickte. »Bella hat ihn auf dem Übungsgrün entdeckt. Uns war natürlich bewusst, dass unser Stelldichein nur einen Tag nach Sir Edmunds Schwächeanfall unpassend wirken musste. Sie wich also von der Terrassentür zurück und ich kletterte aus einem Fenster an der Rückseite des Pavillons. Dabei verlor ich das Gleichgewicht und landete in einer großen Pfütze. Als ich mich wieder aufrichtete, stieß ich mit dem Rücken gegen den Fensterladen, der mit einem lauten Knall gegen die Wand schlug.«

Stableford erinnerte sich, dass Helmes von solch einem Geräusch gesprochen hatte. Er fragte sich, ob er nun die nächsten beiden Namen von seiner imaginären Liste der möglichen Verdächtigen streichen musste.

»Sie haben sicherlich meinen schmutzigen Anzug bemerkt, als wir uns am Hauseingang trafen, Mrs Stableford«, sagte Hall. »Das war das Resultat meines Fenstersturzes.«

»Es ist mir aufgefallen«, antwortete Harriet nachdenklich.

»Und mir ist aufgefallen, dass Sie die ganze Zeit auf meine Hände blicken. Stimmt etwas nicht mit ihnen?«

»Die Knöchel Ihrer rechten Hand sind geschwollen.«

»Ach das! Das Pendant dazu war Neros blaues Auge. Ich machte gestern Abend noch einen Spaziergang, als er mir vor dem Haus über den Weg lief. Er war aufgebracht und fing sofort wieder an, mich zu beschimpfen.«

»Darf ich fragen, wieso?«, wollte Stableford wissen.

»Ich sollte es unterlassen, mich mit Bella zu treffen. Sie haben einen ähnlichen Streit ja bereits gestern Nachmittag miterlebt. Er drohte mir, dass ich meine Stellung verlieren würde.«

»Und diesmal kam es zu einem Kampf?«

»So würde ich es nicht nennen. Ich schlug zu und Nero ging zu Boden. Dann rappelte er sich auf und rannte ins Haus.«

»Ich verstehe. Besitzen Sie ein Gewehr, Mr Hall?«

»Wurde Nero mit einem erschossen?«

»Dr Holmes vermutet es.«

»Dann muss der Täter es mitgebracht haben. Annandale ist wohl das einzige Herrenhaus in Nordengland, das nicht über eine Waffenkammer verfügt. Soweit ich weiß, besitzt Sir Edmund nicht einmal mehr seinen alten Offiziersrevolver.«

»Und Sie?«

»Ich habe ein altes Luftgewehr, aber ich denke nicht, dass man damit einen Menschen töten kann.«

»Dürfte ich es dennoch einmal sehen?«

»Sicher.« Hall ging ins Nebenzimmer und kam kurz darauf mit der Waffe zurück. »Hier ist es! Es gehörte meinem Vater. Ich habe es seit Jahren nicht benutzt.«

Stableford nahm das Gewehr entgegen. Es war von einer dünnen Staubschicht bedeckt. Er öffnete den Lauf, nahm sein Taschentuch und schob es ein Stück in die Bohrung hinein. Als er es wieder herauszog, war es von Rost bedeckt.

»Es ist tatsächlich seit vielen Jahren nicht benutzt worden«, sagte er und gab es Hall zurück.

»Was haben Sie denn erwartet? Halten Sie mich für so naiv, die Tatwaffe in meinen Räumen zu verstecken?«

»Ganz und gar nicht! Aber jemand anderes hätte sie benutzen und dann zurück an ihren Platz legen können. Ich nehme an, die Bewohner von Annandale kennen die Waffe.«

Hall dachte einen Moment lang nach. »Ich glaube, Sie schätzen uns falsch ein, Mr Stableford«, sagte er schließlich. »Im Großen und Ganzen kommen wir hier alle recht gut miteinander aus. Wir stammen natürlich aus verschiedenen Familien, aber die Rogies, Saintclairs und Halls haben ein ausgeprägtes Zusammengehörigkeitsgefühl.«

»Und die Nyes?«

»Nero war ein Sonderling. Ich kann nicht sagen, dass ich ihn mochte, aber seine Ausfälle uns gegenüber wirkten oft fremdbestimmt. Ich vermute, dass seine Mutter hinter vielen seiner Sticheleien steckte. Sie will Annandale für sich haben und versucht schon seit Jahren, uns vor Sir Edmund zu diskreditieren.«

»Und jetzt könnte sie vor dem Nichts stehen«, bemerkte Stableford nachdenklich.

»Ja. Und sie tut mir tatsächlich leid. In gewisser Weise ist Sir Edmund nicht ganz unschuldig an ihrem Intrigenspiel. Er hätte sie vor Jahren einfach heiraten sollen, das wäre für uns alle angenehmer gewesen.«

»Wissen Sie, warum er es nicht getan hat?«

»Wegen Bella, denke ich. Die beiden kamen von Anfang an nicht gut miteinander aus. Ich nehme an, dass er davor zurückschreckte, ihr eine ungeliebte Stiefmutter vorzusetzen. Möchten Sie noch einen Sherry?«

Stableford lehnte das Angebot freundlich ab. Kurze Zeit später verabschiedeten sie sich und machten sich auf den Weg zum Pfarrhaus.

»Und, mein detektivischer Sokrates?«, fragte Harriet, als

sie die Auffahrt erreicht hatten. »Weißt du nun mehr, als dass du nichts weißt?«

»Oh ja, mein Schatz!«, antwortete Stableford gut gelaunt. »Allerdings nicht erst seit unserer Unterhaltung mit Hall. Ich habe eine Idee, warum Nero Nye sterben musste, aber keine Ahnung, wie der Mörder es angestellt hat.«

Harriet blieb stehen und sah ihn ungläubig an. »Dann weißt du, wer ihn erschossen hat?«

»Nein«, erwiderte Stableford, der ebenfalls stehen geblieben war, »aber der Schlüssel zu diesem Geheimnis könnte darin liegen, dass Marc Aurel Peel Linkshänder ist.«

Harriet seufzte. »Siehst du? Das meinte ich vorhin: eine kryptische Antwort auf eine klare Frage. Aus diesem Grund vermeide ich es, mit dir über deine Fälle zu sprechen.«

»Es ist noch zu früh für Erklärungen«, sagte Stableford leise.

»Ich weiß. Ich hoffe nur, dass es nicht Mr Hall war.«

»Wegen Bella?«

»Ja! Ihre heimliche Verlobung hat mich natürlich überrascht, aber irgendwie mag ich ihn und ich hoffe, dass sie glücklich werden.«

Sie schaute zur Garage zurück und Stableford folgte ihrem Blick. Aus dem kleinen Fenster über dem Tor sah Hall zu ihnen herüber. Die Dämmerung hatte nun fast alle Farben des Parks verschluckt. Allein das Fairway der ersten Bahn zeigte noch ein fahles Grün. Dahinter stand schwarz die Hecke und über allem ragten die Unheimlichen Schwestern wie drei alte Sagengestalten.

Eine gespenstische Szenerie, dachte Stableford. Er griff nach Harriets Hand und sie gingen weiter, ohne sich noch einmal umzudrehen.

KAPITEL 27
Nita Nye

Als John und Harriet am nächsten Morgen die Halle von Annandale Grange betraten, war es gerade halb neun. Percy hatte sie wohl schon erwartet, denn er saß mit übereinandergeschlagenen Beinen auf der Treppe und spielte mit seinem Zigarettenetui.

»Guten Morgen!«, sagte er gut gelaunt und stand auf.

»Guten Morgen, Holmes! Haben Sie gestern Abend noch etwas Neues in Erfahrung bringen können?«

»Sie gehen ja gleich richtig ran! Aber ich muss Ihre Frage leider verneinen. Man sprach fast ausschließlich über das Wetter und Golf. Niemand erwähnte Nye, geschweige denn seine Ermordung. Die Stimmung war verständlicherweise getrübt, aber ein Außenstehender wäre wohl nie darauf gekommen, dass hier am selben Tag ein Mord stattgefunden hat. Gegen neun verließen Evans und ich als Letzte den Saal.«

»Und hat sich sonst noch etwas Erwähnenswertes zugetragen?«, fragte John.

»Nicht in der Nacht«, entgegnete Percy. »Evans hatte vor Peels Tür Stellung bezogen, aber der hat sein Zimmer diesmal nicht verlassen. Vor etwa einer Stunde kam Dr Prendergast. Als er ging, erzählte er mir, dass sich Sir Edmunds Zustand verschlechtert hat. Er empfahl eine Verlegung in ein Krankenhaus, aber Mrs Nye besteht wohl darauf, ihn hier zu pflegen. Immerhin haben sie sich darauf geeinigt, dass ihr eine professionelle Schwester zur Hand geht. Sie wird heute Nachmittag eintreffen. Und vor dreißig Minuten sind die deutschen Spieler abgereist. Hall fährt sie gerade nach York. Ich soll Sie recht herzlich von Herrn von Scheel grüßen. Er wünscht Ihnen viel Glück bei der Aufklärung des ›Landhausmordes‹ und bat mich, Ihnen seine Karte zu geben.« Er reichte John ein kleines Stück Karton.

»Danke«, sagte John, nahm es entgegen und betrachtete es gedankenverloren. »Etwas Glück können wir wirklich gebrauchen«, sagte er nach einer Weile und steckte die Karte in seine Jackentasche. Dann stopfte er seine Pfeife und entzündete sie.

»Und wie ist eure Unterredung mit Hall verlaufen?«, fragte Percy.

»Wir wissen jetzt, wer Bellas ›Herzbube‹ ist«, antwortete Harriet.

»Peel, nehme ich an?«

»Nein, Percy, es ist Simon Hall! Bella und er haben sich gestern heimlich verlobt.« In knappen Worten erzählte Harriet ihm von dem Gespräch über der Garage.

Als sie fertig war, pfiff Percy durch die Zähne. »Hall ist also ein verkappter Feingeist. Wer hätte das gedacht? Aber ergibt sich daraus eine Wendung für unseren Fall?«

John, der während Harriets Bericht in der Halle auf und ab gegangen war, blieb abrupt stehen. »Eine Wendung? Hat unsere Ermittlung denn überhaupt schon eine Richtung, die sich ändern könnte?«

»Vermutlich nicht.«

»Und was machen wir jetzt?«, fragte Harriet.

Percy sah zur Standuhr hinüber. »Wir müssen uns beeilen! Mrs Nye hat mir durch ihre Kammerzofe für neun Uhr ihr Erscheinen im Drawing Room ankündigen lassen. Maggie, so heißt das junge Ding, erzählte mir auch, dass Mrs Nye heute Nacht nicht in ihrem Bett geschlafen hat. Sie war wohl die ganze Zeit bei Sir Edmund. Kommen

Sie! Ich habe Kaffee im Drawing Room servieren lassen.«

»Ausgezeichnet!«, sagte John.

»Nicht wahr? Aber vielleicht könnten Sie diesmal darauf verzichten, Münzen in Ihrer Tasse schwimmen zu lassen. Wir sollten behutsam mit Mrs Nye umgehen. Sie hat einen schweren Verlust erlitten, und der einzige Mensch, der ihr jetzt Trost spenden könnte, ringt selbst mit dem Tod.«

»Natürlich«, erwiderte John.

Sie gingen in den Drawing Room, nahmen sich Kaffee und setzten sich. Um Punkt neun Uhr betrat Mrs Nye das Zimmer. Sie trug ein schwarzes Kleid und darüber eine graue Strickjacke, die vermutlich Sir Edmund gehörte. Hätte Harriet sie auf der Straße getroffen, hätte sie sie wohl nicht erkannt, denn sie war nicht geschminkt und tiefes Leid hatte das sonst so theatralische Mienenspiel aus ihrem Gesicht gewischt. Vor ihnen stand eine gebrochene Frau.

»Wie geht es Sir Edmund?«, fragte John, als Mrs Nye in einem Sessel Platz genommen hatte.

»Schlechter«, antwortete sie müde. »Es war eine furchtbare Nacht. Sein Puls ist so flach, dass ich einige Male dachte …« Sie stockte und blickte zu Boden. »Ich darf ihn nicht auch noch verlieren«, sagte sie dann.

»Mrs Nye, ich weiß, wie schwer es für Sie ist, aber sehen Sie sich in der Lage, uns ein paar Fragen bezüglich Ihres Sohnes zu beantworten?«

»Darum bin ich hier, Professor.«

»Nun gut, dann wollen wir gleich beginnen. Wie war sein Verhältnis zu Mr Saintclair und Mr Hall?«

»Nicht gut«, antwortete Mrs Nye ernst. »Robert und Simon haben ihm nie wirklich das Gefühl gegeben, hier willkommen zu sein. Nero war sicherlich kein einfacher Mensch, aber durch ihre offene Ablehnung wurde er hier schnell zum Außenseiter. Noch schlimmer war jedoch, dass sie auch versuchten, Edmund gegen ihn aufzubringen.«

»Mit Erfolg?«

»Ich befürchte schon. In den ersten Jahren bemühte sich Edmund noch, zwischen den jungen Männern zu vermitteln. Aber mit der Zeit schlug er sich mehr und mehr auf ihre Seite. Zuletzt war die Spannung zwischen ihm und Nero fast unerträglich.«

»Und Sie sahen keine Möglichkeit, etwas daran zu ändern?«

»Ich empfand Edmunds Haltung meinem Sohn gegenüber als ungerecht, aber ich war machtlos. Als er erfuhr, dass Nero ernste Absichten auf Bella hatte, wurde er regelrecht wütend.«

»Aber Sie würden keinem Bewohner von Annandale einen Mord zutrauen, nicht wahr?«

Mrs Nye schwieg einen Moment, bevor sie antwortete: »Die Atmosphäre in diesem Haus ist vergiftet. Ich weiß nicht mehr, was ich denken soll.«

Harriet schaute zu John hinüber, der sich sichtlich unwohl in seiner Haut fühlte.

»Es tut mir sehr leid, Mrs Nye, aber ich muss Sie das fragen«, begann er etwas zögerlich. »Wo waren Sie gestern zwischen kurz vor und Viertel nach eins?«

»Die Frage muss Ihnen nicht unangenehm sein, Professor. Ich war bei Edmund, saß an seinem Bett, hoffte und betete.«

Und trank, dachte Harriet und schämte sich sofort dafür. Mrs Nye tat ihr unsagbar leid, aber sie hatte einfach das Bild vor Augen, wie die Frau aus Sir Edmunds Zimmer kam und schwankend den Flur entlangging.

»Professor Stableford«, sagte Mrs Nye nach einer kurzen

Pause. »Ich weiß nicht, in welche Richtung Ihre Ermittlungen gehen, aber ich will Sie durch meine Antworten nicht auf eine falsche Fährte führen. Edmund kam nicht gut mit Nero aus, aber so etwas Schreckliches würde er nie tun! Falls sein Name also auf Ihrer Liste der Verdächtigen steht, können Sie ihn getrost streichen. Er war die ganze Zeit bei mir.«

»Natürlich«, antwortete John ernst. »Hat Ihr Sohn Ihnen gegenüber in den letzten Tagen einmal Mr Peel erwähnt?«

»Das hat er tatsächlich. Mr Peel zeigt ein starkes Interesse an Bella und verständlicherweise war Nero nicht begeistert davon. Ich glaube allerdings nicht, dass Bella eine Liaison mit diesem Golf spielenden Schönling ernsthaft in Betracht zieht.«

»Wir können das sogar definitiv ausschließen.«

»Wie meinen Sie das?«

»Nun, Mr Hall erzählte uns, dass er und Bella sich gestern heimlich verlobt haben.«

»Was?« Mrs Nye wurde bleich und sah John mit großen Augen an.

»Ist Ihnen nicht wohl, Mrs Nye?«

»Wasser«, sagte sie fast unhörbar.

Percy sprang auf, ging zum Bartisch hinüber und füllte ein Glas mit Sodawasser. Dann trat er zu Mrs Nye und reichte es ihr. Sie trank es in einem Zug leer.

»Bitte verzeihen Sie diese Szene!«, sagte sie nach einer Weile. »Aber damit hatte ich nicht gerechnet. In gewisser Weise bin ich froh, dass Nero das nicht mehr miterleben muss.«

»Dann haben Sie nichts davon geahnt?«, fragte John.

»Wie bitte? Nein. Aber entschuldigen Sie mich jetzt. Ich muss mich ein wenig ausruhen.« Sie stand auf und verließ das Zimmer ohne ein weiteres Wort.

Nachdem sie gegangen war, saßen die drei lange schweigend beieinander. Niemand schien etwas sagen zu wollen. Harriet hing ihren eigenen Gedanken nach. Sie drehten sich nicht um das Rätsel von Annandale Grange, sondern um John und ihre gemeinsame Zukunft.

Schließlich brach Percy das Schweigen. »Sie ist ehrlich erschüttert, nicht wahr? Und sie hatte Angst, dass wir Sir Edmund als Täter in Betracht ziehen würden. Das ist doch merkwürdig. Ich bezweifle, dass er in seinem Zustand auch nur einen Schritt machen kann.«

»Bist du dir da so sicher?«, fragte Harriet.

»Ja, ich würde es völlig ausschließen. Und warum hat sie die Verlobung von Miss Rogie und Hall so sehr mitgenommen? Was denken Sie, Stableford?«

John antwortete nicht. Er saß mit geschlossenen Augen da, die Hände wie zum Gebet gefaltet. Die Fingerspitzen tippten rhythmisch an sein Kinn. Diese Pose war Harriet nur zu gut bekannt. Er war auf etwas gestoßen und dachte hoch konzentriert darüber nach. Dann ging ein Ruck durch ihn. Er öffnete die Augen und sie erschrak fast ein wenig vor seinem Blick. Er hatte etwas Magnetisches an sich. So hatte er sie angesehen, als er dem Mörder in Petershead auf die Spur gekommen war. John hatte eine Fährte aufgenommen.

»Ich muss sofort mit Sir Edmund sprechen«, sagte er plötzlich und sprang auf. Noch bevor Harriet oder Percy etwas darauf erwidern konnten, hatte er das Zimmer verlassen.

»Manchmal ist mir dein Mann geradezu ein wenig unheimlich«, bemerkte Percy mit verdutzter Miene.

»Mir auch«, sagte Harriet und zwang sich zu einem Lächeln.

KAPITEL 28
Der Krankenbesuch

Es liegt doch auf der Hand, dachte Stableford, als er mit hastigen Schritten den Saal durchquerte.

Konnte es sein, dass sie es nicht sahen, dass sie in der gängigen Perspektive gefangen waren und Peels Rolle in diesem Mord außer Acht ließen? Er öffnete die Flügeltür und betrat die Halle. Die Standuhr zeigte Viertel vor zehn. Er stieg die Treppe hinauf und versuchte, seine Gedanken zu ordnen. Doch der Umstand, dass ihm der Tathergang immer noch ein Rätsel war, ließ ihm keine Ruhe.

Er erreichte den ersten Stock und blieb vor der vorderen Tür im Flur stehen. Aus ihr hatte Harriet Mrs Nye treten sehen. Es musste sich also um Sir Edmunds Zimmer handeln. Stableford klopfte an und wartete. Nichts passierte. Er klopfte noch einmal. Wieder nichts. Vorsichtig drehte er am Knauf. Die Tür war nicht verschlossen, und so öffnete er sie einen Spalt weit und lauschte. Zu hören war nichts, aber ein starker süßlich-beißender Geruch schlug ihm entgegen.

Bittermandel, dachte Stableford und trat ein.

Die dunkelroten Vorhänge waren halb zugezogen. Und obwohl die Fenster zum Teil geöffnet waren, war der marzipanartige Geruch kaum zu ertragen.

»Sir Edmund?«, fragte Stableford unsicher in das Halbdunkel des Raumes hinein.

Dann vernahm er ein röchelndes Atmen. Es kam vom Himmelbett, dessen Stoffbehang zur Tür hin herabgelassen war. Stableford schloss die Tür hinter sich und blickte sich um. An den Wänden hingen Dutzende Schaukästen, in denen Schmetterlinge und Käfer fein säuberlich auf Nadeln aufgespießt worden waren. Stableford schüttelte sich. Nicht eine Nacht würde er in diesem Zimmer verbringen wollen. Dann fiel sein Blick auf eine Reihe von Fotografien, die in Silberrahmen auf einem Sideboard standen. Zunächst war ihm nicht klar, warum ihn ihr Anblick irritierte. Wahrscheinlich hatte er einfach nur Portraits von Familienangehörigen und Freunden erwartet. Stattdessen zeigten die Fotos Landschaften. Spielten ihm die Lichtverhältnisse einen Streich?

Nein, dachte Stableford überrascht, als er näher trat.

Sie zeigten immer dieselbe Landschaft. Nur die Personengruppen, die der Fotograf beim Durchqueren des Motivs abgelichtet hatte, waren von Bild zu Bild verschieden. Den Gruppen war allerdings gemeinsam, dass sie sich von rechts nach links bewegten und den Fotografen zu ignorieren schienen. Oder war ihnen gar nicht bewusst gewesen, dass sie fotografiert wurden? Es waren Männer in Uniformen, britische, amerikanische und französische Offiziere. Die Bilder mussten also aus der Zeit stammen, als Annandale ein militärischer Stützpunkt gewesen war.

Vom Bett her kam plötzlich ein lautes Stöhnen. Stableford trat an den Stoffbehang und warf ihn über die Dachkonstruktion des Himmelbetts. Vor ihm lag Sir Edmund. Seine Wangen waren eingefallen, seine Haut fast so weiß wie das Bettlaken. Die Lippen und Hände sahen bläulich aus. Er war ganz starr und blickte Stableford mit geweiteten Pupillen, aber ohne Wimpernschlag an.

»Sir Edmund«, begann Stableford leise, »sind Sie in der Lage zu sprechen?«

Sir Edmund sah ihn lange an. Dann schüttelte er fast unmerklich den Kopf.

»Darf ich meine Fragen so formulieren, dass Sie mir mit einer Geste antworten können?«

Sir Edmund nickte leicht.

»Gut. Hat Ihnen Mrs Nye von Neros Ermordung erzählt?«

Erneut schüttelte Sir Edmund den Kopf. Dann öffnete er den Mund und brachte, offenbar unter großer Anstrengung, den Namen »Bella« hervor.

»Also hat Ihnen Ihre Tochter davon erzählt?«

Wieder das Kopfschütteln – oder hatte Sir Edmund nur den Kopf leicht zur Seite gewandt? Stableford war ratlos. Plötzlich hob Sir Edmund die rechte Hand und winkte ihn zu sich heran. Stableford beugte sich dicht über ihn.

»Priester«, hauchte ihm Sir Edmund schwer verständlich ins Ohr.

Stableford wartete gespannt, aber mehr konnte oder wollte Sir Edmund wohl nicht sagen. Als Stableford sich wieder aufgerichtet hatte, wies Sir Edmunds zittrige Hand auf die Wand am Kopfende des Bettes. Stableford schaute dorthin und verstand zunächst nicht, was er ihm zeigen wollte. Doch dann entdeckte er in der Zimmerecke ein kleines Kruzifix.

»Sie möchten, dass Ihre Tochter den Pfarrer von Lower Biggins verständigt?«, fragte er, aber diesmal wartete er vergeblich auf ein Zeichen.

Sir Edmund hatte die Augen geschlossen und atmete schwer.

Er wird mir nicht weiterhelfen können, dachte Stableford enttäuscht und trat zum Fenster. Er hatte ein starkes Bedürfnis nach frischer Luft.

Sein Blick fiel auf die große Terrasse. Auf der Balustrade balancierte eine schwarze Katze. Als sie auf den nackten Steinboden sprang, konnte er das Aufsetzen ihrer Pfoten hören. Er staunte kurz, doch dann kam ihm auf einmal ein neuer Gedanke. War Sir Edmund möglicherweise doch der Täter? Holmes hatte das ausgeschlossen, aber er war auch davon ausgegangen, dass Sir Edmund dafür sein Zimmer hätte verlassen müssen. Was aber, wenn er Nye von diesem Fenster aus erschossen hatte? Die Distanz stellte für einen geübten Schützen sicher kein Problem dar. Dieser Tathergang stände zwar im Gegensatz zu seiner eigenen Rekonstruktion der Schussrichtung, die auch Peel indirekt bestätigt hatte, aber konnte man dessen Aussage wirklich trauen?

Stableford schaute weiter in die Ferne. Das Fairway des zweiten Lochs war von diesem Fenster aus gut einsehbar, der Blick auf die erste Bahn dagegen zum größeren Teil von der Hecke versperrt. Doch was war mit dem Fenster zu seiner Rechten? Er ging hinüber, schob den schweren Vorhang beiseite – und wurde enttäuscht. Auch hier war die Hecke im Weg.

Damit ist mir mein letzter potenzieller Verdächtiger abhandengekommen, stellte Stableford resigniert fest.

Er war gerade im Begriff zu gehen, als sein Blick noch einmal auf die gerahmten Fotografien auf dem Sideboard fiel. Irgendetwas an diesen Bildern kam ihm bekannt vor. Kurz entschlossen nahm er eins an sich und verließ dann den Raum.

KAPITEL 29
Ein Spaziergang mit Folgen

»Oh, hat Ihnen Sir Edmund ein Geschenk gemacht?«, fragte Holmes, als Stableford mit der gerahmten Fotografie unter dem Arm den Drawing Room betrat.

»Ich habe es mir nur ausgeborgt und glaube kaum, dass er es in seinem Zustand vermissen wird. Würdest du mir einen Gefallen tun, Harriet?«

»Sicher.«

»Dann mach dich bitte auf die Suche nach Miss Rogie! Wenn ich es richtig verstanden habe, hat mich ihr Vater gerade darum gebeten, dass sie den Pfarrer von Lower Biggins rufen soll.«

»Dann verlangt er nach der Letzten Ölung?«, fragte Harriet bestürzt.

»Ich weiß es nicht, aber es steht zu befürchten. Holmes und ich werden in der Zwischenzeit einen kleinen Spaziergang machen. Wir treffen uns dann später wieder hier.«

»Einverstanden, Sherlock!«

Gemeinsam gingen sie aus dem Zimmer. In der Halle verabschiedete sich Harriet von den beiden Männern, die das Haus verließen.

»Und was machen wir jetzt?«, fragte Holmes, während sie die Auffahrt entlanggingen.

»Wir suchen diesen Landschaftsausschnitt«, antwortete Stableford und reichte ihm die Fotografie.

»Interessant. Die uniformierten Herren sprechen wohl dafür, dass das Bild aus der Zeit stammt, als Annandale militärisch genutzt wurde«, stellte Holmes fest.

»Das denke ich auch.«

»Wenn es überhaupt in Annandale aufgenommen wurde.«

»Da bin ich mir ziemlich sicher. Ich habe sogar das unbestimmte Gefühl, dass ich diese beiden Bäume hier schon einmal gesehen habe.«

»Wenn dem so ist, wird es ein Leichtes sein, den Ort zu finden. Sie können sie ja nur von einem der Fairways aus gesehen haben. Verraten Sie mir auch, warum dieses Bild für uns Relevanz haben könnte?«

»Ich weiß es nicht, Holmes. Nun schauen Sie mich nicht so an! Das ist keine Laune des großen Detektivs. Ich weiß es wirklich nicht.«

Als sie den Abschlag der ersten Bahn erreicht hatten, hielten sie an und betrachteten eingehend die Fotografie.

»Nein«, sagte Holmes schließlich. »Ich erkenne keine Übereinstimmungen. Der Bewuchs kann sich natürlich über die Jahre stark verändert haben, aber irgendeinen Anhaltspunkt sollte man auch jetzt noch finden.«

Sie gingen weiter. Als sie etwa auf der Höhe des Hügels angelangt waren, blieb Holmes plötzlich stehen und zeigte nach rechts.

»Da, sehen Sie!«, rief er aufgeregt.

»Was meinen Sie?«

»Die flachen Ginsterbüsche und die zwei Buchen links davon!«

Stableford nahm die Fotografie zur Hand und staunte. Die Perspektive stimmte noch nicht ganz, aber es handelte sich fraglos um den Hintergrund des Bildes.

»Ausgezeichnet, Holmes! Dann lassen Sie uns jetzt versuchen, den ungefähren Aufnahmeort zu ermitteln.«

Nach ein paar Minuten hatten sie den richtigen Winkel

gefunden. Der Ausschnitt, den die Fotografie zeigte, korrespondierte nun mit der Landschaft dahinter.

»Wir sind aber immer noch zu nah an den Bäumen«, stellte Holmes fest.

Stableford hielt das Bild vor sich und sie gingen langsam rückwärts, bis die Größenverhältnisse und Proportionen in etwa übereinstimmten. Als sie sich umdrehten, standen sie direkt vor dem Hügel.

»Ein beklemmender Ort«, bemerkte Holmes düster. Der Anblick der Unheimlichen Schwestern schien ihn wirklich zu ängstigen. Seine ganze Körperhaltung wirkte verkrampft und hoch alarmiert zugleich.

Stableford wunderte sich über diese Reaktion und musste dann an Nelms denken, den russischen Offizier, der ihm im deutschen Gefangenenlager seine Zaubertricks beigebracht hatte. Er hatte an der Front einen Granatenschock erlitten. Schon das Zuschlagen einer Tür hatte ihn in eine Starre versetzt, die rein äußerlich Holmes' Reaktion ähnelte.

»Sie denken an die Sage von den Hexen, die sich hier zur Anbetung des Teufels getroffen haben sollen?«, fragte Stableford vorsichtig.

Holmes sah ihn an und die Anspannung war auf einen Schlag verflogen. »Oh, nein! Sie sollten mich mittlerweile besser kennen. Es ist etwas Persönliches, so als ob ein Splitter lang vergessener Erinnerungen aus meinem Unterbewussten ins Bewusstsein dringt. Ich weiß nicht, warum, aber jedes Mal, wenn ich diese toten Bäume sehe, habe ich das unheimliche Gefühl einer ernsten Bedrohung.«

»Wollen Sie lieber ins Haus zurückgehen?«

»Seien Sie nicht albern! Die Sache ist viel zu interessant. Das Bild wurde also von hier aus gemacht. Oder genauer gesagt auf dem Hügel, nicht wahr?«

»Ja. Der Fotograf muss dort oben gestanden haben, irgendwo zwischen den Unheimlichen Schwestern.«

»Und die Offiziere auf dem Bild machen nicht den Eindruck, als ob sie ihm Beachtung geschenkt hätten. Vielleicht haben sie ihn nicht gesehen?«

»Mein Gott!«, sagte Stableford leise.

»Was haben Sie denn?«, fragte Holmes.

»Er war genauso unsichtbar wie unser Mörder. Sehen Sie denn nicht die Parallele? Die Gruppe auf dem Foto befindet sich ungefähr an dem Punkt, an dem Nye erschossen wurde. Es müssen etwa fünfzig Yards von hier sein. Und unsere Rekonstruktion der Schussrichtung korrespondiert mit dem Winkel, aus dem das Foto gemacht wurde.«

»Und was schließen Sie daraus?«, fragte Holmes. »Müssen wir davon ausgehen, dass unser Mann eine Tarnkappe besitzt?«

»Eine Tarnkappe? Sind Sie schon so weit, eine unmögliche Situation mit einer unmöglichen Lösung erklären zu wollen, Holmes? Dennoch, vielleicht ist das der Perspektivwechsel, den wir zur Lösung dieses scheinbar unmöglichen Mordes gebraucht haben.«

Holmes sah ihn mitleidsvoll an. »Ich will Ihre euphorische Stimmung nicht dämpfen, mein lieber Stableford, aber sollten wir bei unseren Ermittlungen die Welt der Mythen und Märchen nicht ausblenden und bei den Fakten bleiben?«

»Sicher. Aber was, wenn es keine ›Fakten‹ gibt? Evans hat den Hügel und die angrenzenden Heckenpartien doch nach Spuren abgesucht und, soweit ich weiß, nichts gefunden.«

»Das stimmt.«

»Und er ist ein in diesen Dingen erfahrener Mann, nehme ich an.«

»Der beste.«

»Sollten wir die Verwendung einer Tarnkappe unter diesen Umständen dann wirklich einfach so verwerfen?«, fragte Stableford.

»Und wie soll diese Kappe Ihrer Meinung nach ausse-hen?«

»Nun, folgt man den Sagen und Märchen, dann handelt es sich entweder um einen Helm oder eine Mütze, die den Träger zeitweilig unsichtbar machen. Es könnte aber auch ein Umhang sein.«

»Ein Umhang?«

»Ja. Im Nibelungenlied erlangt Siegfried die sogenann-te ›Cappa‹ des Zwergs Alberich, einen unsichtbar machen-den Umhang oder Mantel. Unser Wort ›Cape‹ hat übrigens denselben Ursprung.«

»Dann vermuten Sie, dass sich unser Schütze unter einer Art Tarnnetz versteckt hielt?«

»Vielleicht. Allerdings würde das nicht die vollkom-mene Abwesenheit von Spuren erklären.«

»Und was machen wir jetzt?«

»Wir gehen zurück. Ich werde Hall einen zweiten Be-such abstatten und treffe Sie dann später im Drawing Room.«

»Hall?«

»Ja. Er besitzt eine Reihe von Fotografien dieses Hügels, die von seinem Vater stammen. Irgendetwas sagt mir, dass er auch diese Aufnahme hier gemacht hat. Hall war zu dieser Zeit noch ein kleiner Junge, aber vielleicht erinnert er sich an etwas, das uns weiterhelfen kann.«

KAPITEL 30
Projekt Epeios

»Ich hätte nicht gedacht, Sie so schnell wiederzusehen«, sagte Hall und wischte sich die Hände an einem schmutzigen Lappen ab.

»Motorprobleme?«, fragte Stableford, der von Automobilen nichts verstand.

»Der Vergaser. Ich fuhr die drei deutschen Spieler heute Morgen nach York. Auf dem Rückweg verlor der Bentley stetig an Leistung. Aber das hat Zeit. Was kann ich denn heute für Sie tun?«

»Sie können mir etwas mehr über die Fotografien erzählen, die in Ihrem Zimmer hängen. Wenn ich mich richtig erinnere, stammen sie von Ihrem Vater.«

»Das stimmt. Er war ein leidenschaftlicher Fotograf. Als Sir Edmund während des Großen Krieges hier den Stützpunkt der Royal Engineers leitete, dokumentierte mein Vater sogar die Arbeit des Militärs.«

»Und die Fotografien in Ihrem Zimmer stammen aus dieser Zeit?«

»Ich nehme es an. Damals war ich noch ein Kind. Ich weiß nur, dass sie den Hügel mit den drei Baumruinen zeigen.«

»Die Unheimlichen Schwestern?«

»Genau.«

»Und dieses hier?«, fragte Stableford und zeigte Hall das gerahmte Bild aus Sir Edmunds Zimmer. »Ist das auch von Ihrem Vater?«

»Das habe ich noch nie gesehen. Aber wenn Sie es im Herrenhaus gefunden haben, würde ich davon ausgehen.

Mein Vater arbeitete damals sehr eng mit Sir Edmund und Mr Saintclair zusammen.«

»Sie meinen den Vater von Phillipa und Robert?«

»Ja.«

»Wissen Sie auch, woran die drei gearbeitet haben?«

»Nein. Wie gesagt, ich war noch ein Kind. Aber ich hatte den Eindruck, dass sie manchmal etwas sehr Geheimes taten.«

»Und wie kamen Sie darauf?«

»Sie arbeiteten dann nachts. Mein Vater brachte mich oft ins Herrenhaus, wo ich mit Bella, Pip und Robert zu Abend essen durfte. Eine Zeit lang, es muss im Winter 1916 gewesen sein, schlief ich fast jede Nacht in Roberts Zimmer.«

»Aber Ihr Vater hat Ihnen gegenüber nie etwas von dieser nächtlichen Arbeit erwähnt.«

»Nein. Wenn es Sie allerdings wirklich so sehr interessiert, kann ich Ihnen seine Papiere und Aufzeichnungen zeigen. Vielleicht finden Sie darin etwas aus dieser Zeit. Ich selbst habe sie nie gesichtet. Sein plötzliches Verschwinden hat meine Beziehung zu ihm nachträglich sehr getrübt. Er ist mein wunder Punkt, wenn Sie verstehen, was ich meine. Ich versuche, so selten wie möglich an ihn zu denken.«

Stableford lächelte mitfühlend. »Nun, ich würde die Aufzeichnungen wirklich sehr gerne sehen.«

»Warten Sie einen Moment!« Hall verschwand in der Garage und kam kurz darauf mit einem verstaubten Pappkarton zurück. »Hier sind sie. Wollen Sie es sich damit auf der Rückbank des Bentleys bequem machen?«

Stableford nickte und Hall öffnete ihm die Fondtür des Wagens.

»Wenn es Ihnen nichts ausmacht, kümmere ich mich

nun wieder um den Vergaser«, sagte er dann und verschwand hinter der geöffneten Motorhaube.

Stableford setzte sich und schloss die Tür. Dann nahm er den Deckel des Kartons ab und legte den Inhalt fein säuberlich auf der Rückbank aus. Es waren vor allem Briefe und Aktenbündel, aber auch ein großes schwarzes Notizbuch, auf dessen weißem Etikett »Projekt Epeios« stand. Als Stableford es aufschlug, fiel eine Fotografie heraus. Er hob sie auf und betrachtete sie verblüfft. Sie zeigte fraglos den mittleren der drei toten Bäume, vor dem er eben noch mit Holmes gestanden hatte. Das Bemerkenswerte an dem Bild war jedoch, dass dieser Baum in einer völlig anderen Umgebung stand. Gespannt begann Stableford, in dem Büchlein zu lesen. Es handelte sich um eine Art Tagebuch und beschrieb nicht nur das Projekt selbst, sondern auch die Vorgeschichte, die dazu geführt hatte.

Eine Stunde mochte vergangen sein, als Hall ans Fenster klopfte. »Tee?«, fragte er und zeigte auf die dampfende Tasse in seiner Hand.

Stableford öffnete die Tür. »Gern.« Er nahm die beiden Fotografien und das Notizbuch und stieg aus.

»Und«, fragte Hall, während er ihm den Tee reichte, »haben Sie etwas Interessantes finden können?«

»In der Tat«, antwortete Stableford. »Haben Sie schon einmal vom ›Projekt Epeios‹ gehört?«

Hall dachte einen Moment lang nach. »Nein, aber war das nicht der griechische Gott des Feuers?«

»Das war Hephaistos. Epeios war ein griechischer Baumeister.«

Hall lachte. »Ich kann Ihnen versichern, dass die Royal Engineers hier damals eine Menge gebaut haben. Aber ein Tempel war bestimmt nicht darunter.«

»Was wurde denn hier gebaut?«

»Tarnvorrichtungen aller Art. Sir Edmund war gewiss kein typischer ›Sapper‹. Ich habe ihn nie mit einem Spaten in den Händen gesehen und möchte meinen, dass er in seinem Leben nicht einen einzigen Schützengraben ausgehoben hat. Er verstand sich immer als Künstler. Sein Fachgebiet war die Tarnung. Darüber doziert er übrigens noch heute gerne. Er ist der Meinung, dass ein Krieg nicht allein mit der Mobilmachung des Militärs gewonnen werden kann. Deshalb bezeichnet er die Propaganda als Mobilmachung der Sprache und die Camouflage als Mobilmachung der Kunst. Crypsis und Mimesis sind seine großen Themen.«

»Crypsis und Mimesis?«, fragte Stableford und nahm einen Schluck von seinem Tee.

»Ja. Crypsis ist der Versuch, einen Gegenstand schwer erkennbar zu machen, Mimesis, ihn als etwas anderes erscheinen zu lassen. Ich habe das wohl schon hundertmal gehört.«

»Ich verstehe. Es handelt sich dabei um entlehnte Prinzipien aus dem Tierreich, nicht wahr?«

»So ist es, Mr Stableford. Die Streifen des Tigers, die ihn im hohen Gras praktisch unsichtbar machen, folgen dem Prinzip der Crypsis, Schwebfliegen, die ihre Feinde mit den Signalfarben der Wespe abzuschrecken versuchen, dem der Mimesis.«

»Und hier in Annandale wurden Tarnungen für den Krieg entwickelt?«, vergewisserte sich Stableford.

»Ja. Im Grunde war dieser Stützpunkt eine große Werkstatt. Zeitweilig arbeiteten hier ein gutes Dutzend Zimmermänner, Bühnenbildner und Maler. Sie nannten sich Camoufleure und schufen Tarnmuster, Tarnnetze und dergleichen. Ihr Schwerpunkt war das Spiel mit Farben und

Schattenformen. Das Material dafür wurde in der Lodge am Tor gelagert.«

Stableford dachte an die beiden Bilder, die Harriet und er dort betrachtet hatten. Es waren also Studien für Tarnmuster gewesen!

»Und kamen auch Gäste, denen man die Tarnvorrichtungen präsentierte?«, wollte er wissen.

»Daran kann ich mich tatsächlich noch erinnern«, sagte Hall mit kindlicher Begeisterung. »Teile des Parks waren mit Netzen abgehängt, die man zwischen den Bäumen gespannt hatte. Darunter standen Kanonen-Attrappen. Die Offiziere, die Annandale besuchten, wurden mit Doppeldeckern über das Gelände geflogen, um die Effektivität der Tarnung aus der Luft beurteilen zu können. Einmal durften Robert und ich sogar mitfliegen. Das war sehr aufregend für uns Kinder.«

»Das kann ich mir gut vorstellen. Darf ich mir dieses Notizbuch einmal ausleihen?«

»Sicher.«

»Dann nochmals vielen Dank, auch für den Tee!« Stableford gab Hall die Tasse zurück und verabschiedete sich. Langsam ging er den Weg zur Auffahrt hinauf.

Das Phänomen des Zufalls war wirklich verblüffend. Vor drei Tagen erst hatte er in der Bibliothek des Vikars den zweiten Gesang von Vergils Aeneis gelesen, in dem Laokoon die Trojaner vor dem hölzernen Pferd warnt, das ihnen die Griechen als Geschenk geschickt hatten. Der Fund des Golfballs in den Rosenbüschen seiner Schwiegermutter hatte seine Lektüre jäh unterbrochen und war in gewisser Weise der Anfang dieses Abenteuers gewesen. Und jetzt? Jetzt hielt er ein Notizbuch in den Händen, das ein Projekt beschrieb, das den Namen des Erbauers eben jenes trojanischen Pferdes trug. Es würde ihn der Lösung des Rätsels um Nyes Ermordung wahrscheinlich ein gutes Stück näher bringen. Er wusste zwar immer noch nicht, wer Nye erschossen und warum niemand den Schuss gehört hatte, aber er war sich nun fast sicher, dass er mit Holmes' Hilfe bald herausfinden würde, wie der Mörder es angestellt hatte, das Verbrechen quasi unsichtbar zu begehen.

KAPITEL 31
Die Unheimlichen Schwestern

»Ist es wirklich notwendig, dass wir diesen gespensti-schen Ort noch einmal aufsuchen?«, fragte Holmes etwas mürrisch, als die beiden Männer kurze Zeit später erneut das Fairway der ersten Bahn entlanggingen.

»Es ist unerlässlich, mein lieber Holmes«, entgegnete Stableford gut gelaunt. »Und ich kann Ihnen versprechen, dass Sie in Kürze verstehen werden, warum dieser Ort so bedrohlich auf Sie wirkt.« Er hatte Holmes im Drawing Room gefunden und von ihm erfahren, dass Harriet in der Zwischenzeit mit Bella nach Lower Biggins aufgebrochen war, um den Pfarrer zu holen. Als sie den kleinen Hügel bestiegen, begann Stableford zu rezitieren: »Es ist geschaffen für Betrug dies Kampfgefährt, vertraut nicht dem Geschenk, lasst vor dem Tor das Pferd!«

»Was für ein Pferd?«, fragte Holmes irritiert.

Stableford lachte. »Das Danaergeschenk.«

»Ah«, machte Holmes. »Das trojanischen Pferd. Aber wie kommen Sie gerade jetzt auf diese Zeilen?«

»Ich habe Drydens Aeneis in der Bibliothek meines Schwiegervaters entdeckt.«

Holmes schüttelte den Kopf, sagte aber nichts. Sie standen nun vor dem mittleren Baum oben auf dem Hügel.

»Was wissen Sie über Buchen?«, fragte Stableford.

Holmes sah ihn überrascht an. »Pferde? Buchen? Was führen Sie im Schilde, Mann?«

»Vertrauen Sie mir! Und?«

»Nun, es sind große Bäume, die bis zu dreihundert Jahre alt werden können. Fagus sylvatica. In England werden sie selten über dreißig Meter hoch. Ihre Rinde ist hellgrau und weist die typischen Narben abgefallener Äste auf. Im Alter wird sie etwas rissiger, bleibt aber in der Regel glatt.«

»Ausgezeichnet!«, sagte Stableford ehrlich beeindruckt.

»Nicht wahr? Ich habe meine botanischen Kenntnisse meinem Vater zu verdanken. Dass ich nicht jagen wollte, war für ihn eine schlimme Enttäuschung. Umso mehr legte er Wert darauf, dass ich mich als angehender Baronet wenigstens gut mit der Flora und Fauna unserer Ländereien auskannte.«

»Und was wissen Sie über Weiden?«

»Also wirklich, Stableford! Worauf wollen …?« Holmes verstummte plötzlich.

»Nun?«

»Bemerkenswert!« Fasziniert betrachtete Holmes die Baumruine. »Es ist tatsächlich eine Weide. Wie konnte mir das nur entgehen?«

»Es mag daran liegen, dass der obere Teil des Stammes fehlt«, schlug Stableford vor.

»Aber nein, er fehlt eben nicht! Der Blitz hat vermutlich den Stamm getroffen und das Holz ist mit Sicherheit tot. Aber dieser Baum sah nie anders aus. Es ist eine Korbweide. Die jungen Triebe wurden offenbar über Jahre geerntet. Dadurch entsteht der knorrige Kopf anstelle einer Krone. In Flandern standen diese Bäume …« Plötzlich hielt sich Holmes die Hände vors Gesicht.

»… zuhauf auf den Schlachtfeldern, nicht wahr?«, ergänzte Stableford den Satz leise.

»So ist es. Darum also hat mich dieser Ort so beeindruckt. Er erinnerte mich unterbewusst an den Krieg.« Holmes seufzte. »So müssen sich Hatties Patienten nach einer erfolgreichen Sitzung fühlen. Faszinierend!«

»Das mag sein, aber ich kann Ihnen versichern, dass wir nicht deshalb hier sind.«

»Dann hat es noch etwas anderes mit dem Baum auf sich?«

»Das vermute ich zumindest.«

»Wissen Sie, was merkwürdig ist? Weiden stehen normalerweise auf feuchten Böden, an Seen oder Bächen, manchmal auch in Gräben, die nahe am Grundwasser sind. Ich glaube, ich habe noch nie eine Weide auf einem Hügel wachsen sehen.«

»Und sie sind in der Regel auch aus Holz, nicht wahr?«

»Wie bitte?«

»Nach diesen Worten schleuderte er schnell den mächt'gen Speer in's aufgemalte Fell«, rezitierte Stableford erneut einen Vers und hob einen großen Ast vom Boden auf. »Dryden, Aeneis, zweiter Gesang. Vermutlich nicht ganz korrekt wiedergegeben, aber es ist die Rede von Laokoon, der das Pferd als Kriegslist enttarnen will. Leider habe ich keinen Speer zur Hand, deshalb müssen Sie damit vorliebnehmen.« Er reichte Holmes den Ast. »Schlagen Sie doch bitte einmal kräftig gegen den Stamm!«

Holmes tat, wie ihm geheißen, und ein tiefer vibrierender Klang ertönte. »Der Baum ist aus Metall«, sagte er, sichtbar um Fassung ringend. »Und er muss hohl sein.«

Sie untersuchten die Rinde aus der Nähe und stellten fest, dass sie echt war. Doch dann entdeckte Holmes feine Spalten, in denen eine Art Segeltuch oder Sackleinen zu sehen war.

»Schauen Sie sich das an, Stableford! Die Rinde besteht aus einzelnen Teilen, die auf dem Stoff aufgenäht sind, der offenbar den Metallkörper umschließt. Eine bemerkenswerte Arbeit! Wenn man es weiß, fällt es einem auf, aber ich möchte meinen, dass selbst ein Forstarbeiter, der ein paar Yards vor diesem künstlichen Baum hier steht, ihn für eine echte Weide halten würde. Die Tarnung ist nahezu perfekt.«

»Das sollte sie auch sein, denn das hier ist unsere ›Tarnkappe‹, mein lieber Holmes. Bei dieser Weide handelt es sich um den Prototyp eines Observationsbaumes, wie ihn die Franzosen und später auch wir im Krieg verwendet haben.«

»Aber warum steht er in Yorkshire? Und wie, verdammt noch mal, sind Sie darauf gekommen?«

Stableford stopfte seine Pfeife und die beiden Männer setzten sich am Fuße der falschen Weide auf den Boden. »Haben Sie das schwarze Notizbuch bemerkt, das ich von meinem Besuch bei Hall mitgebracht habe?«

»Sie meinen das, das Sie unter dem Sofa im Drawing Room versteckt haben?«, fragte Holmes und holte seinen Flachmann aus der Jackentasche.

»Ja. Darin wird ein Projekt namens ›Epeios‹ samt seiner Vorgeschichte beschrieben.«

»Erzählen Sie!«

Stableford entzündete seine Pfeife. »Die Geschichte setzt im Dezember 1915 ein«, begann er schließlich. »Ein gewisser Mr Solomon besuchte damals die Front südlich von Ypern. Er war zu dieser Zeit schon ein bekannter Maler und Mitglied der Royal Academy.«

»Sie meinen doch nicht etwa Solomon J. Solomon?«

»Genau den! Er war kurz zuvor zum Lieutenant Colonel ernannt worden und man hatte ihm die Leitung der britischen Camouflage-Sektion übertragen, die unter dem Kommando der Royal Engineers stand.«

»Er war also beim selben Verein wie Sir Edmund?«

»So ist es. Sein Auftrag war es, sich bei den französischen Camoufleuren über die Fertigung von gepanzerten

Observationsbäumen zu informieren, denn das kanadische Hauptquartier verlangte eine solche Attrappe für einen Frontabschnitt, der unter seiner Führung stand. Solomon sollte die erste britische Version bauen. Nachdem er die Werkstatt besucht hatte, reiste er weiter an die Front. Dort zeigte man ihm eine Reihe von Weiden, die nur knapp achtzig Yards vom deutschen Schützengraben entfernt waren. Einer dieser Bäume sollte durch eine Attrappe ersetzt werden.«

»Um feindliche Artilleriestellungen auszuspähen, nehme ich an.«

»Das denke ich auch. Solomon wählte einen Baum aus, machte Skizzen und war eine Woche später zurück in London. Kurz vor Weihnachten wurde dann im Park des Buckingham Palace eine alte Weide gefällt, an der Solomon sofort zu experimentieren begann.«

»Mit Erfolg?«

»Durchaus. In der Zwischenzeit richteten die Royal Engineers eine Camouflage-Werkstatt nahe Boulogne ein. Solomon kam hinzu und begann mit den Vorbereitungen für den Bau des eigentlichen Observationsbaumes. Doch dann gab es Ärger.«

»Weil der Baum nicht den Erwartungen entsprach?«

»Au contraire, mein lieber Holmes! Der Baum war nicht das Problem. Vielmehr wurde Solomons Vorgesetzten plötzlich klar, dass dieser Mann ein echtes Sicherheitsrisiko war. Er war kein Soldat, sondern Künstler und hielt nicht viel von militärischer Geheimhaltung und akribischer Planung. Als es erste Engpässe bei der Lieferung der benötigten Rohstoffe für seine Baumattrappe gab, fing er an, die fehlenden Materialien ganz offen in Boulogne einzukaufen. Dieses Vorgehen führte beim Militär zu ersten Irritationen. Und als er die Frage, ob man solch einen Baum tatsächlich über Nacht aufstellen könne, einfach beiseite wischte, sah man das Projekt ernsthaft gefährdet und beschloss ohne sein Wissen einen Plan B.«

»Das Projekt ›Epeios‹?«

»Ganz genau. Noch im Januar 1916 wurde Annandale über Nacht zu einer Camouflage-Werkstatt erklärt. Der Ort war so abgelegen, dass man keine Spione befürchten musste, und Sir Edmund ein hoher Offizier der Royal Engineers. Er erhielt Kopien aller relevanten Pläne und Zeichnungen des Solomon'schen Baums und macht sich gemeinsam mit Hall und Saintclair daran, eine zweite Attrappe zu bauen.«

»Sie meinen die Väter der beiden uns bekannten Herren?«

Stableford nickte. »Ein interessantes Detail, nicht wahr? Wir werden später darauf zurückkommen. Wo war ich stehen geblieben?«

»Beim Bau des zweiten Baums hier in Annandale.«

»Richtig. Die Weide, vor der wir gerade sitzen, wurde tatsächlich wie geplant zuerst fertig.«

»Und sie wurde wirklich nur in Auftrag gegeben, weil Solomon nicht garantieren wollte, dass man sie in einer Nacht aufstellen kann?«

»So wird es im Notizbuch beschrieben. Man wollte sicherstellen, dass eine Nacht ausreichen würde, um den kopierten Baum an der Front zu fällen und an seiner Stelle die Attrappe zu errichten.«

»Und ist der Versuch geglückt?«, fragte Holmes. »Ich meine, abgesehen davon, dass hier eine Buche für die falsche Weide ausgegraben werden musste.«

»Nein. Was genau schiefging, kann ich Ihnen nicht sagen. Die Aufzeichnungen sind in diesem Punkt eher

dürftig. Es scheint aber klar zu sein, dass die Verankerung des Observationsbaums im Erdreich zunächst miss-
glückte.«

»Und damit war das Projekt ›Epeios‹ gescheitert.«

»Genau. Für einen zweiten Versuch fehlte die Zeit, und
so wurde im März 1916 im Schutze der Nacht schließlich
doch Solomons Attrappe nahe Ypern errichtet – ohne
einen geglückten Testlauf.«

»Und der Baum hinter uns geriet in Vergessenheit.«

»Ja. Wahrscheinlich wurde er nur aufgestellt, weil man
ihn sich so am einfachsten vom Hals schaffen konnte. Da
der Park von Annandale zu dieser Zeit für Einheimische
unzugänglich war, musste man sich auch keine Gedanken über seine Entdeckung machen. Und die hier statio-
nierten Soldaten und Camoufleure kannten die Sage um
die Unheimlichen Schwestern nicht. Für sie waren es drei
Baumruinen auf einem Hügel und an ihrer Anzahl hatte
sich durch den Austausch ja nichts geändert.«

»Und während alle anderen Attrappen und Tarnvorrichtungen nach dem Krieg zerstört oder abtransportiert
wurden, blieb die Weide einfach hier stehen?«, fragte
Holmes ungläubig.

»Das nehme ich an. Das Projekt ›Epeios‹ war wohl
so geheim, dass nur wenige darüber Bescheid wussten.
Annandale blieb noch viele Jahre lang eine Camouflage-
Werkstatt und man empfing hohe Offiziere, aber nach dem
Baum fragte niemand mehr. Das Bild, das ich aus Sir Edmunds Zimmer mitgebracht habe, entstand wohl aus rei-
nem Übermut der drei Erbauer.«

»Damit wäre Sir Edmund unser Hauptverdächtiger für
den Mord an Nye, wenn ihn sein Schwächeanfall nicht
außer Gefecht gesetzt hätte.«

»Ja. Zumindest ist er der einzige Anwesende hier, von

dem wir durch das Notizbuch mit Sicherheit wissen, dass er von der Existenz dieses Observationsbaums Kenntnis hat. Aber ich würde auch Hall und Saintclair nicht so schnell von der Liste unserer Verdächtigen streichen wollen«, sagte Stableford nachdenklich. »Hall hat behauptet, er habe nie einen Blick in die Kiste geworfen, in der ich das Notizbuch gefunden habe. Doch selbst wenn das stimmt, hätten er oder die Saintclair-Geschwister den Baum zufällig entdecken können.«

»Da gebe ich Ihnen recht. Und wir sollten auch Miss Rogie nicht vergessen! Sogar Nye scheint mir etwas geahnt zu haben.«

»Nye?«

»Erinnern Sie sich nicht an die Anspielung, die er uns gegenüber beim Bankett gemacht hat? Er sprach von etwas Bemerkenswertem auf dem Hügel und wurde dann jäh von Robert Saintclair unterbrochen.«

»Jetzt fällt es mir wieder ein.«

»Nun, vielleicht war Saintclairs wütende Attacke nur gespielt und er wollte Nye schlichtweg davon abhalten, uns von dem Baum zu erzählen.«

Stableford schwieg. Holmes' Idee war reizvoll. Saintclair hatte sich der Befragung entzogen und die Erklärung, die er seiner Schwester für seine Schulterverletzung gegeben hatte, war durch Halls Aussage als Lüge entlarvt worden. Saintclair hatte sich nicht mit Nye geprügelt. Woher also stammte die Verletzung?

»Es gibt nur ein Problem«, sagte Holmes nach einer kurzen Pause. »Für ein Gewehr ist in der Stahlröhre dieser falschen Weide kein Platz. Selbst wenn der Mörder im Inneren des Baums auf Nyes Erscheinen gewartet hat, wüsste ich nicht, wie er ihn erschossen haben sollte.«

»Daran habe ich auch schon gedacht«, gab Stableford zu.

»Ich nehme an, dass Sie einen Revolver als Tatwaffe weiterhin ausschließen?«

»Definitiv.«

»Nun gut! Wir sollten uns dennoch auf die Suche nach dem Einstieg in diese Attrappe machen, denn irgendetwas muss sie mit Nyes Ermordung zu tun haben. Vielleicht erklärt sich das Problem ja von selbst, wenn wir ihn gefunden haben.«

»Das wäre zumindest mal eine Abwechslung in diesem Fall. Aber wonach suchen wir eigentlich?«

»Ich tippe auf eine getarnte Luke im Boden nicht allzu weit vom Stamm. Der Einstieg in Solomons Baum war ein Loch in einem extra angelegten Arm eines Schützengrabens. Da es hier keinen Graben gibt, muss der Zugang zu dieser Weide unterirdisch sein.«

KAPITEL 32
Unterwelten

»Hier ist etwas!«, rief Holmes vom Hang, der der ersten Bahn zugewandt war. »Aber wie ein Zugang sieht das nicht gerade aus. Es gibt nicht einmal einen Griff.«

Stableford, der auf der anderen Seite des Hügels gesucht hatte, ging zu ihm und betrachtete die kleine Luke, deren Ränder Holmes mittlerweile freigelegt hatte. Sie war etwa vier Yards von der Baumattrappe entfernt und mit Erde und modrigen Laubresten bedeckt.

»Meinen Sie, dass wir uns da hindurchzwängen können?«

»Ich mit Sicherheit, aber Sie haben seit unserem letzten Abenteuer etwas zugelegt, mein lieber Stableford. Liegt das an Harriets Kochkünsten?«

Stableford lachte. »Gut möglich! Ich lasse Ihnen gerne den Vortritt, falls wir sie aufbekommen.«

Sie hatten Glück: Mit Hilfe eines Astes ließ sich die Luke schließlich öffnen.

Holmes steckte den Kopf hindurch. »Ich kann nichts erkennen. Sollen wir es dennoch wagen?«

»Wenn wir den Mord an Nye aufklären wollen, bleibt uns wohl nichts anderes übrig.«

Holmes seufzte, dann zwängte er sich mit den Beinen voran durch die Öffnung, die kaum mehr als fünfzehn Inches breit war. »Der Boden beginnt schon einen Fuß unter der Luke. Sind Sie sicher, dass es sich nicht nur um einen Luftschacht handelt?«

»Keineswegs, doch Sie werden es bald herausbekommen. Seien Sie vorsichtig!«

Das Nächste, was Stableford hörte, war ein dumpfer Aufschlag.

»Aua!«, rief Holmes. Dann wurde offenbar etwas beiseite geschoben und sein Kopf erschien in der Öffnung. »Mission erfüllt!«, sagte er aufgeräumt. »Dieser Unterbau ist doch geräumiger als gedacht. Vor der Luke stand nur ein kleiner Tisch. Jetzt sind Sie dran!«

Stableford folgte ihm und fand sich in einem flachen quadratischen Raum wieder, dessen Wände mit Stahlplatten verkleidet waren. Das spärliche Licht, das durch die kleine Luke kam, tauchte alles in ein fahles Grau. Ein leicht beißender Geruch, der Stableford an Kordit erinnerte, hing in der abgestandenen Luft. Vor nicht allzu langer Zeit musste hier eine Waffe abgefeuert worden sein. In der Mitte der Kammer ragte der nackte Schaft des Observationsbaumes empor, der von vier großen Stahlwinkeln mit mächtigen Bolzen in Position gehalten wurde. Als sich Stablefords Augen an die Dunkelheit gewöhnt hatten, bemerkte er an einer der Wände eine kleine Holztür.

»Hier ist der Einstieg in die Baumattrappe«, sagte Holmes, der in der Zwischenzeit um die Stahlröhre herumgegangen war. Er kniete sich nieder, steckte den Kopf durch das Loch mit dem ovalen Querschnitt und blickte nach oben. »An einer Seite kann ich Steighaken erkennen. Und weiter oben ist ein kleiner Klappsitz angebracht. Dort scheint mir auch eine Öffnung zu sein. Zumindest fällt Tageslicht auf den Sitz. Wollen Sie mal hinaufklettern?«

»Sicher«, sagte Stableford.

Er zwängte sich durch das Loch und stieg vorsichtig hinauf. Das Scharnier des Sitzes, der ihn an einen Fahrradsattel erinnerte, klemmte. Als er sich umwandte, blickte er durch ein feines Maschendrahtnetz auf das Fairway der ersten Bahn. Dahinter erkannte er die zwei Buchen und den flachen Ginsterbusch. Die Bilder, die er in Sir Edmunds Zimmer entdeckt hatte, mussten also von hier aus aufgenommen worden sein.

»Wir haben das Rätsel der Fotografien gelöst!«, rief er, doch eine Antwort blieb aus. »Holmes? Holmes, sind Sie noch da?« Leicht beunruhigt stieg er wieder hinunter. Als er die Kammer erreichte, sah er, dass Holmes ein Gewehr in den Händen hielt. »Wo haben Sie das denn gefunden?«, fragte Stableford verblüfft.

»Es lag in ein Öltuch eingeschlagen an der Wand neben der Luke. Eine alte Lee-Enfield aus der ›Mark III‹-Baureihe, wenn ich mich nicht täusche.«

»Das Gewehr stammt also aus der Zeit des Krieges?«

Holmes nickte.

»Ob es noch funktioniert?«

»Es sieht ziemlich mitgenommen aus, aber es ist frisch geölt«, sagte Holmes. »Und es wird Ihnen nicht entgangen sein, dass in diesem Raum kürzlich eine Waffe abgefeuert wurde.«

Stableford nickte. »Ich habe den Geruch auch bemerkt. Aber sollten Sie das Gewehr nicht etwas vorsichtiger halten? Wegen der Fingerabdrücke, meine ich.«

»Fingerabdrücke? Haben Sie vergessen, dass es keine offizielle Untersuchung geben wird?«

»Das habe ich tatsächlich. Wollen wir mal nachsehen, ob sich noch Patronen im Magazin befinden?«

Holmes zog das abnehmbare Magazin aus dem Mittelschaft heraus. Es war leer. Dann öffnete er den Verschlusshebel und eine Hülse sprang heraus. Stableford hob sie auf und reichte sie Holmes.

»Passt die Patrone zu Nyes Wunde?«

»Kaliber .303, ja.«

»Dann haben wir wohl die Tatwaffe gefunden.«

»Davon würde ich auch ausgehen. Sehen Sie sich mal das Kurvenvisier an! Es ist voll heruntergeschraubt, also auf die kürzestmögliche Distanz eingestellt.«

Stableford trat zur Luke und blickte hinaus. »Von hier sind es kaum fünfzig Yards bis zu dem Ort, an dem Nye stand, als er erschossen wurde. Und der Winkel würde auch stimmen. Aber wie hat es der Mörder geschafft, dass wir den Schuss nicht gehört haben?«

»Peel und Heidrich haben ihn gehört«, sagte Holmes geheimnisvoll.

»Sie meinen das Zischen oder den Peitschenknall, wie Peel es beschrieb?«

»Ja.«

»Dann haben Sie eine Idee?«

»Sie ist mir gerade gekommen. Passen Sie mal auf!« Holmes reichte Stableford das Gewehr und schob den Tisch zurück unter die Luke. »So stand er, als ich hereinkam«, erklärte er. »Wenn wir davon ausgehen, dass der Mörder tatsächlich nur eine Patrone zur Verfügung hatte, dann wird er nicht im Stehen geschossen haben. Um einen einigermaßen gezielten Schuss abgeben zu können, muss er sich irgendwo abgestützt haben.«

»Auf der Tischplatte?«

»Das nehme ich an. Probieren Sie es mal!«

Stableford kniete sich vor den Tisch, blickte durch die Luke und legte das Gewehr an. Mit dem linken Ellenbogen stützte er sich auf der Platte auf.

»Haben Sie das imaginäre Ziel im Visier?«

Stableford nickte.

»Dann schauen Sie jetzt mal, wo sich die Mündung des Laufes befindet!«

»Im Inneren des Raumes. Mein Gott, Holmes, das ist genial!«

»Dass ich das mal von Ihnen hören darf! Aber Spaß beiseite, es muss einen ordentlichen Rumms gegeben haben, denn der Schall hat sich hauptsächlich innerhalb dieser kleinen Kammer ausgebreitet.«

»Und draußen hat man tatsächlich nur das Zischen der Kugel gehört, die durch die Luft flog?«

»So könnte es zumindest gewesen sein. Vielleicht gab es auch einen dumpfen Knall, aber den könnten wir für ein fernes Donnergrollen gehalten haben. Als Heidrich und Peel das Geräusch hörten, war Nye wahrscheinlich schon so gut wie tot, denn eine Kugel fliegt in Bodennähe weitaus schneller als der Schall.«

»Nun gut. Sind Sie bereit für ein weiteres Rätsel, Holmes?«, fragte Stableford und gab Holmes das Gewehr zurück.

»Wo ich gerade so in Fahrt bin? Natürlich! Worum geht es?«

»Darum«, sagte Stableford und zeigte auf die kleine Holztür. »Ich nehme an, dass der Mörder den Raum von dort aus betreten hat.«

»Weil niemand irgendjemanden auf dem Golfplatz gesehen hat?«

»Ja. Ist Ihnen übrigens das Mauerwerk rings um die Tür aufgefallen? Es scheint mir weitaus älter zu sein als der Rest dieser Kammer.«

»Sie meinen, dass es schon vor der Errichtung des Observationsbaumes hier so etwas wie einen Unterschlupf gegeben haben könnte?«

»Zumindest eine Vertiefung. Das würde auch den Standort dieser Attrappe erklären. Die Tür ist ziemlich verwittert, woraus man schließen kann, dass sie sich vor dem Bau der Kammer im Freien befunden hat. Vielleicht in einem Erdloch, das sie vor neugierigen Blicken schützte.«

»Ich glaube, ich verstehe, worauf Sie hinauswollen«, sagte Holmes. »Sie denken, dass man dieses Erdloch mit seinem unterirdischen Zugang in Ermangelung eines Schützengrabens genutzt hat.«

»Genau. Das könnte auch den ersten missglückten Versuch bei der Errichtung der Attrappe erklären.«

»Weil möglicherweise ein Teil der alten Erdwand während dieses Versuchs eingebrochen ist? Ja, das könnte durchaus sein.«

Sie gingen zur Tür hinüber und Stableford öffnete sie vorsichtig. Ein modriger Geruch schlug ihm entgegen. Das schwache Licht des Raumes erhellte wenige Fuß eines gemauerten Tunnels, der nach seiner Einschätzung einige Hundert Jahre alt sein musste.

»Haben Sie genügend Streichhölzer dabei?«, fragte Holmes skeptisch.

»Die brauchen wir vielleicht gar nicht. Sehen Sie mal!« Stableford bückte sich nach einer Taschenlaterne, die unweit der Tür auf dem Boden stand. Er schaltete sie ein und ein heller Lichtkegel beleuchtete den Gang vor ihnen. »Ich habe keine Ahnung, wie lange so eine Batterie hält, aber das beweist wohl eindeutig, dass dieser Tunnel vor nicht allzu langer Zeit benutzt wurde.« Er blickte auf seine Uhr. »Können wir?«

Holmes umklammerte das Gewehr mit beiden Händen am Lauf wie eine Keule und nickte. Die Situation war ihm eindeutig nicht geheuer und Stableford konnte das nur zu gut verstehen.

Sie betraten den Tunnel, Stableford mit der Lampe voran, Holmes folgte ihm. An vielen Stellen waren Wurzeln durch den groben Putz an der Decke gebrochen, die im Licht der Lampe bizarre Schatten warfen. Aus den Wurzeln und dem nahezu schnurgeraden Verlauf des Gangs schloss Stableford, dass er mehr oder weniger unterhalb der Hecke entlangführen musste, die die ersten zwei Bahnen des Golfplatzes voneinander trennte. Ihre Schritte hallten gespenstisch wider und Stableford hatte mehrmals das Gefühl, dass sich noch jemand im Gang bewegte. Er versuchte, seine Nerven durch das Zählen seiner Schritte zu beruhigen. Als er bei einhundertsiebzig angelangt war, wurde der Tunnel schmaler. Wurzeln gab es nun keine mehr an der Decke und Stableford vermutete, dass sie sich inzwischen unterhalb der Terrasse befanden. Nach etwa weiteren zwanzig Yards erreichten sie eine gemauerte Stufe. Von da an ging es leicht aufwärts, bis sie nach vier oder fünf weiteren Stufen, die in unregelmäßigen Abständen die Steigung verdeutlichten, vor einer schmalen steinernen Treppe standen.

»Sehen Sie!«, flüstere Stableford, während er den Lichtkegel der Lampe über die Wände wandern ließ. »Das sieht doch wie ein altes Fundament aus, nicht wahr?«

»Ja«, antwortete Holmes. »Es muss sich um die ersten Mauern von Annandale Grange handeln. Der Tunnel führt also direkt ins Haus.«

Langsam stiegen sie die Steintreppe hinauf, dann zwei weitere Treppen aus Holz. Die Stufen knarrten unter ihren Schritten und durch die Stille um sie herum klang dieses Geräusch erschreckend laut. Schließlich standen sie in einem schmalen Gang, etwa vier Yards lang und kaum mehr als ein Fuß breit. Die rechte Wand war gemauert, die linke mit Holzpaneelen verkleidet. Sie zwängten sich bis zum Ende des Gangs und Stableford blickte erneut auf seine Uhr. Dann löschte er das Licht, denn er hatte eine zweite Taschenlaterne auf dem Boden vor sich entdeckt.

»Hier geht es nicht weiter«, flüsterte er.

»Riechen Sie das?«, fragte Holmes, vom Aufstieg noch leicht außer Atem. »Es duftet wie Marzipan, oder beginnen mir meine Sinne Streiche zu spielen?«

»Nein, ich kann es auch riechen«, entgegnete Stableford leise.

Er tastete an den Paneelen entlang, bis er einen kleinen Hebel zu fassen bekam. Als er ihn drückte, gab ein Teil der Wand ein Stück nach. Er lauschte, doch nichts regte sich. Langsam schob er das Paneel zur Seite. Das Erste, was er erblickte, war ein Kruzifix. Es dauerte einen Moment, bis er begriff, dass er dieses kleine Kreuz kannte. Der Geheimgang mündete in Sir Edmunds Zimmer.

Mit einem Schlag wurde Stableford klar, was ihm Sir Edmund an diesem Morgen wirklich hatte sagen wollen. Er hatte nicht um einen Priester gebeten, sondern ihm verständlich machen wollen, dass sich hinter der Wand ein Priesterloch aus elisabethanischen Zeiten befand! Aber warum hatte er in diesem Zusammenhang seine Tochter erwähnt?

Sie betraten das Zimmer. Stableford schob die kleine Tapetentür leise zurück und drückte sie, bis der Mechanismus einrastete. Abgesehen vom Stoffbehang des Himmelbetts, der wieder herabgelassen worden war, wirkte der Raum genau so, wie er ihn am Morgen verlassen hatte. Nur das schwere Atmen fehlte. Beklommen trat er ans Bett, schob den Stoff beiseite – und erschrak. In einem Sessel am Kopfende des Betts saß Nita Nye und sah ihn überrascht an. Dann schlich sich Entsetzen in ihren Blick und sie begann zu schreien, bis sie ohnmächtig zusammensackte.

Während sich Holmes um sie kümmerte, versuchte Stableford zu verstehen, was sie so in Panik versetzt hatte. War es allein ihr unvermitteltes Erscheinen gewesen? Oder hatte sie das Gewehr gesehen, das Holmes in den Händen gehalten hatte?

Holmes riss ihn aus seinen Gedanken. »Sie kommt zu sich«, sagte er leise. »Aber Sir Edmunds Zustand gefällt mir ganz und gar nicht. Würden Sie weiter ihre Hände massieren, damit ich ihn kurz untersuchen kann?«

Stableford nickte und trat an den Sessel. Während er vorsichtig Nita Nyes Hände rieb, stellte er fest, dass man den Eingang zum Priesterloch von ihrer Sitzposition aus nicht sehen konnte. Plötzlich schlug sie die Augen auf und schaute sich verstört im Zimmer um.

»Wie sind Sie hier hereingekommen?«, fragte sie unsicher.

»Durch die Tür«, log Stableford.

»Merkwürdig.«

»Was meinen Sie?«

»Ich habe Sie nicht eintreten hören. Die Tür knarrt ganz leicht, wenn man sie öffnet.«

»Vielleicht waren Sie gerade in Gedanken?«

Sie sah ihn skeptisch an, doch dann fiel ihr Blick auf Holmes, der die ganze Zeit über still am Bett stand und Sir Edmunds Puls fühlte.

»Wie geht es ihm, Dr Holmes?«

»Unverändert«, antwortete er ernst. »Sein Puls ist so flach, dass ich ihn immer wieder verliere. Ich hoffe nur, dass sich sein Zustand nicht weiter verschlechtert.«

Nita Nye seufzte. »Ich wünschte, Reverend Smythers wäre hier. Edmund und er waren einmal eng befreundet. Aus irgendeinem Grund sind sie zerstritten, aber ich glaube, er könnte ihm jetzt Kraft geben.«

»Meinen Sie den Pfarrer von Lower Biggins?«, fragte Stableford.

»Ja. Kennen Sie ihn?«

»Nein, aber ich weiß, dass Miss Rogie und meine Frau gerade auf dem Weg zu ihm sind. Mit etwas Glück wird er bald hier eintreffen.«

»Das wäre wunderbar«, sagte Nita Nye und griff nach Sir Edmunds Hand.

Stableford ging um das Bett herum und schaute sich im Zimmer um. Da waren das Sideboard mit den aufgestellten Fotografien, die Insektenkästen an den Wänden, ein großer Kleiderschrank neben der Tür, zwei Sessel und ein Tisch, auf dem zwei aufgeschlagene Bücher lagen. Alles wirkte völlig normal und harmlos. Doch auf einmal wurde ihm klar, dass etwas Entscheidendes fehlte.

»Mrs Nye?«

»Ja, Professor?«

»Es ist mir wirklich unangenehm, aber ich muss Ihnen noch eine Frage zu den gestrigen Geschehnissen stellen.«

»Fragen Sie!«

»Sind Sie sicher, dass Sie gestern zwischen Viertel vor und Viertel nach eins die ganze Zeit über hier an Sir Edmunds Bett gewacht haben?«

»Ja«, antwortete Nita Nye bestimmt. »Ich habe fast den ganzen Tag in diesem Zimmer zugebracht und war auch zu dieser Zeit hier.«

»Ich verstehe.«

»Dürfte ich Sie nun auch um etwas bitten?«

»Sicher.«

»Würden Sie mich mit Edmund noch ein wenig allein lassen, bis der Reverend eintrifft? Ich möchte für ihn beten.«

Stableford sah zu Holmes hinüber. Der nickte und die

beiden Männer verabschiedeten sich. Holmes ließ den Stoffbehang des Bettes zurückgleiten und griff nach dem Gewehr, das er bei Nita Nyes Ohnmachtsanfall an die Wand gelehnt hatte. Stableford öffnete die Tür; sie knarrte tatsächlich ein wenig.

»Wir müssen uns auf das Schlimmste gefasst machen«, flüsterte Holmes, als er an ihm vorbeiging.

KAPITEL 33
Verdachtsmomente

Als Harriet den Drawing Room betrat, standen Percy und John mit Drinks am Kamin. Auf dem Couchtisch lag ein schwarzes Notizbuch neben einer gerahmten Fotografie und einem alten Gewehr, dessen Anblick sie erschauern ließ. John holte ihr einen Sherry und sie setzten sich.

»Der Priester ist gleich mit Bella hinaufgegangen«, sagte Harriet, nachdem sie das unberührte Glas auf dem Couchtisch abgestellt hatte. »Er hatte in Scarborough zu tun und wir mussten lange im Pfarrhaus auf ihn warten. Aber er ist ein ganz reizender älterer Herr und war natürlich sofort bereit, uns zu begleiten. Und wie ist es euch ergangen?«

»Wir wissen nun, wie und womit Nero Nye erschossen wurde«, antwortete John und zeigte auf die Waffe. Dann erzählte er ihr von der abenteuerlichen Entdeckung der Baumattrappe, dem Unterstand und dem Geheimgang.

Harriet war verblüfft. »Und der Gang endet tatsächlich in Sir Edmunds Zimmer? Dann muss Mrs Nye den Mörder doch gesehen haben! Sie war ja die ganze Zeit über dort.«

»Unglaublich, nicht wahr?«, bemerkte Percy munter. »Er muss sich an ihr und Sir Edmund vorbeigeschlichen haben. Sir Edmund mag im Delirium gelegen haben, aber sie hätte eigentlich etwas bemerken müssen. Kaum haben wir ein Rätsel gelöst, stehen wir schon vor dem nächsten. Wenn Sie nicht eine zweite Tarnkappe aus dem Hut zaubern können, mein lieber Stableford, wüsste ich nicht, wie wir dem Mysterium auf die Spur kommen sollen.«

»Nun, in gewisser Weise könnte der Stoffbehang des

Bettes dem Täter als Tarnkappe gedient haben. Mrs Nye hat uns ja auch nicht ins Zimmer kommen hören. Allerdings bleibt die Frage, wie der Mörder das Knarren der Tür in den Griff bekommen hat«, sagte John. »Aber vielleicht müssen wir dieses Rätsel gar nicht lösen«, fügte er nach einer kurzen Pause hinzu und lächelte.

»Wie meinen Sie das?«

»Ich denke, das eigentliche Problem liegt in Mrs Nyes Behauptung, Sir Edmunds Zimmer nicht verlassen zu haben.«

»Dann glauben Sie, dass sie lügt?«

»So weit würde ich nicht gehen wollen.«

»Und wie weit würdest du gehen?«, fragte Harriet in einem scharfen Ton, der sie selbst überraschte.

Johns verbale Spiegelfechtereien fingen an, ihr auf die Nerven zu gehen. Er wollte Sherlock Holmes spielen? Bitte! Aber vor ihnen lag eine Waffe, mit der ein Mensch ermordet worden war, und er hatte nichts Besseres zu tun, als auf Percys Fragen mit unklaren Bemerkungen zu reagieren.

John sah sie verwirrt an.

»Entschuldige«, sagte sie endlich. »Aber ich habe manchmal das Gefühl, dass du deine Rolle als Meisterdetektiv etwas zu literarisch interpretierst.«

»Du hast recht und es tut mir leid. Kommen wir also zu der Frage zurück, ob Mrs Nye wirklich die ganze Zeit über in Sir Edmunds Zimmer war.«

»Und dann hoffentlich bald auf den Punkt«, bemerkte Percy mit einem leicht spöttischen Unterton.

»Also gut. Harriet hat selbst gesehen, wie sie gegen Viertel nach eins auf den Flur trat, offenbar angetrunken, nicht wahr?«

»Ja.«

»Und sie hat behauptet, dass sie den Raum bis zu diesem Zeitpunkt nicht verlassen hat.«

»Richtig.«

»In Sir Edmunds Zimmer gibt es aber keinen Alkohol, davon konnte ich mich eben selbst überzeugen. Ich glaube nicht, dass sie uns anlügen wollte, und gehe weiterhin davon aus, dass sie in einem umgangssprachlichen Sinne ›die ganze Zeit über‹ bei ihm war. Allerdings nehme ich an, dass sie sich von Zeit zu Zeit auch einen Schluck in ihrem eigenen Zimmer gegönnt hat. Es liegt ja gleich nebenan und über den Tag verteilt wird sie kaum länger als ein paar Minuten von seiner Seite gewichen sein.«

»Fantastisch!«, rief Percy begeistert. »Der Mörder wartete also hinter der Tapetentür, bis sie das Zimmer verlassen hatte, schlich sich dann auf den Gang und gelangte durch die Halle ins Freie.«

»So könnte es in der Tat gewesen sein.«

»Und hast du auch eine Idee, wer der Mörder ist?«, wollte Harriet wissen.

»Ich denke zumindest, dass wir nach der Entdeckung des Unterstandes einige Personen von unserer Liste der Verdächtigen streichen können.«

»Sie meinen die Gäste?«, fragte Percy.

»Nun, Peel, Lester und die deutschen Spieler waren zur Tatzeit auf dem Golfplatz. Aber auch Bannister und Helmes können kaum etwas von dieser geheimen Anlage gewusst haben. Wir haben keinerlei Anhaltspunkte dafür, dass sie Annandale schon früher einmal besucht haben, nicht wahr?«

»Nein«, sagte Holmes. »Zumindest haben unsere Nachforschungen diesbezüglich nichts ergeben. Wir haben vorab natürlich die Lebensläufe aller Gäste, so gut es ging, geprüft und keine Hinweise darauf gefunden, dass einer von ihnen schon einmal hier war. Der Fall Bannister zeigt jedoch, dass man sich darauf nie zu hundert Prozent verlassen kann.«

»Weil Ihnen die weit zurückliegende Beziehung zwischen Mrs Nye und ihm entgangen war?«

»Richtig.«

»Aber könnte einer der Gäste den Observationsbaum nicht durch Zufall entdeckt haben?«, warf Harriet ein.

»Sicher«, sagte John. »Doch selbst dann hätte sich der Täter mit dem Geheimgang vertraut machen müssen. Bis auf Peel, der für einen Tag nicht auffindbar war und behauptet, in Scarborough gewesen zu sein, hatte wohl keiner von ihnen genügend Zeit dafür.«

»Und Peel stand neben Nye, als der erschossen wurde«, sagte Percy missmutig.

»Und wer bleibt nun übrig?«, fragte Harriet.

»Wenn wir den Aussagen vertrauen, die uns vorliegen, können wir es mit einem einfachen Ausschlussverfahren probieren.«

»Ich würde mich gerne daran versuchen«, sagte Percy mit fast kindlicher Begeisterung. »Nehmen wir Mrs Nye und Sir Edmund einmal aus, da sie wohl kaum ihren Sohn erschossen haben wird und er dazu nicht in der Lage war. Bleiben also noch Miss Rogie, Hall, Saintclair und seine Schwester übrig, nicht wahr?«

John nickte.

»Miss Rogie war zur ungefähren Tatzeit mit Hall im Pavillon. Helmes hat das indirekt bestätigt. Robert Saintclair dagegen hat uns bisher nicht gesagt, wo er sich zu dieser Zeit aufgehalten hat.«

»Das stimmt, aber ich habe ihn doch mit seiner Schwester im Küchengarten gesehen«, gab Harriet zu bedenken.

»Richtig«, mischte sich John ein. »Die Frage ist nur, was

er davor oder danach getan hat. Als wir vorhin durch den Geheimgang zum Haus gingen, habe ich die Zeit gemessen: Wir brauchten knapp fünf Minuten vom Unterstand zur Tapetentür, die in Sir Edmunds Zimmer führt. Wenn man den Gang kennt, braucht man wohl kaum länger als drei. Saintclair könnte also durchaus als Täter in Betracht kommen, selbst wenn du ihn gegen eins mit seiner Schwester gesehen hast.«

»Und er hat diese merkwürdige Schulterverletzung«, bemerkte Harriet nachdenklich. »Aber hat er denn ein Motiv?«

»Durchaus«, sagte Percy. »Seine ständigen verbalen Drohungen könnten der Ausdruck eines bis ins Pathologische gesteigerten Hasses auf Nye sein. Er konnte schon den Gedanken nicht ertragen, dass seine Schwester ein wie auch immer geartetes Verhältnis mit ihm hatte, aber als Nye ihr für eine andere den Laufpass gab, potenzierte dies seine Abneigung gegen ihn ins Unermessliche. Was sagen Sie, Stableford? Haben wir unseren Mann gefunden?«

In diesem Moment öffnete sich die Tür und ein kleiner rundlicher Herr betrat den Drawing Room.

»Reverend Smythers!«, rief Harriet überrascht. »Ist etwas nicht in Ordnung? Sie sehen blass aus.«

Der Pfarrer von Lower Biggins nickte traurig. »Miss Rogie meinte, dass ich Dr Holmes hier finden würde«, sagte er mit belegter Stimme. »Sir Edmund ist tot.«

KAPITEL 34
Reverend Smythers

Holmes' Gesichtsausdruck verriet, dass ihn die Nachricht nicht wirklich überraschte. Er machte sich sofort auf den Weg zu Sir Edmunds Zimmer. Stableford hatte erwartet, dass ihn der Reverend begleiten würde, doch der machte keine Anstalten, den Drawing Room zu verlassen.

»Möchten Sie etwas trinken?«, fragte Stableford.

»Zu einem kleinen Brandy würde ich nicht nein sagen. Ich hoffe, ich störe nicht.«

Harriet schüttelte den Kopf und lächelte.

»Es ist nur so«, fuhr der Reverend fort, »ich weiß nicht so recht, wohin mit mir. Als wir Sir Edmunds Zimmer betraten, fanden wir Mrs Nye schluchzend vor dem Bett. Miss Rogie reagierte sehr tapfer auf den Tod ihres Vaters. Sie bat mich, sofort nach Dr Holmes zu suchen, und wollte Mrs Nye dann auf ihr Zimmer bringen. Ich muss mich in den Gängen von Annandale verlaufen haben. Zumindest brauchte ich sehr lange, bis ich einen Herrn traf, der mir den Weg zum Drawing Room wies.«

»Bitte leisten Sie uns Gesellschaft, Mr ... Wie war doch gleich Ihr Name?«

»Smythers, Dornford Smythers. Ich bin der Pfarrer von Lower Biggins.«

»Angenehm«, sagte Stableford und reichte dem Reverend ein Glas Brandy. »John Stableford. Meine Frau haben Sie ja bereits kennengelernt.«

»Allerdings«, erwiderte der Reverend und lächelte Harriet zu.

»Dann hatten Sie keine Möglichkeit mehr, sich mit

Sir Edmund zu versöhnen?«, fragte Stableford vorsichtig.

»Sie wissen von unserem Streit?«

»Nur das, was uns Miss Rogie erzählt hat. Es ging um die Unheimlichen Schwestern, nicht wahr? Sie wollten diesen Ort als eine Art kulturgeschichtliches Denkmal erhalten und Sir Edmund hatte etwas dagegen.«

Der Reverend sah Stableford überrascht an. »Das hat sie Ihnen erzählt?«

»Ja.«

»Wir waren tatsächlich einmal eng befreundet, Mr Stableford. Die Hoffnung, mich mit ihm versöhnen zu können, beflügelte heute meine Schritte nach Annandale. Doch ich kam zu spät.« Der Reverend seufzte und rieb sich die Augen. »Die Unheimlichen Schwestern hatten allerdings nur indirekt mit unserem Streit zu tun. Vielmehr ging es darum, dass ich mich seit meinem Amtsantritt in Lower Biggins vor vielen, vielen Jahren mit der Geschichte der Katholikenverfolgung hier in Yorkshire beschäftige. Annandale ist ein sehr altes Haus und wurde über viele Generationen von Katholiken bewohnt. Ich hatte immer den Verdacht, dass es hier möglicherweise ein Priesterloch geben könnte. Sie sind mit diesen Verstecken vertraut?«

»Aus Kriminalromanen«, antwortete Stableford.

»Oh ja!«, sagte der Reverend freundlich und nippte an seinem Brandy. »Ein Kollege von mir hat eine sehr bemerkenswerte Geschichte dieser Art geschrieben, in der ein solcher Geheimgang eine nicht unwesentliche Rolle spielt.«

»Sie meinen Ronald A. Knox?«

»Ganz recht. Der eigentliche Zweck dieser Geheimverstecke war allerdings weitaus trauriger. Sie dienten zelebrierenden Geistlichen als Unterschlupf, um der Verfolgung durch die Priesterjäger zu entgehen.«

»Das war etwa Mitte des 16. Jahrhunderts, nicht wahr?«

»Ja – und ein Teil der Außenfassade von Annandale stammt aus dieser Zeit. Sie trägt deutliche Spuren elisabethanischer Architektur. Daher vermutete ich, dass zeitgleich auch im Inneren des Hauses Umbauarbeiten stattgefunden haben könnten und dabei möglicherweise ein Priesterloch entstanden ist.«

»Und was haben die Unheimlichen Schwestern damit zu tun?«, fragte Harriet.

»Nun, ich fand eine Erwähnung dieser Baumgruppe in einem alten Kirchenbuch. Dort wurden sie noch als die ›Three Witches‹ bezeichnet. Interessanterweise beginnen die schaurigen Legenden, die sich um diesen Ort ranken, um 1550. Zuvor wird er nirgends erwähnt.«

»Und daraus schlossen Sie, dass der Hügel, auf dem die Unheimlichen Schwestern stehen, irgendetwas mit einem Priesterloch zu tun haben könnte?«, fragte Stableford fasziniert.

»So ist es. Ich hielt den verwunschenen Ort für das mögliche Ende eines unterirdischen Fluchtweges. Eine künstliche Legendenbildung hätte dazu führen können, dass die Einheimischen einen großen Bogen um den Hügel machen. So wäre ein geheimer Ausgang unentdeckt geblieben.«

»Und was hielt Sir Edmund von Ihrer Theorie?«

»Er war durchaus interessiert und sicherte mir seine Unterstützung bei der Erforschung des Hauses und des Hügels zu.«

»Was geschah dann?«

»Der Krieg, Mr Stableford. Während Annandale als militärischer Stützpunkt diente, war an eine Untersuchung natürlich nicht zu denken.«

»Und als das Militär abgezogen war?«

»Wollte Sir Edmund nichts mehr davon wissen. Er verbot mir schlichtweg, das Haus und den Park zu betreten. Seitdem hatten wir uns nicht mehr gesprochen.«

»Nun, Reverend«, sagte Stableford, »ich kann Sie zu Ihrem detektivischen Spürsinn nur beglückwünschen. Vor nicht einmal zwei Stunden betraten Dr Holmes und ich Sir Edmunds Zimmer durch eine Tapetentür. Hinter ihr befindet sich tatsächlich ein Priesterloch, von dem ein Geheimgang direkt zu den Unheimlichen Schwestern führt.«

»Fantastisch!« Der Reverend sah ihn mit großen Augen an.

»Allerdings liegt der alte Ausgang heute innerhalb eines später erbauten Unterstandes«, fuhr Stableford fort. »Er entstand während des Krieges und war Teil eines streng geheimen Projektes.«

»Und Sie denken, deshalb verbot mir Sir Edmund die Nachforschungen im Haus und im Park?«

»Es liegt nahe, meinen Sie nicht?«

Der Reverend nickte nachdenklich. »Und hat dieser Unterstand etwas mit dem schrecklichen Vorfall von gestern Nachmittag zu tun?«, fragte er dann.

»Sie wissen davon?«

»Miss Rogie hat es mir auf dem Weg hierher erzählt. Sie erwähnte auch, dass Mr Nye auf dem Golfplatz erschossen wurde und der Schuss quasi aus dem Nichts kam, da niemand den Täter gesehen und er darüber hinaus keine Spuren hinterlassen hat.«

»Ich verstehe. Ja, er hat tatsächlich etwas damit zu tun. Wir müssen davon ausgehen, dass der Mörder Mr Nye mit diesem Gewehr«, Stableford zeigte auf den Tisch, »vom Unterstand aus erschossen hat und dann durch den Geheimgang verschwunden ist.«

»Aber würde das nicht bedeuten, dass Sir Edmund …?«

»… der Mörder ist? Nun, dieser Schluss liegt natürlich

nahe. Wir wissen, dass er den Unterstand gemeinsam mit Thomas Hall und Peter Saintclair gebaut hat. Da diese beiden Herren aber mittlerweile verschollen beziehungsweise verstorben sind, wäre er tatsächlich der Einzige, der Kenntnis von dieser geheimen Anlage haben konnte. Dr Holmes schließt ihn als möglichen Täter allerdings aus. Er glaubt, dass er aufgrund seines Zusammenbruches nicht dazu in der Lage gewesen sein kann.«

»Und was meinen Sie?«

»Ich bin kein Arzt, Reverend. Folglich würde ich mir nicht zutrauen, ein Urteil über Sir Edmunds Gesundheitszustand zur Tatzeit abzugeben. Aber ich …«

Es klopfte kurz und Evans erschien in der Tür. »Wissen Sie, wo Dr Holmes ist, Sir?«, fragte er Stableford.

»Er ist in Sir Edmunds Zimmer. Was gibt es denn?«

»Ein Anruf aus London, Sir. Ein Dr Saunders ist am Apparat und wünscht Dr Holmes zu sprechen.«

»Ah«, machte Stableford. »Wo befindet sich das Telefon?«

»In Sir Edmunds Arbeitszimmer. Es liegt zwischen der Halle und dem Küchentrakt, Sir.«

»Gut.« Stableford nahm das Gewehr und das Notizbuch an sich. »Vielleicht könnten Sie Miss Rogie und Mrs Nye etwas Trost spenden, Reverend?«

»Äh, natürlich«, erwiderte der überrascht.

»Ausgezeichnet! Harriet, würdest du dem Reverend bitte den Weg zu Mrs Nyes Zimmer zeigen? Ich nehme an, dass sich die Damen mittlerweile dort befinden. Und könntest du auf dem Rückweg bitte Holmes abholen? Er wird den Weg zum Arbeitszimmer sicher kennen. In der Zwischenzeit werde ich Dr Saunders bei Laune halten. Er ist ein vielbeschäftigter Mann und das Warten gewiss nicht gewohnt. Kommen Sie, Evans, zeigen Sie mir den Weg zum Telefon!«

KAPITEL 35
Der Rückruf

»Für einen Laien nicht zu unterscheiden«, sagte John gerade, als Harriet zusammen mit Percy das Arbeitszimmer betrat. Er saß an einem großen Schreibtisch am Fenster und telefonierte. »Vielen Dank, Dr Saunders! Sie haben mir sehr geholfen. Dr Holmes ist gerade gekommen, ich reiche Sie jetzt weiter. Auf Wiedersehen in London!«

Percy nahm den Hörer entgegen und begrüßte die Person am anderen Ende der Leitung herzlich. Harriet sah sich im Zimmer um. Schon beim Eintreten war ihr ein süßlicher Duft aufgefallen, doch sie konnte dessen Ursache nicht ausmachen. An den Wänden zählte sie zwanzig Insektenkästen. Manche enthielten wenige große Falter, andere Dutzende kleine Käfer, die mit feinen Nadeln in Reih und Glied aufgespießt waren. Links vom Kamin stand ein Sideboard und am anderen Ende des Raumes ein zweiter kleinerer Schreibtisch. Sie ging zu ihm. Neben einer abgedeckten Schreibmaschine entdeckte sie eine große dunkelbraune Glasflasche auf einem Silbertablett. Sie hatte einen Pipettenverschluss, aber kein Etikett. Das machte Harriet neugierig.

Vorsichtig schraubte sie den Verschluss auf, zog die Glaspipette heraus und schnupperte daran. Der Geruch war unangenehm stechend und zugleich merkwürdig vertraut. Sie musste unweigerlich an Weihnachtsgebäck denken. Die blassgelbe Flüssigkeit in der schmalen Glasröhre roch nach Marzipan! Erst als Harriet die Flasche wieder verschlossen und sich zu John und Percy gesellt hatte, wurde ihr klar, dass der süßliche Duft im Raum eine abgeschwächte Version dieses bittermandelähnlichen Geruchs war.

Während Percy am Telefon noch einmal Sir Edmunds Symptome schilderte, durchsuchte John die Schubläden des Schreibtisches, an dem er noch immer saß. Bald fand er offenbar etwas Interessantes – ein kleines Heftchen, in dem er aufmerksam blätterte und das er schließlich in der Tasche seines Jacketts verschwinden ließ. Es sah wie ein altes Theater-Programm aus und Harriet meinte, die Worte »Nickel«, »Murmel« und »Beine« auf dem Titelblatt erkannt zu haben. Allerdings dachte sie nicht weiter darüber nach, denn die Unterhaltung zwischen Percy und Dr Saunders begann, ihre ganze Aufmerksamkeit zu fesseln.

»Nun, meine Vermutung war zunächst Blausäure«, sagte Percy. »Ganz recht!« Er lauschte. »Die Diagnose eines unerfahrenen Allgemeinarztes? Ich bin Psychiater, Saunders! ... Würde es Ihnen etwas ausmachen, mich nicht wie einen Ihrer Erstsemesterstudenten zu behandeln? Es mag sein, dass mir die Zyanose und die Ohnmacht den Weg weisen, aber eine klare Antwort von Ihnen wäre mir lieber. ... Gut! Dann gibt es also ein Gift, das ähnliche Symptome verursacht? ... Nitrobenzol? ... Und wo kommt es zum Einsatz? ... Bei der Herstellung von Sprengstoffen? Das passt zu der militärischen Geschichte dieses Ortes hier. ... In Mottenkugeln und Desinfektionsmitteln? ... Und in Backwaren? Das klingt ja eher bedenklich. ... Wie bitte? Sagten Sie gerade Maraschino? ... Er trank Maraschino. Genauer gesagt war es das Letzte, was er zu sich nahm, bevor er zusammenbrach. ... Mein Gott!« Er ließ den Hörer sinken. »Man verwendete Nitrobenzol früher stark verdünnt zum Aromatisieren von Maraschino«, erklärte er. »Es schmeckt scharf und nach Marzipan, ganz ähnlich wie der Likör selbst. Sir Edmund hatte wohl gar keine Chance, das Gift herauszuschmecken.«

»Nitrobenzol ist also gut in Alkohol löslich?«, fragte John.

Percy nahm den Hörer wieder ans Ohr. »Sie haben die Frage gehört? ... Und? ... Es ist löslich? Ich verstehe. ... Was haben Sie gesagt?« Er verzog das Gesicht. »Könnten Sie das bitte wiederholen? Saunders? Saunders? Sind Sie noch da?« Er wartete eine Weile und legte dann den Hörer auf die Gabel. »Die Verbindung ist abgebrochen. Aber ich denke, wir haben genug erfahren, nicht wahr?«

»Da bin ich anderer Meinung«, bemerkte John nachdenklich und erhob sich aus dem Schreibtischsessel. »Denn wenn Sir Edmunds Becher tatsächlich Nitrobenzol enthielt, frage ich mich, warum Mrs Nye keinerlei Symptome gezeigt hat. Er hat uns doch selbst erzählt, dass sie etwa die Hälfte des Inhalts getrunken hat.«

»Vielleicht hat er da etwas durcheinandergebracht«, gab Percy zu bedenken. »Orte und Anlässe verwechselt. Immerhin fiel er kurz darauf in Ohnmacht.«

»Aber Mrs Nye hat seine Behauptung bestätigt.«

»Das stimmt.«

Inzwischen hatte Harriet das Silbertablett mit der braunen Glasflasche geholt. »Ich denke, das hier ist das Gift, von dem Dr Saunders eben sprach«, sagte sie düster. »Eine Flüssigkeit mit einem stechenden Bittermandelgeruch.«

»Woher hast du sie?«, fragte Percy überrascht.

»Sie stand auf dem Schreibtisch dort drüben«, erklärte Harriet und zeigte auf die andere Seite des Raums.

»Der gehört Saintclair!«, rief Percy. »Ich habe ihn dort an der Schreibmaschine sitzen sehen, als mich Sir Edmund kurz nach meiner Ankunft hier empfing.«

»Immer wieder Saintclair«, sagte John leise.

»Nicht wahr?«, bemerkte Percy. »Worüber haben Sie eigentlich vor unserem Eintreffen mit Saunders gesprochen?«

»Über die Interpretation von Anzeichen einer alkoholischen Intoxikation, mein lieber Holmes.«

»Ich verstehe. Sie wollten ergründen, wie oft Mrs Nye für ein Gläschen Sherry – oder was es auch immer war – Sir Edmunds Zimmer verlassen haben muss, um etwa zur Tatzeit die leichten Gleichgewichtsstörungen entwickelt zu haben, die Harriet an ihr beobachtet hat. Sehr clever! Doch ich würde vorschlagen, dass wir jetzt zunächst einmal diese Flüssigkeit etwas näher untersuchen. Habt ihr hier irgendwo ein Glas gesehen?«

»Nein, aber wenn ich Mr Evans richtig verstanden habe, liegt der Küchentrakt gleich nebenan«, sagte Harriet und verließ den Raum.

Die Küche war leer. Neben dem Spülstein entdeckte Harriet mehrere Gläser. Sie nahm eins, ging zurück ins Arbeitszimmer und reichte es Percy. Der öffnete vorsichtig die braune Flasche und füllte das Glas etwa einen Fingerbreit. Sofort breitete sich der stechende Bittermandelgeruch im Raum aus.

»Und?«, fragte John gespannt. »Könnte es sich um Nitrobenzol handeln?«

»Ich denke schon«, sagte Percy und hielt das Glas gegen das Fenster. »Saunders hat es nicht näher beschrieben, aber wenn ich ihn richtig verstanden habe, ist der Duft unverwechselbar.«

»Grundgütiger!«, rief John plötzlich und nahm Percy das Glas aus der Hand. »Wo hast du es gefunden, Harriet?«

»Das Glas? Neben dem Spülstein. Ich nehme an, dass es vor Kurzem abgewaschen wurde. Das Handtuch, auf dem es stand, war noch feucht.«

»Was für ein Glück!«, sagte John.

»Das sehe ich genauso«, stimmte ihm Percy zu. »Meinen Sie nicht auch, dass wir nun genügend Indizien beisammenhaben, um Robert Saintclair mit unserem Verdacht zu konfrontieren, Stableford?«

John sah ihn überrascht an. Er schien mit seinen Gedanken ganz woanders gewesen zu sein.

»Indizien, mein lieber Holmes? Ich fürchte, dass wir nicht ein Indiz haben, das einer ernsthaften Untersuchung standhalten würde.«

»Aber denken Sie an seine Schulter, an seine Weigerung, uns Rede und Antwort zu stehen, und diese Flasche hier, die Harriet auf seinem Schreibtisch gefunden hat!«

»Das tue ich. Bedenken Sie allerdings bitte auch, dass ein Indiz zwar weniger als ein Beweis, aber eben mehr als eine bloße Mutmaßung ist. Ich gebe zu, dass ihn die Punkte, die Sie genannt haben, verdächtig erscheinen lassen, allerdings …«

»Dann haben Sie andere Erklärungen dafür?«, unterbrach ihn Percy.

»Ja. Ich nehme zum Beispiel an, dass er bei den Vorbereitungen für das Bankett geholfen hat. Vielleicht hat er sich einfach beim Umhertragen der Tische und Stühle im Saal verhoben.« Percy wollte etwas sagen, doch John sprach einfach weiter: »Ich habe Ihre Diagnose nicht vergessen, Holmes. Nur – wie sicher können Sie als Psychiater wirklich sein, dass er sich das Schlüsselbein gebrochen hat? Und dass er nicht mit uns reden wollte, war sein gutes Recht. Wir haben es allen Anwesenden freigestellt, mit uns zu sprechen, und können ihm nachträglich keinen Strick daraus drehen, dass er es nicht wollte. Selbst das Nitrobenzol auf seinem Schreibtisch – wenn es sich überhaupt um diese Chemikalie handelt – war für alle Anwesenden zugänglich. Und dass wir es hier gefunden haben, ist darüber hinaus erklärbar. Sehen Sie sich doch einmal in diesem Zimmer um!«

»Ah«, rief Harriet, »natürlich! Sagte Saunders nicht, dass Nitrobenzol in Mottenkugeln und Desinfektionsmitteln verwendet wird?«

»Das stimmt«, antwortete Percy sichtlich verwirrt.

»Dann meinst du vermutlich, dass Mr Saintclair neben seiner Tätigkeit als Privatsekretär auch für die Pflege von Sir Edmunds Insektensammlung zuständig ist, nicht wahr?«, sagte Harriet zu John.

»Genau das halte ich für möglich. Der Geruch nach Bittermandeln findet sich überall dort, wo Sir Edmunds Insektenkästen hängen. Ich nehme an, dass das Nitrobenzol Schädlinge davon abhalten soll, die Präparate zu befallen.«

»Das wäre tatsächlich eine Erklärung«, gab Percy missmutig zu. »Aber wenn es Saintclair nicht war, wer hat Nye denn dann umgebracht?«

»Sie haben ein Puzzleteil zur Lösung dieses Rätsels eben selbst in den Händen gehalten, Holmes!«

»Und Sie kennen natürlich die restlichen Teile.«

»So ist es«, sagte John. »Ich war lange Zeit ratlos. Doch hier in diesem Zimmer hat sich alles zusammengefügt.«

Percy sah ihn ungläubig an. »Sind Sie ein Genie oder bin ich einfach nicht intelligent genug, um Ihnen folgen zu können?«

»Sie sind ganz fraglos hochintelligent, mein lieber Freund. Sie tun sich nur ein wenig schwer, die Perspektive zu wechseln. Wir nannten diesen Mord doch von Anfang an ›unmöglich‹, nicht wahr?«

Percy nickte.

»Nun, er ist tatsächlich ›unmöglich‹, aber Sie müssen

die Bedeutung dieses Wortes in einem ganz anderen Kontext begreifen, um zu verstehen, warum Nero Nye sterben musste.«

»Und was machen wir jetzt?«, fragte Harriet, der der Sinn immer noch nicht nach Rätseln stand.

John zwinkerte ihr zu. »Nach den Regeln des Genres sollten wir an dieser Stelle beschließen, alle Anwesenden zum großen Finale in den Saal zu bitten.« Er gab Percy das Glas zurück. »Vielleicht könnt ihr das übernehmen? Ich muss noch einmal telefonieren.«

KAPITEL 36
Stableford nimmt Gift

Um kurz nach fünf hatten sich alle Bewohner und Gäste des Hauses im Saal eingefunden. Im Kamin brannte ein großes Feuer, ansonsten war der Raum nur spärlich beleuchtet. Stableford hatte Tee servieren lassen und bat die Damen und Herren, an dem Tisch Platz zu nehmen, an dem noch tags zuvor das englische Team zu Mittag gespeist hatte.

Die Stimmung war gedrückt. Stableford stand, die Hände auf die Lehne seines Stuhls gestützt, am Kopfende der langen Tafel und wartete, bis sich alle gesetzt hatten. Links neben ihm saß Holmes, daneben Harriet. Beide wirkten angespannt. Neben Harriet hatten Miss Rogie und Simon Hall Platz genommen. Bannister und Helmes komplettierten die Reihe der Personen auf dieser Seite des Tisches. Rechts neben Stableford saß Nita Nye. Die einzige erkennbare Farbe in ihrem Gesicht war das Rouge auf ihren Wangen. Sie wirkte zerbrechlich und abwesend. Der Reverend, der Stableford beim Eintreten gefragt hatte, ob er Mrs Nye während dieses Treffens Beistand leisten dürfe, saß neben ihr, gefolgt von Miss Saintclair, ihrem Bruder und den beiden Golfern des englischen Teams, Lester und Peel.

Stableford holte seinen Tabakbeutel und die kurze Bulldog-Pfeife hervor. »Stört es Sie, wenn ich rauche?« Niemand antwortete ihm, und so begann er, die Pfeife zu stopfen. Als er sie endlich entzündet hatte, blickte er erneut in die Runde. »Sie werden sich vielleicht fragen, warum ich Sie hierhergebeten habe.«

»Ich nehme an, weil Sie den Fall vor dem Eintreffen der Polizei aufgeklärt haben«, sagte Hall mit einem Lächeln, das Stableford irritierte.

»So ist es. Möchte jemand von Ihnen noch etwas sagen, bevor ich damit beginne, Ihnen meine Gedanken zu dieser unglückseligen Geschichte vorzutragen?«

»Sie erwarten ein Geständnis?«, fragte der Reverend schockiert. »Glauben Sie, dass einer der Anwesenden etwas mit dem Mord an Mr Nye zu tun hat?«

»Es muss kein Geständnis sein«, erwiderte Stableford ausweichend. »Aber es könnte doch sein, dass einem von Ihnen in der Zwischenzeit noch etwas eingefallen ist. Vielleicht möchte auch jemand seine Aussage von gestern korrigieren.« Er sah in die Runde. »Nein? Gut!«

»Warten Sie!«, sagte Peel und griff in die Tasche seines Jacketts. »Mein Ring ist wieder aufgetaucht.« Er blickte etwas verlegen zu Miss Rogie hinüber und legte eine kleine mit blauem Samt bezogene Schatulle vor sich auf den Tisch.

»Das ist interessant. Wo haben Sie den Ring denn wiedergefunden?«

»In meinem Zimmer. Die Schatulle lag auf meinem Kopfkissen, als ich gestern Abend zu Bett ging.«

»Das ist ein wichtiger Hinweis, Mr Peel. Sie werden etwas später verstehen, welche unerhörte Rolle dem Diebstahl Ihres Ringes in diesem Rätsel zukommt. Doch lassen Sie mich die Geschichte von vorn erzählen: Dieses Wochenende wurde von zwei tragischen Ereignissen überschattet. Da war zunächst Sir Edmunds Schwächeanfall während des Banketts. Wie Sie mittlerweile wohl alle wissen, ist er heute an den Folgen dieses Zusammenbruchs gestorben. Tags darauf geschah der überaus rätselhafte Mord an Mr Nye. Der kurze zeitliche Abstand zwischen diesen beiden traurigen Vorkommnissen hat mich von Anfang an beschäftigt. Es konnte reiner Zufall sein, doch irgendetwas sagte mir, dass die Geschehnisse in einem Zusammenhang stehen.«

»Aber wie sollten sie?«, fragte Miss Rogie überrascht.

»Nun, um diese Frage zu beantworten, müssen Sie alle hier zunächst verstehen, dass wir es nicht mit einem, sondern mit zwei Morden zu tun haben. Denn Sir Edmunds Zusammenbruch war kein Schwächeanfall. Er wurde vergiftet.« Stableford hatte an dieser Stelle einen Aufschrei, zumindest aber Unruhe am Tisch erwartet.

Doch allein Nita Nye zeigte eine Reaktion. »Edmund? Vergiftet?« Sie begann zu zittern. »Wie ist das möglich, Professor?«

»Ihre Frage ist mehr als berechtigt, Mrs Nye. Da die Beschreibungen solcher Vorgänge allerdings oft sehr theoretisch sind, habe ich mich entschlossen, Ihnen den Trick des Giftmischers selbst vorzuführen. Mr Evans?«

Die Flügeltür zur Halle öffnete sich und Evans betrat den Saal. Er trug das Silbertablett, auf dem die braune Flasche, ein Silberbecher und ein großes Glas standen, und stellte es vor Stableford auf den Tisch.

»Danke«, sagte Stableford und blickte in die Runde. »Kennt jemand von Ihnen diese Flasche?«

»Sicher«, sagte Saintclair. »Und seien Sie vorsichtig mit dem Zeug! Es ist giftig.«

»Dann wissen Sie, worum es sich handelt?«

»Natürlich! Sie haben die Flasche doch auf meinem Schreibtisch in Edmunds Arbeitszimmer gefunden, nicht wahr? Es ist Nitrobenzol. Ich benutze es, um die Insektenkästen zu desinfizieren.«

»Ganz recht, Mr Saintclair. Sie werden gleich einen leicht stechenden Bittermandelgeruch wahrnehmen.« Stableford öffnete die Flasche und gab ein wenig von der Flüssigkeit in den Silberbecher. »Der Inhalt dieses Bechers entspricht nun dem, den sich Sir Edmund und Mrs Nye am Abend des Banketts geteilt haben.«

»Sie meinen bei ihrem Ritual des ersten Schlucks?«, wollte Miss Saintclair wissen.

»Genau. Möchte jemand von Ihnen probieren?«

»Sind Sie wahnsinnig, Mann?«, rief Saintclair. »Die Menge, die sie da eben eingegossen haben, ist sicher tödlich!«

»Das denke ich auch«, entgegnete Stableford leichthin. Dann griff er nach dem Becher, sah in die entsetzten Gesichter am Tisch und nahm einen Schluck.

KAPITEL 37
Das erste Rätsel

»John!«, rief Harriet.

Holmes war aufgesprungen, aber Stableford hob sofort die Hand und gebot ihm, sich wieder zu setzen.

»Keine Angst, ich hänge an meinem Leben«, sagte er und lächelte Harriet zu. »Und ich kann Ihnen allen versichern, dass ich mich nicht vergiftet habe. Sehen Sie selbst!« Er goss den Inhalt des Bechers vorsichtig in das vor ihm stehende Glas und hielt es anschließend hoch. Die Flüssigkeit hatte sich auf magische Weise vermehrt. Runde Einschlüsse, die wie Perlen aussahen, sanken langsam zu Boden und bildeten dort eine homogene Schicht, die sich deutlich von der restlichen Flüssigkeit abgesetzt hatte und etwa ein Viertel des Glasinhalts ausmachte.

»Hat jemand von Ihnen eine Ahnung, worum es sich bei der zweiten Flüssigkeit handeln könnte?«, fragte Stableford und schaute in die staunenden Gesichter.

»Maraschino?«, riet Peel.

»Eine durchaus naheliegende Vermutung. Alle anderen Bankettbesucher hatten ja tatsächlich Maraschino in ihren Bechern. Aber Nitrobenzol ist in Alkohol löslich. Erinnern Sie sich, wonach das Getränk schmeckte, das Sie sich an diesem Abend mit Sir Edmund teilten, Mrs Nye?«

Sie sah ihn einen Moment lang fassungslos an. »Nun, es schmeckte überraschend neutral«, antwortete sie dann. »Aber ich hatte an diesem Abend schon einiges getrunken und …«

»Und Sie kannten diesen Likör nicht, nehme ich an.«

»Das stimmt.«

»Das hatte ich mir gedacht. Manchmal neigt unser Gehirn dazu, fehlende Eindrücke einfach durch bereits vorhandene zu ersetzen, um so ein stimmiges, wenn auch rein artifizielles Bild zu erzeugen. Es hat wohl etwas mit unserer Erwartungshaltung zu tun. Sie wussten, dass der Becher Maraschino enthalten sollte, also entwickelten Sie trotz fehlender Eindrücke die Idee, Maraschino getrunken zu haben. Dazu passt, dass Sie uns noch am selben Abend erzählten, ›der Maraschino schmeckte – so wie Maraschino eben schmeckt‹. Alle anderen hätten wohl seine Schärfe oder sein Bittermandelaroma erwähnt. Doch das konnten Sie nicht, denn Tatsache ist, dass Sie an diesem Abend Wasser aus Sir Edmunds Becher getrunken haben.«

»Wasser?«

»Ganz recht. Der Inhalt des Bechers an diesem Abend glich dem Inhalt dieses Glases hier. Nitrobenzol ist schwerer als Wasser und kaum in ihm löslich. Die Flüssigkeit hat, wie Sie hier sehen, zwei Phasen gebildet: oben das Wasser, unten das Nitrobenzol.«

»Mrs Nye trank also einen Schluck Wasser ab und reichte Sir Edmund dann völlig ahnungslos den Becher, auf dessen Boden sich das Gift befand?«, fragte Holmes sichtlich beeindruckt. »Aber wie sind Sie darauf gekommen?«

»Wir verdanken diese Erkenntnis im Grunde Harriet, mein lieber Holmes. Als wir das Nitrobenzol entdeckten, füllten Sie es in ein Glas, das Harriet aus der Küche geholt hatte. Es war gerade abgewaschen worden und wohl noch etwas nass. Zumindest bemerkte ich ein paar kleine Tropfen auf der Oberfläche der Flüssigkeit. Später bestätigte mir ein befreundeter Chemieprofessor meinen Verdacht am Telefon. Er versicherte mir auch, dass man das Wasser gefahrlos abtrinken könne.«

»Nita mag Maraschino nicht gekannt haben, aber ich kann mich genau erinnern, dass Edmund ihn gekostet hat, als die Flaschen aus Italien eintrafen«, sagte Saintclair. »Warum hat er nicht bemerkt, dass sich kein Maraschino im Becher befand?«

»Weil er den Rest mit dem Nitrobenzol ausgetrunken hat und das Gift ganz ähnlich schmeckt und wirkt wie der Bittermandellikör. Es soll ein Marzipanaroma haben und verursacht darüber hinaus einen brennenden Nachgeschmack im Mund.«

»Aber warum das Wasser?«, fragte Nita Nye. »Ich verstehe das alles nicht. Der Täter hätte das Nitrobenzol doch ganz einfach in den Maraschino geben können.«

»Das hätte er. In diesem Fall hätte er allerdings auch Sie vergiftet, Mrs Nye, denn im Alkohol hätte sich das Nitrobenzol vollständig gelöst«, erklärte Stableford. »Anfangs sah es für mich so aus, als müssten Sie einfach Ihrem Schicksal danken. Doch dann fiel mir immer wieder die Marotte ein, die Sie mit Sir Edmund teilten. Ich begann, mich zu fragen, ob Ihr ritualisierter Anspruch auf den ersten Schluck aus seinem Glas etwas mit der Zusammensetzung des Becherinhalts zu tun haben könnte.«

»Sie denken, dass der Giftmischer mich verschonen wollte?«

»Diese Möglichkeit kam mir in den Sinn.«

»Aber wären damit nicht alle Gäste des Hauses schlagartig vom Verdacht befreit?«, meldete sich Helmes zu Wort.

»Wieso?«, fragte Hall überrascht.

»Weil wir dieses Ritual nicht kennen konnten!«

»Herr Helmes hat vollkommen recht«, sagte Stableford ruhig. »Gesetzt den Fall, dass meine Vermutung stimmt, würde sich der Kreis der Verdächtigen auf die Bewohner von Annandale beschränken lassen. Nur sie kannten diese Marotte.«

»Nero«, sagte Miss Saintclair plötzlich leise. »Edmund und er hatten sich in letzter Zeit oft gestritten und Nero wusste, dass Edmund Bella vor ihm gewarnt hatte. Er hat sich ganz offen und wenig charmant gegen eine mögliche Verbindung der beiden ausgesprochen. Ist es denkbar, dass Nero …?«

»Es wäre zumindest eine Erklärung für das Wasser im Becher«, stellte Stableford sachlich fest.

»Ich verstehe«, sagte Saintclair nachdenklich. »Er hätte seine Mutter nicht gefährdet, gleichzeitig aber eine Situation geschaffen, die Edmunds Zusammenbruch ganz unverdächtig erscheinen lassen würde.«

»Weil alle gesehen haben, dass sie beide aus demselben Becher tranken, und so niemand Verdacht schöpfen würde«, ergänzte Holmes. »Das passt durchaus mit dem zusammen, was uns Herr von Scheel und Herr Stellmacher erzählt haben.«

»Und was war das?«, fragte Hall.

»Dass Mr Nye sich an diesem Abend mit Sir Edmund gestritten und daraufhin wütend den Saal verlassen hat. Kurz vor der Rede kehrte er dann gemeinsam mit Miss Saintclair, den beiden Saaldienern und Ihnen, Mrs Nye, zurück. Die Diener und Miss Saintclair trugen die Tabletts mit den Maraschinobechern. Es könnte also durchaus sein, dass Mr Nye bei dieser Gelegenheit einen manipulierten Becher mitgebracht hat.«

»Oh mein Gott!«, sagte Nita Nye und hielt sich die Hand vor den Mund.

»Haben Sie sich an etwas erinnert?«, fragte Stableford.

»Ja. Ich hatte mich kurz auf mein Zimmer zurückgezogen. Als ich wieder hinunterkam, traf ich Pip, die beiden Saaldiener und Nero im Gang vor der Küche. Dann half ich beim Verteilen der Becher. Als ich schließlich zu Edmund trat, fiel mir auf, dass man ihn wohl vergessen hatte. Ich wandte mich nach den Dienern um und plötzlich stand Nero vor mir. Er hatte einen Becher in der Hand und gab ihn mir.«

»Und hat er auch etwas zu Ihnen gesagt?«, wollte Stableford wissen.

»Für deinen Liebsten!«

Im Saal herrschte betretenes Schweigen.

Dann meldete sich Hall zu Wort. »Ich will kein Spielverderber sein, aber wäre es nicht möglich, dass jemand anderes Nero den vergifteten Becher zuvor gereicht hat? Dass er für ihn bestimmt war und er ihn ohne böse Absicht an seine Mutter weitergab?«

»Wie kommst du denn darauf?«, fragte Miss Rogie überrascht.

»Nun, Mr Stableford sagte doch zu Beginn, dass die beiden Morde zusammenhängen. Ich kann mir das nur so erklären, dass Nero von Anfang an das Opfer sein sollte. Und als der Giftmischer feststellen musste, dass sein Plan nicht aufgegangen war, hat er ihn am nächsten Tag auf dem Golfplatz erschossen.«

»Das ist eine bemerkenswerte Schlussfolgerung, Mr Hall«, sagte Stableford ehrlich beeindruckt. »Und sie ist insofern zutreffend, als dass es sich bei dem Täter tatsächlich in beiden Fällen um ein und dieselbe Person handelt.«

»Dann war es nicht Nero?«, fragte Miss Saintclair. Sie wirkte erleichtert.

»Ich würde es vorziehen, diese Frage zunächst zurückzustellen. Die wahren Zusammenhänge zwischen den beiden Morden ergeben sich nämlich erst aus der Rekonstruktion der zweiten Tat.«

KAPITEL 38
Das zweite Rätsel

»Können wir diesen Poirot-Humbug nicht einfach überspringen?«, rief Saintclair aufgebracht. »Mir würde es vollkommen ausreichen, wenn Sie uns den Namen des Mörders nennen!«

»Mir nicht«, entgegnete Hall und lächelte. »Mich fasziniert dieses langsame Entblättern der Wahrheit. Bitte fahren Sie doch fort, Mr Stableford!«

»Gerne. Ich gebe zu, dass wir lange Zeit ratlos waren in Bezug auf die Frage, wie Mr Nye erschossen wurde. Zeitweilig zweifelte ich sogar an meinem Verstand. Ein Schuss, den niemand gehört hat, abgefeuert aus einer Richtung, in der niemand unbeobachtet hätte stehen können. Das Ganze erinnerte mich an einen ›unmöglichen Mord‹, wie er so oft in Detektivromanen beschrieben wird. Zudem fragte ich mich immer wieder nach dem Warum. Unsere Gespräche mit Ihnen allen ergaben, dass Mr Nye hier in Annandale kaum Freunde hatte. Aber hatte er wirklich einen Feind, der bis zum Äußersten gehen würde?«

»Offensichtlich«, bemerkte Saintclair abschätzig.

»Nein, Mr Saintclair. Offensichtlich wurde Mr Nye erschossen. Ich spreche hingegen von der Plausibilität dieses Ereignisses. Mr Nye war nicht beliebt, er hat es sich praktisch mit jedem hier am Tisch verscherzt. Das ist durchaus bemerkenswert, wenn man bedenkt, dass einige von uns erst seit ein paar Tagen hier sind. Und dennoch erschien mir die Tat nicht selbstverständlich, sondern vielmehr merkwürdig – drastisch. Es war nicht zuletzt diese Drastik – ein Mord ohne erklärbares Motiv –, die mich auf die Spur des Täters brachte. Aber ich greife vor. Die prosaische Lösung des Rätsels um Mr Nyes Ermordung befindet sich in dem Hügel, auf dem die drei toten Bäume stehen, die gemeinhin die Unheimlichen Schwestern genannt werden.«

»Sagten Sie gerade ›im‹ Hügel?«, fragte Helmes verwundert.

»Allerdings. Eine der Baumruinen ist eine Attrappe, der Prototyp eines Observationsbaumes, wie er von den Alliierten im Krieg verwendet wurde. Er besteht aus Metallplatten, ist hohl und wurde sehr kunstvoll mit echter Baumrinde ummantelt, die auf Segeltuch aufgenäht ist.«

»Ein Tin Tree?«, rief Bannister ungläubig. »So nannten wir die Dinger damals im Krieg. Die Sapper hatten einen in der Nähe unseres Grabens errichtet. Aber wie kommt der denn hier nach Annandale?«

»Er sollte hier getestet werden«, antwortete Stableford. »Doch das ist eine andere Geschichte. Nicht uninteressant ist dagegen, dass Sir Edmund ihn 1916 gemeinsam mit den Vätern von Mr Hall und den Saintclairs auf dem Hügel errichtet hat.«

»Sir Edmund? Unglaublich!«, rief Bannister. »Aber wie sind Sie darauf gekommen? Wenn ich mich recht erinnere, waren diese Attrappen selbst aus der Nähe kaum von echten Bäumen zu unterscheiden.«

»Genau aus diesem Grund blieb er auch hier über Jahre unbemerkt, Mr Bannister. Dr Holmes gebührt übrigens die Ehre seiner Entdeckung. Er sagte im Scherz, dass der Täter eine Tarnkappe benutzt haben musste, da ihn niemand gesehen und er auch keine Spuren hinterlassen hatte. Durch ein Foto aus Sir Edmunds Zimmer und ein Notizbuch aus dem Nachlass von Mr Halls Vater, das mir

Mr Hall freundlicherweise überlassen hat, kamen wir dem Baum auf die Spur.«

»Aber Nero wurde nicht aus dem Baum heraus erschossen, oder?«

»Nein, Mr Hall. Und ich beglückwünsche Sie zu Ihrem scharfen Verstand. Das Oval der Röhre ist für einen Gewehrschützen viel zu eng. Es gibt allerdings einen kleinen Unterstand, in dem sich die Verankerung und der Eingang des Observationsbaumes befinden. Er hat auf der Seite zum Fairway der ersten Bahn eine Luke. Aus dieser Öffnung heraus wurde Mr Nye erschossen.«

»Mit einem Gewehr?«, fragte Peel.

»Ganz recht.«

»Aber warum haben wir dann keinen Schuss gehört?«

»Weil sich die Mündung innerhalb des Unterstandes befand, als der Mörder abdrückte«, erklärte Holmes.

»Mein lieber Mann!«, sagte Bannister. »Da drinnen muss es ordentlich gekracht haben.«

»Das denke ich auch«, bestätigte Holmes. »Dagegen konnte man draußen wohl nicht viel mehr als einen dumpfen Knall hören.«

»Wie ein fernes Gewittergrollen?«

»Ja, Mr Peel. Allerdings haben Sie den Schuss in gewisser Weise dennoch gehört. Der Peitschenknall, den Sie uns beschrieben haben, war das Geräusch des durch die Luft fliegenden Projektils.«

»Verstehe ich das richtig: Der Mörder hatte sich dort versteckt und wartete, bis Nye auf der Höhe der Luke erschien?«

»So wird es gewesen sein, Mr Hall.«

»Aber wo hatte er das Gewehr her? Soweit ich weiß, gibt es in diesem Haus keine Schusswaffen. Und wie konnte er den Unterstand unbemerkt wieder verlassen?«

»Nun, über die Herkunft des Gewehrs können wir nichts Genaues sagen«, räumte Stableford ein. »Es könnte sich schon seit vielen Jahren an diesem Ort befunden haben, vielleicht sogar seit 1916. Zwar wurde es vor Kurzem gereinigt und geölt, stammt aber aus der Zeit des Krieges. Ihre zweite Frage ist wesentlich einfacher zu beantworten. In gewisser Weise musste der Mörder den Unterstand nämlich gar nicht verlassen. Vielmehr nutzte er einen alten Geheimgang, der früher auf dem Hügel ins Freie führte, inzwischen aber in dem Unterstand endet.«

»Und wo beginnt dieser Gang?«, fragte Peel.

»Bei einem Priesterloch hier im Haus. Es wurde wahrscheinlich zur Regierungszeit von Elizabeth I. in Annandale eingerichtet, um verfolgte katholische Priester im Notfall verstecken zu können.«

»Und wie soll dieses sogenannte Priesterloch aussehen?«, fragte Nita Nye.

»Es handelt sich um eine schmale Kammer hinter einer Tapetentür.«

»Aber wo genau befindet sich dieser Zugang?«

»In Sir Edmunds Zimmer«, erklärte Stableford.

Entsetzt starrte Nita Nye ihn an.

»Das eröffnet ja eine völlig neue Perspektive!«, rief Hall. »Könnte es sein, dass Sir Edmund Nero erschossen hat?«

»Wie kommst du darauf?«, fragte Miss Rogie schockiert.

»Nun, ich weiß, dass ich es selbst gerade in Frage gestellt hatte, aber was, wenn Nero doch der Giftmischer war und Sir Edmund das nach seiner Vergiftung geahnt und sich an ihm gerächt hat?«

»Du glaubst also, dass mein Vater sich in diesen Unterstand geschleppt, dort auf die Lauer gelegt und Nero erschossen hat?«

»Nun, ich würde nicht sagen, dass ich es glaube«, stammelte Hall. »Aber wenn die beiden Morde wirklich zusammenhängen sollten, wäre es eine Möglichkeit.«

»Das wäre es in der Tat«, stimmte Stableford ihm zu. »Mr Nye und Sir Edmund wären sowohl Täter als auch Opfer. Ich kann Ihnen jedoch versichern, dass diese Gleichung im vorliegenden Fall nicht aufgeht.«

»Aber das würde bedeuten, dass der Mörder definitiv hier am Tisch sitzt, nicht wahr?«, fragte Miss Rogie entsetzt.

Alle Augenpaare waren auf Stableford gerichtet. Die Anwesenden warteten auf seine Reaktion. Doch Stableford schwieg.

KAPITEL 39
Das dritte Rätsel

Harriet hatte sich noch immer nicht beruhigt. Was hatte sich John nur dabei gedacht, einfach so aus dem Giftbecher zu trinken? Sie war wütend und zugleich erleichtert, und sie ärgerte sich, dass ihr vor lauter Hilflosigkeit die Tränen gekommen waren. Immer wieder musste sie daran denken, was passiert wäre, wenn er sich bei seinem Experiment verschätzt hätte. Erst Bellas letzte Frage riss sie aus ihren dunklen Gedanken.

Die Männer und Frauen am Tisch waren sprachlos. Mrs Nye atmete schwer. Reverend Smythers hielt ihre Hand und versuchte offensichtlich, seine eigene Erregung im Zaum zu halten. Miss Saintclair und ihr Bruder tauschten heimlich Blicke aus. Harriet fragte sich, ob sie etwas zu verbergen hatten. Mr Lester und Mr Peel wirkten gelassen, während Mr Bannister und Herrn Helmes die Anspannung ins Gesicht geschrieben war. Bella war näher an ihren Verlobten herangerückt.

»Dann kommen wir jetzt wohl zum großen Showdown, nicht wahr?«, fragte Mr Hall endlich.

John lächelte. »Es ist nun tatsächlich an der Zeit, die Karten auf den Tisch zu legen. Ich würde es allerdings vorziehen, die beiden Morde zunächst weiterhin getrennt zu betrachten. Stellen wir uns also zuerst die Frage, wer Mr Nye umgebracht haben könnte!«

»Aber sollten wir nicht vorher klären, wen man von vornherein von diesem Verdacht freisprechen kann?«, fragte Herr Helmes nervös.

»Wie Sie meinen. In Anbetracht der Rolle, die der Geheimgang und der Unterstand in diesem Fall spielen, können wir einige der hier anwesenden Personen in der Tat ausschließen. Sie selbst und Mr Bannister hatten wohl kaum eine Chance, sich ausreichend mit dieser unterirdischen Anlage vertraut zu machen. Sie sind beide erst seit einigen Tagen hier zu Gast – und zum ersten Mal, wenn ich es richtig verstanden habe. Auch wenn es für Sie ein Leichtes gewesen wäre, das Gewehr heimlich in Ihren Golftaschen zu transportieren, sehe ich nicht, wie Sie die Tat hätten planen können.«

»Und die anderen Deutschen?«, fragte Bella.

»Waren zur Tatzeit auf dem Golfplatz! Herr von Scheel, Herr Stellmacher und Herr Heidrich sind ebenso unschuldig wie Mr Lester und Mr Peel hier am Tisch. Wobei ich gestehen muss, dass mir Mr Peels Rolle in dieser Tragödie einiges Kopfzerbrechen verursacht hat. Aber dazu später! Wie Sie vielleicht selbst bemerkt haben, beschränkt sich der Kreis der Verdächtigen nunmehr auf die Bewohner von Annandale Grange.«

»Weil theoretisch nur wir Kenntnis von dem Unterstand haben konnten?«, fragte Mr Hall skeptisch.

»Nun, natürlich hätte ihn auch einer der Gäste, etwa auf der Suche nach einem verschlagenen Ball, während einer der Trainingsrunden entdecken können. Doch da ich von Dr Holmes weiß, dass die Entscheidung, Bewohner und Gäste als Caddies einzusetzen, erst am Tag vor dem Turnierbeginn getroffen wurde, glaube ich nicht, dass die Zeit zur Planung des Mordes für einen Ortsfremden ausgereicht hätte.«

»Das heißt also, der Plan zu Mr Nyes Ermordung entstand erst einen Tag vor dessen Ausführung?«, fragte Mr Peel.

»In gewisser Weise«, entgegnete John.

Die merkwürdige Formulierung machte Harriet stutzig. Meinte John, dass der Mord an Nero Nye schon länger geplant gewesen war und die kurzfristige Entscheidung, ihn als Herrn Heidrichs Caddie einzuteilen, lediglich eine Möglichkeit zur Umsetzung geboten hatte?

»Dann bleiben, wenn ich Sie richtig verstehe, also Ihrer Meinung nach Bella, Pip, Robert, Mrs Nye und ich als potenzielle Täter übrig?«

»So sieht es aus, Mr Hall. Allerdings lässt sich der Kreis der Verdächtigen noch weiter einschränken.«

»Da bin ich gespannt!«

»Nun, Herr Helmes hat Miss Rogie gegen eins, also zur ungefähren Tatzeit, im Pavillon gesehen und wir wissen, dass sie dort nicht allein war.«

»Das stimmt«, sagte Bella. »Simon war bei mir.«

»Folglich können wir Sie und Mr Hall ebenfalls ausschließen.«

»Das ist doch lächerlich!«, rief Mr Saintclair plötzlich. Das unvermeidliche »Oh, Robert!« seiner Schwester folgte, wurde aber bereits vom nächsten Satz übertönt: »Wollen Sie mir diesen Mord oder besser noch einen Doppelmord tatsächlich anhängen, nur weil ich Ihnen nicht Rede und Antwort gestanden habe? Also bitte, Mr Stableford! Ersparen Sie sich und uns den traurigen Rest Ihres lächerlichen Ausschlussverfahrens und kommen Sie zum Ende! Glauben Sie wirklich, dass ich Edmund und Nero ermordet habe?«

»Sie?« John sah ihn überrascht an. »Nein. Ich gebe allerdings zu, dass Ihre Schulterverletzung Sie lange verdächtig erscheinen ließ. Wollen Sie uns nicht sagen, wobei Sie sie sich zugezogen haben?«

»Beim Golfschwung«, antwortete Mr Saintclair etwas verlegen. »Ich sah den Spielern zu und wollte es selbst einmal ausprobieren. Dabei habe ich mit voller Wucht in den Boden geschlagen und seitdem schmerzt meine Schulter bei jeder Bewegung.«

»Aber dann bleibe ja nur noch ich übrig!«, stellte Miss Saintclair mit kindlicher Verwunderung in der Stimme fest.

»Genauer gesagt, Sie und Mrs Nye«, erwiderte John. »Allerdings hat meine Frau Sie gegen eins im Küchengarten gesehen.«

»Also wirklich!«, empörte sich Reverend Smythers. »Meinen Sie nicht, dass Mrs Nye schon genug erlitten hat? Müssen Sie sie jetzt auch noch aus Gründen ihrer unmenschlichen Eliminierungsmethode derartig beschämen?«

»Nichts liegt mir ferner, Reverend«, entgegnete John gelassen.

»Und doch halten Sie es für notwendig, sie uns als die Hauptverdächtige zu präsentieren? Wohlgemerkt verdächtigt, ihren eigenen Sohn umgebracht zu haben!«

»Der Reverend hat recht«, mischte sich Bella ein. »Nita und ich sind gewiss keine Freundinnen, aber das ist doch vollkommen unmöglich.«

»Unmöglich?«, fragte John. »Nun, ich sagte ja schon, dass es sich bei diesem Verbrechen um einen ›unmöglichen Mord‹ handelt. Aber ich gebe Ihnen und auch dem Reverend insoweit recht, als dass Mrs Nye zu keiner Zeit den Tod ihres Sohnes geplant hatte. Dennoch hat sie ihn erschossen.«

Mrs Nye blickte erschrocken auf, doch es war der Reverend, der sagte: »Das ergibt keinen Sinn!«

»Aber es ergibt ein Rätsel, Reverend. Und dieses Rätsel gilt es nun zu lösen. Sir Edmund musste sterben, weil nur er und der Täter vom Vorhandensein des Priesterlochs und des Unterstandes wussten. Zudem brauchte der Täter zur Ausführung seines Plans den freien Zugang zum Einstieg in den Geheimgang. Und dieser befindet sich nun mal in Sir Edmunds Zimmer.«

»Es handelt sich also tatsächlich um einen Doppelmord?«, fragte Mr Hall.

»Ja.«

»Nein!«, sagte Mrs Nye vehement und richtete sich in ihrem Stuhl auf. »Es ist genug, Professor Stableford! Ich habe es lange Zeit nicht wahrhaben wollen und es schmerzt mich, gerade jetzt und auch noch vor Bella schlecht über Edmund reden zu müssen, aber es ist nun an der Zeit, mein Schweigen zu brechen. Ich tue es allein für Nero.«

»Bitte!«, sagte John.

»Als ich gestern gegen Viertel vor eins einmal sein Zimmer verließ, lag Edmund im Bett und schlief. Das dachte ich zumindest. Denn als ich kurze Zeit später zurückkehrte, war er nicht mehr da. Ich war verwirrt, aber ich wollte auch nicht Alarm schlagen. Es hätte ihm ja plötzlich einfach besser gehen können. Vielleicht war er ins Bad gegangen? Ich wartete eine Weile, dann sah ich nach. Das Bad war leer. Also ging ich in die Küche in der Hoffnung, dass ihn der Hunger dort hingeführt hatte. Schließlich hatte er seit seinem Schwächeanfall nichts mehr gegessen. Doch auch dort war er nicht. Besorgt begab ich mich zurück in sein Zimmer. Er lag im Bett und schlief – genau so, wie ich ihn anfangs zurückgelassen hatte. Ich setzte mich und versuchte mir einzureden, dass ich einfach übermüdet gewesen war. Aber dann bekam ich Angst. Nicht vor ihm – vor mir! Ich zweifelte an meinem Verstand und lief hinaus. Dabei muss mich Ihre Frau gesehen haben.«

»Und was schließen Sie aus seiner Abwesenheit?«, fragte John ernst.

»Es fällt mir schwer, darüber zu sprechen, Professor Stableford. Aber nach allem, was Sie gesagt haben, kann ich nur davon ausgehen, dass er meinen Jungen erschossen hat.« Sie griff nach der Hand des Reverends und schloss die Augen.

John betrachtete sie skeptisch. »Tatsächlich? Halten Sie diese Geschichte für möglich, Dr Holmes?«

Percy zuckte zusammen. »Äh, nun, äh, nein«, brachte er endlich heraus. »Sir Edmund hat seinen Zusammenbruch gewiss nicht simuliert. Ich würde ausschließen, dass er in seinem Zustand zu einer Exkursion in den Unterstand in der Lage war. Meines Erachtens grenzt es an ein Wunder, dass er überhaupt noch so lange mit dem Tode gerungen hat.«

»Ich danke Ihnen für diese Einschätzung. Auch für mich klingt Ihre Geschichte unglaubwürdig, Mrs Nye. Allerdings aus einem ganz anderen Grund. Während unseres Gesprächs heute Morgen vollführten Sie nämlich eine bemerkenswerte Rochade, als es um Ihr Alibi ging.«

»Sie meinen einen Doppelzug wie beim Schachspiel?«, fragte Percy überrascht dazwischen.

»Ganz genau. Sie alle kennen sicherlich den taktischen Zug beim Schach, bei dem zwei Spielfiguren die Position wechseln. Bei einer Alibi-Rochade geht es auch um Taktik und es geschieht etwas ganz Ähnliches. Im Allgemeinen benennt eine Person A eine Person B als Gewährsmann für ihr Alibi. Unter bestimmten Umständen wählt Person A allerdings eine Formulierung, aus der man schließen soll, dass sie selbst über die Frage nach einem Alibi erhaben ist. Sie ›rochiert‹ in einem übertragenen Sinne und tritt nun selbst als Gewährsmann für B auf. Dabei erhält sie aber ebenfalls ein Alibi, sozusagen indirekt. Wenn sich die Parameter dann noch einmal ändern sollten, kann A das

Alibi für B einfach revidieren, sodass B auf einmal ohne Deckung dasteht. Das Ganze wirkt vollkommen natürlich, und so übersieht man leicht, dass A das eigene Alibi bei diesem letzten Zug rein logisch betrachtet ebenfalls abhandenkommt.«

»Weil beide Alibis in Relation zueinander stehen?«

»Darauf wollte ich hinaus, Mr Hall!«

»Dürfte ich Sie dennoch bitten, uns Ihre Alibi-Formel einmal in die Realität zu übersetzen?«, fragte Percy amüsiert.

»Gerne. Auf meine Frage, wo sie gestern zwischen kurz vor und Viertel nach eins war, antwortete Mrs Nye zunächst: ›Bei Edmund.‹ Sie benannte also ganz spontan und völlig erwartungsgemäß Sir Edmund als Gewährsmann für ihr Alibi.«

»Natürlich«, bemerkte Mrs Nye empört.

John wandte sich nun direkt an sie: »Aber dann sagten Sie etwas sehr Interessantes. Nämlich nicht, dass Sie die ganze Zeit über bei ihm waren, sondern dass er die ganze Zeit über bei Ihnen war. Sie unterstellten uns im Laufe des Gesprächs, ihn zu verdächtigen, stellten sich im gewissen Sinne schützend vor ihn und gaben sich so indirekt ein Alibi.«

»Das stimmt«, warf Percy ein.

»Gerade eben sind Sie jedoch von dieser Geschichte abgerückt. Nun behaupten Sie zwar immer noch, zur Tatzeit in Sir Edmunds Zimmer gewesen zu sein, haben sein Alibi aber kurzerhand revidiert: Er war nicht da!«

»Ich verstehe«, mischte sich Percy wieder ein. »Wenn Sir Edmund im Delirium im Bett lag, hat auch sie kein Alibi für diese Zeit.«

»So ist es, Holmes!«

»Aber warum sollte ich lügen?«, rief Mrs Nye verzweifelt. »Ich wusste bis eben nichts von diesem Geheimgang und ich habe noch nie in meinem Leben ein Gewehr abgefeuert. Ich verabscheue Schusswaffen! Und überhaupt: Warum sollte ich mein eigenes Kind töten?«

»Das ist das Problem«, entgegnete John. »Und genau an diesem Punkt kommt Mr Peels Ring ins Spiel.«

KAPITEL 40
Der unmögliche Mord

»Mein Ring?« Peel sah Stableford erstaunt an. »Was hat der denn mit dieser Sache zu tun? Sie sagten ja schon, dass er von Bedeutung ist, aber ich verstehe es ist.«

»Er ist nicht viel weniger als der Auslöser dieser Katastrophe«, antwortete Stableford. »Aber um das zu erklären, muss ich ein wenig ausholen. Als ich vorgestern hier eintraf, führte mich Dr Holmes auf die große Terrasse an der Ostseite des Hauses. Er erzählte mir von dem anstehenden Turnier und offenbarte mir, dass es aufgrund der heiklen politischen Situation unter der besonderen Beobachtung des War Office steht. Zudem nannte er mir eine klare Anweisung des Ministeriums, die die folgenden tragischen Ereignisse zumindest begünstigt haben mag.« Er sah zu Holmes hinüber, der ihm zaghaft zunickte. »Würde es während des Turniers zu einem ernsten Zwischenfall kommen, sollte dieser der Öffentlichkeit verschwiegen werden, wenn er nicht schnell und unauffällig vor Ort aufzuklären wäre. Es würde keine offizielle Untersuchung geben.«

»Aber das konnte doch keiner ahnen«, sagte Saintclair skeptisch.

»Aber mit anhören! Dies wurde mir allerdings erst gestern bewusst, als ich am geöffneten Fenster in Sir Edmunds Zimmer stand. Ich beobachtete eine Katze, die auf der Balustrade der Terrasse balancierte und dann auf den Steinfußboden sprang. Das Aufsetzen ihrer Pfoten war von dort oben klar und deutlich zu hören.«

»Und Sie glauben nun, dass Sie belauscht wurden?«,

fragte der Reverend. »Haben Sie denn jemanden am Fenster gesehen?«

»Nein. Allerdings hörte ich an jenem Nachmittag zum Ende unseres Gesprächs etwas, das klang, als würde eine Tür zugezogen. Da jedoch zeitgleich unterhalb der Terrasse ein Streit zwischen Mr Hall und Mr Nye ausbrach, verband mein Unterbewusstsein dieses Geräusch wohl mit der Garagentür, vor der die beiden Männer standen. Ich habe lange gebraucht, um es von dieser Verbindung wieder zu entkoppeln. Im Nachhinein würde ich vermuten, dass es sich dabei um ein Fenster handelte, das geschlossen wurde.«

»Aber Edmund war doch den ganzen Nachmittag über mit den Vorbereitungen im Saal beschäftigt«, bemerkte Miss Saintclair.

»Das mag sein. Doch es gibt vier große Flügelfenster auf der Ostseite des Hauses. Zwei gehören zu Sir Edmunds Schlafzimmer, die anderen beiden zu Mrs Nyes. Ich vermute, dass Sie unser Gespräch mit angehört haben, Mrs Nye. War es nicht so?«

Nita Nye antwortete nicht. Sie sah auf die Hände in ihrem Schoß und schüttelte den Kopf.

Stableford ignorierte diese Geste und fuhr fort: »Ich glaube nicht, dass Mrs Nye zu diesem Zeitpunkt auch nur ansatzweise an ein Verbrechen dachte. Aber sie hatte nun etwas gehört, das ihr späteres Handeln durchaus beeinflusst haben könnte. Seit der Ankunft der englischen Golfer musste sie hilflos mit ansehen, wie ihr Plan, ihren Sohn mit Miss Rogie zu verkuppeln, immer mehr in Gefahr geriet. Mr Peel machte der jungen Dame recht unverhohlen den Hof und Miss Rogie schien sich zumindest geschmeichelt zu fühlen. Mrs Nye konnte nicht ahnen, dass ihr Plan zu diesem Zeitpunkt schon längst zum Scheitern verurteilt war.«

»Wie meinen Sie das?«, fragte Saintclair.

»Wollen Sie darauf antworten, Miss Rogie?«

Die nickte. »Simon und ich werden heiraten«, sagte sie leise. »Wir haben uns gestern heimlich verlobt.«

Die Nachricht sorgte kurzzeitig für verhaltene Freude am Tisch. Helmes rief: »Bravo!«, Saintclair zwinkerte Hall zu und seine Schwester lächelte. Sie sah überrascht aus, doch das konnte auch an ihrem permanent erstaunten Gesichtsausdruck liegen. Allein Bannister zeigte keine Reaktion. Er hatte schon einige Zeit abwesend gewirkt und schien seinen eigenen Gedanken zu folgen.

Stableford wartete, bis ihm die Anwesenden wieder ihre Aufmerksamkeit schenkten. »Der eigentliche Auslöser für die folgenden Verbrechen ereignete sich während des Banketts«, erklärte er dann. »Sie, Mr Peel, zeigten Ihrem Teamkollegen an diesem Abend den Ring, den Sie tags zuvor in Scarborough gekauft hatten. Ich beobachtete diese Szene. Allerdings konnte ich damals nicht sehen, was Sie aus Ihrer Tasche hervorgeholt hatten, da Sie mit dem Rücken zu mir standen. Mrs Nye hatte eine bessere Sicht auf den geheimnisvollen Gegenstand. Sie stand auf der anderen Seite des Saals und ihre Reaktion war bemerkenswert.«

»Was tat sie denn?«, wollte Peel wissen.

»Sie wirkte fassungslos und verließ sichtlich schockiert das Bankett. Als sie kurz vor Sir Edmunds Ansprache in den Saal zurückkehrte, hatte sie den unheilvollen Plan längst geschmiedet. Und auch wenn ich es nicht beweisen kann, bin ich mir sicher, dass sie den mit Nitrobenzol präparierten Becher in den Händen hielt.«

»Dann hat sie Sir Edmund vergiftet und ihren eigenen Sohn mit ihrer Aussage von vorhin belastet, um den Verdacht von sich abzulenken?«

»Genau, Mr Hall. Wir wissen von Sir Edmund, dass sie

ihm den Becher gereicht hat. Es war ein fast perfekter Mord, denn da sie selbst daraus getrunken hat, was uns Sir Edmund übrigens ebenfalls bestätigte, schöpfte zunächst niemand Verdacht.«

»Das ist doch lächerlich!«, rief Nita Nye.

Stableford ignorierte sie und wandte sich an Saintclair: »Half Ihnen Mrs Nye gelegentlich bei der Desinfektion der Insektenkästen?«

»Sicher.«

»Dann hatte sie also Erfahrung im Umgang mit dem Nitrobenzol und wusste, wo sich die Flasche befand?«

Saintclair beantwortete die Frage mit einem schlichten »Ja«. Dann zögerte er einen Moment und wandte sich schließlich an Nita Nye: »Hast du mir nicht mal erzählt, dass dich Edmund explizit vor der Giftigkeit dieses Stoffes gewarnt hat? Er hat dir doch damals alles über dessen Wirkung und Eigenschaften aus einem Buch vorgelesen, nicht wahr?«

»Und?«, erwiderte Nita Nye aggressiv. »Es war ein chemisches Fachbuch. Ich hörte ihm zu, denn ich spürte, dass er sich Sorgen um mich machte. Allerdings habe ich kaum etwas verstanden, geschweige denn mir gemerkt.«

Stableford sah sie skeptisch an. »Nicht einmal, dass Nitrobenzol schwerer als Wasser und nicht in ihm löslich ist? Ich würde denken, dass dies in keinem chemischen Fachbuch fehlt.«

»Daran kann ich mich wirklich nicht erinnern«, sagte Nita Nye. »Und warum hätte ich ihn überhaupt töten sollen?«

»Aus eiskalter Berechnung. Sie mussten Sir Edmund aus dem Weg schaffen, denn zur Ausführung Ihres eigentlichen Plans brauchten Sie den freien Zugang zum Priesterloch in seinem Zimmer. Zudem kannte er den Unterstand, er hat ihn ja selbst errichtet. Er wäre Ihnen sicher schnell auf die Schliche gekommen.«

»Sie glauben also, dass Mrs Nye schon länger von dem Priesterloch, dem Geheimgang und dem Bau unter der Baumattrappe wusste?«, fragte Hall.

»Ja. Ich nehme an, dass Sir Edmund ihr die Anlage irgendwann einmal gezeigt hat, vielleicht schon vor vielen Jahren.«

»Sie behaupten Dinge und wenden sie dann gegen mich«, sagte Nita Nye mit tränenerstickter Stimme. »Sie sind ein schrecklicher Mensch!«

Am Tisch herrschte betretenes Schweigen.

Stableford, der bis zu diesem Zeitpunkt hinter seinem Stuhl gestanden hatte, setzte sich. »Ich versuche nur, eine schreckliche Tat aufzuklären, Mrs Nye«, sagte er ruhig. »Aber ich bestehe nicht darauf fortzufahren. Möchten Sie uns erzählen, wie es danach weiterging?«

»Was soll ich Ihnen denn erzählen? Sie haben Ihre Version der Geschichte doch längst fertig gesponnen!«

»Sie behaupten also weiterhin, nichts mit der Ermordung von Sir Edmund und Nero zu tun zu haben?«

»Natürlich!«

Stableford seufzte. »Dann werde ich fortfahren müssen.« Er räusperte sich. »Während des Banketts gab es noch einen zweiten Vorfall: Mr Peels Ring wurde entwendet. Vielleicht überrascht es Sie, dass ich diesen im Vergleich zunächst banal erscheinenden Vorfall überhaupt erwähne. Ich kann Ihnen jedoch versichern, dass er perspektivisch nicht weniger grausam war als die Vergiftung von Sir Edmund.«

»Das verstehe ich nicht«, sagte Peel.

»Nun, an einem gewissen Punkt unserer Untersuchung wurde mir klar, warum Mr Nye sterben musste. Der entwendete Ring hatte damit ebenso etwas zu tun wie der Umstand, dass Sie, Mr Peel, ungefähr so groß sind wie Mr Nye.«

»Mein Gott!«, sagte Holmes plötzlich. »Darum fragten Sie mich nach der Körpergröße der beiden Männer. Es war ein Unfall, nicht wahr?«

»Ein Unfall? Das klingt so unschuldig. Aber es war in der Tat ein Missgeschick des Mörders. Doch dazu kommen wir gleich. Zunächst ist es wichtig zu verstehen, was der Diebstahl des Rings wirklich zu bedeuten hat.«

»Sie meinen sicherlich nicht den finanziellen Verlust für Mr Peel«, bemerkte Holmes trocken.

»Ganz und gar nicht. Die Sache ist viel ernster. Der Verlust des Rings war nichts weniger als Ihr Todesurteil, Mr Peel. Und Sie verdanken Ihr Leben dem Umstand, den Dr Holmes gerade so trivial als Unfall bezeichnet hat«, erklärte Stableford.

Peel sah ihn fassungslos an. »Dann war die Kugel eigentlich für mich bestimmt?«

»So ist es. Mrs Nye stahl Ihnen den Ring während des Banketts, denn Sie waren ihr eigentliches Opfer. Deswegen bestand sie kurz nach Sir Edmunds ›Zusammenbruch‹ auch uns gegenüber auf die Austragung des Turniers. Sie wollte Sie auf dem Golfplatz erschießen, weil Sie aus ihrer Sicht zwischen Miss Rogie und ihrem Sohn standen. Dadurch gefährdeten Sie die Liaison, auf die sie all ihre Hoffnungen gesetzt hatte. Hätte man den Ring bei Ihnen gefunden, so hätte das Fragen aufgeworfen. Für wen war er bestimmt? Hat er etwas mit dem Mord zu tun? Mr Nye hätte als Ihr Rivale unter Verdacht fallen können, und das konnte seine Mutter nicht riskieren.«

»Deshalb wollten Sie, dass Evans letzte Nacht sein Zimmer bewacht«, sagte Holmes nachdenklich. »Sie hielten ihn nicht für den Täter, sondern wollten ihn beschützen.«

»Ja. Es war unnötig, aber die Zusammenhänge waren mir da auch noch nicht klar. Ich hatte lediglich das unbestimmte Gefühl, dass Mr Peel in Gefahr sein könnte.«

»Aber er hat mir den Ring doch gezeigt«, bemerkte Lester. »Hätte sie mich dann nicht auch aus dem Weg schaffen müssen?«

»Ich nehme an, sie hoffte, dass Sie der Einzige waren, der davon Kenntnis hatte. Und selbst wenn Sie nach Mr Peels Ermordung erwähnt hätten, dass er Miss Rogie einen Antrag machen wollte – wer hätte Ihnen geglaubt, wenn der Ring unauffindbar gewesen wäre?«

»Ah«, machte Holmes. »Ich verstehe. Es hätte ja keine Untersuchung gegeben und folglich wäre man der Spur des Rings auch nicht weiter nachgegangen.«

»Genau. Ohne ihn als Beweisstück wäre Mr Lesters Aussage hinfällig gewesen. Als das Turnier nun gestern Morgen begann, hätte sich für Mrs Nye theoretisch die erste Chance ergeben, Mr Peel zu erschießen. Sie saß am Bett des wahrscheinlich bewusstlosen Sir Edmund in unmittelbarer Nähe des Einstiegs zum Geheimgang, ganz so, wie sie es geplant hatte. Doch wie Sie alle wissen, verlief die Morgenrunde ohne Vorkommnisse. Grund dafür war der Besuch von Dr Prendergast. Während er Sir Edmund untersuchte, hatte Mrs Nye keine Möglichkeit, in den Unterstand zu gelangen. Zu Beginn der Nachmittagsrunde war die Luft jedoch rein. Sie schob die Tapetentür auf, nahm eine Lampe und ging die Stufen der Holztreppe hinab zum Geheimgang.«

»Waren das vielleicht die Schritte, die Harriet auf dem Flur vor Sir Edmunds Tür gehört hat?«, fragte Holmes und wandte sich dann an Harriet: »Du dachtest, dass sie von der Dienstbotentreppe her kamen, allerdings wusstest du da noch nichts von der Existenz des Priesterlochs.«

Harriet nickte.

»Ich halte das durchaus für möglich«, sagte Stableford. »Mrs Nye ging also die Treppe hinab und dann den Geheimgang entlang bis zum Unterstand. Dort öffnete sie die Luke, legte das Gewehr an und wartete auf das Erscheinen ihres Opfers.«

»Und tötete dann ihren Sohn?« Der Reverend schüttelte skeptisch den Kopf.

»Ja. Man könnte sagen, dass Mr Nye sterben musste, weil er Mr Peel einen falschen Schläger gereicht hatte. Der Ball des ersten Abschlags war auf dem Fairway gelandet – genau auf der Höhe der Luke. Als sich Mr Peel dort für den Annäherungsschlag bereit machte, hatte Mrs Nye ihn direkt im Visier. Doch dann fiel ihm auf, dass ihm Mr Nye den Niblick und nicht den von ihm gewünschten Lofter gegeben hatte. Mr Nye stand zu diesem Zeitpunkt zu seiner Linken, nur wenige Fuß hinter ihm. Er holte den Lofter aus der Tasche, machte einen Schritt auf Mr Peel zu und geriet so direkt in die Schussbahn, während Mrs Nye den Abzug betätigte. Mr Peel ist Linkshänder und stand folglich dem Hügel zugewandt vor seinem Ball. Ich nehme an, dass Mrs Nye auf sein Herz zielte. Zumindest würde das mit Mr Nyes Wunde korrespondieren.«

»Dann war es tatsächlich ein Unglück«, bemerkte Hall nachdenklich.

Peel verzog das Gesicht zu einem gequälten Lächeln. »Das kommt wohl auf die Perspektive an.«

»Natürlich! Bitte verzeihen Sie mir diese Formulierung! Aber das Ganze hat so eine grauenhafte Tragik.«

»Nur wenn Sie Professor Stablefords Märchen Glauben schenken«, sagte Nita Nye kämpferisch. »Ist denn niemandem hier am Tisch aufgefallen, dass seine Geschichte auf reinen Mutmaßungen und kruden Behauptungen beruht? Er verurteilt mich ohne Beweise. Sie sollten sich schämen!«

»Mrs Nyes Einwand scheint mir berechtigt zu sein«, pflichtete der Reverend ihr bei. »Zumal sie doch durchaus glaubwürdig versicherte, dass sie nicht schießen könne. Haben Sie denn irgendeinen Beweis für Ihre ungeheuerlichen Anschuldigungen, Mr Stableford?«

»Einen Beweis? Nein. Der Becher war längst abgewaschen, als ich ihr auf Schliche kam. Und selbst wenn wir ihre Fingerabdrücke auf dem Gewehr finden, würde sie dies allein noch nicht als Mörderin überführen. Dazu kommt das Fehlen eines direkten Motivs, denn es handelt sich ja tatsächlich um einen Unfall. Es gibt allerdings drei Indizien, die für sie als Täterin sprechen.«

»Da bin ich aber gespannt!«, rief Nita Nye und versuchte sich an einem überlegenen Lächeln.

»Urteilen Sie selbst! Da wäre zunächst Sir Edmunds merkwürdiges Verhalten, als ich ihn heute Morgen zu befragen versuchte. Es ging ihm schlecht und er konnte kaum sprechen. Dennoch reagierte er auf meine Fragen. Im Ganzen brachte er zwei Worte heraus. Das eine war ›Priester‹, das andere ›Bella‹. Zunächst glaubte ich, er spürte, dass es mit ihm zu Ende ging. Während er mir das Wort ›Priester‹ zuhauchte, wies er auf eine Ecke des Zimmers, in der ich ein kleines Kruzifix entdeckte. Ich verstand ihn so, dass ich Bella bitten sollte, den Priester, also Sie, Reverend Smythers, nach Annandale zu holen. Als Dr Holmes und ich jedoch später entdeckten, dass die Tür zum Geheimgang sich in dieser Zimmerecke befindet, bekam seine Geste einen ganz neuen Sinn. Er hatte mir nicht das Kruzifix zeigen wollen, sondern die Tapetentür. Allerdings war er schon so geschwächt, dass er den zweiten Teil des Wortes ›Priesterloch‹ nicht mehr artikulieren konnte.«

»Dann glauben Sie also, dass er Nita zuvor im Gang verschwinden sah?«, fragte Saintclair.

»Nein«, entgegnete Stableford. »Ich vermute etwas anderes.« Er wandte sich an Miss Rogie: »Haben Sie Ihrem Vater von dem Mord an Mr Nye berichtet?«

»Ja, heute Morgen. Es muss gegen acht gewesen sein.«

»Und erzählten Sie ihm auch, wo das Verbrechen stattfand, und von den merkwürdigen Umständen?«

»Das tat ich.«

»Das hatte ich mir gedacht. War Mrs Nye anwesend, als Sie ihn besuchten?«

»Ja. Aber sie bat mich eindringlich, nicht weiter von diesem Unglück zu sprechen, um ihn nicht unnötig aufzuregen.«

»Nun, Ihr Vater wird trotzdem darüber nachgedacht haben, und ich nehme an, dass er Ihren Besuch meinte, als er mir gegenüber Ihren Namen erwähnte. Ihm muss klargeworden sein, dass der Unterstand das einzig mögliche Versteck für den Mörder war. Und das versuchte er mir mitzuteilen.«

»Aber ich sehe immer noch nicht, wie dieser Umstand ein Indiz für Mrs Nyes Schuld sein soll«, widersprach der Reverend. »Immerhin hat sie sich aufopferungsvoll um Sir Edmund gekümmert und, wie mir Miss Rogie erzählte, fast die ganze Zeit an seinem Bett verbracht.«

»Sie hat ihn nicht gepflegt, Reverend, sie hat ihn bewacht! Denn sie wusste, dass er das Rätsel um die Ermordung ihres Sohnes nur zu leicht lösen konnte. Dass er den Giftanschlag so lange überleben würde, konnte sie nicht voraussehen. Er war für sie zu einem unkalkulierbaren Risiko geworden und sie musste dafür sorgen, dass er so wenig Zeit wie möglich allein mit anderen verbrachte. Aus diesem Grund war ihre fast ununterbrochene Anwesenheit in seinem Zimmer notwendig.«

»Mutmaßungen!«, rief Nita Nye und ihre Stimme überschlug sich.

Zum ersten Mal hatte Stableford das Gefühl, dass er bei ihr einen Nerv getroffen hatte. »Das zweite Indiz war Ihr merkwürdiges Verhalten, als meine Frau Sie gegen Viertel nach eins aus Sir Edmunds Zimmer kommen sah«, sprach er sie direkt an. »Sie schwankten und mussten sich mehrmals an der Wand des Flurs abstützen. Harriet vermutete, Sie seien angetrunken. Ich gebe zu, dass auch ich lange an diese Interpretation Ihres Zustandes geglaubt habe. Wie man mir zugetragen hat, sind Sie in der schlimmen Lage, nach Sir Edmunds Ableben auf das Wohlwollen seiner Erben angewiesen zu sein, da Sie selbst mittellos sind. In einer Situation wie dieser schien mir unkontrollierter Alkoholgenuss nicht abwegig zu sein.«

»Vielleicht habe ich ein Schlückchen zu viel getrunken. Und wenn schon! Wollen Sie mich jetzt auch noch moralisch diskreditieren?«

»Nichts liegt mir ferner! Denn ich bin mir sicher, dass Sie zu diesem Zeitpunkt stocknüchtern waren.«

»Wäre es nicht möglich, dass Nita nach der durchwachten Nacht an Edmunds Bett einfach ein Kreislaufproblem hatte?«, fragte Saintclair.

»Natürlich. Aber Dr Holmes' Rekonstruktion des Tathergangs im Unterstand brachte mich auf eine andere Idee. Er kam zu dem Schluss, dass der Schütze seinen Arm auf einem kleinen Tisch vor der Luke abgestützt haben musste. Als ich diese Position einnahm, stellten wir, wie schon erwähnt, fest, dass sich die Mündung des Gewehrlaufs innerhalb der unterirdischen Kammer befand. Wie nun Mr Bannister ganz richtig schlussfolgerte, muss es im Unterstand einen gewaltigen Knall gegeben haben.«

Bannister nickte. »Ohrenbetäubend!« Sein Interesse an der Aufklärung der Morde schien zurückgekehrt zu sein. »Ich kann das aus eigener Erfahrung bestätigen. Als ich zu Beginn des Krieges Major Endecotts Bursche war, ist mir einmal sein Revolver im Offiziersunterstand losgegangen. Ich hatte ihn zum Reinigen aus dem Holster gezogen und war dabei wohl an den Abzug gekommen. Das Loch in seiner Uniformjacke war das geringste Problem. Ich war fast drei Tage lang taub und wir mussten uns mit den Händen verständigen.«

»Die temporäre Taubheit ist tatsächlich ein Symptom dessen, was in der Medizin als ›akustischer Schock‹ beschrieben wird«, bestätigte Stableford sachlich. »Ein anderes sind Gleichgewichtsstörungen oder Schwindel. Mrs Nye litt gestern Nachmittag an beiden Symptomen. Sie schwankte und reagierte nicht, als Harriet sie von der Treppe aus ansprach.«

»Jetzt sind Sie also auch noch Arzt, Professor?«, fragte Nita Nye scharf.

»Nein, aber ich schilderte Ihr Verhalten einem renommierten Gerichtsmediziner am Telefon und er versicherte mir, dass ein akustischer Schock dieselben Gleichgewichtsstörungen hervorrufen kann, wie man sie bei alkoholisierten Personen beobachtet.«

»Bravo!«, rief Holmes. »Dies scheint mir in der Tat das erste echte Indiz zu sein, Stableford. Jetzt wird mir auch ihre Reaktion auf meine Nachricht vom Tod ihres Sohnes verständlich. Sie war wie von Sinnen und nannte mich einen Lügner, weil sie in ihrem Schockzustand wahrscheinlich gar nicht mehr mitbekommen hatte, dass sie den falschen Mann erschossen hatte. Aber wie gehen Sie mit Mrs Nyes Behauptung um, sie könne gar nicht schie-ßen? Der Täter muss ein geübter Schütze sein, so viel steht fest. Wenn er es darauf angelegt hatte, unbemerkt zu blei-ben, hatte er nur einen Schuss.«

Alle Augen waren nun wieder auf Stableford gerich-tet. Er hatte während Bannisters Anekdote seine Pfeife ausgeklopft und begann, sie neu zu stopfen. Nachdem er sie sorgfältig entzündet hatte, griff er in die Tasche seines Jacketts und zog das alte Theaterprogramm heraus, das er in Sir Edmunds Schreibtisch gefunden hatte. Nita Nyes Augen weiteten sich und sie wurde bleich.

»Weiß jemand von Ihnen, warum Sir Edmund Mrs Nye ›Annie‹ nannte?«, fragte Stableford in die Runde. Da niemand etwas sagte, fuhr er fort: »Nun, ich vermutete zunächst, dass sie ›Nita‹ als Bühnennamen gewählt hatte und ihr richtiger Name ›Anita‹ sei. Dies hätte Sir Edmunds Wahl seines Kosenamens für sie durchaus erklärt.«

»Aber das stimmt nicht?«, wandte sich Holmes an Nita Nye, doch er wartete vergeblich auf eine Antwort.

»Sie alle wissen, dass Mrs Nye ein gefeierter Star auf den West-End-Bühnen war«, sprach deshalb Stableford weiter. »Allerdings wissen Sie wahrscheinlich nicht, dass ihre Karriere in Amerika begann.« Er sah zu Bannister hinüber, der nervös mit seiner goldenen Uhrenkette spiel-te.

»Dann ist sie auch am Broadway aufgetreten?«, fragte der Reverend.

»Über Details ihrer Engagements kann ich nichts sagen. Allerdings steht außer Frage, dass sie der Star eines Vaude-ville-Theaters in New York war. Die großen Erfolge die-ser Unterhaltungsbühnen liegen schon lange zurück, sie waren aber zum Zeitpunkt ihrer Ankunft in den Staaten immer noch sehr beliebt.«

Saintclair blickte interessiert auf. »Ich kann mich nicht erinnern, dass Nita jemals davon gesprochen hat, aber das würde Edmunds häufige etwas spöttische Vaudeville-Bemerkungen erklären.«

»In der Tat«, stimmte Stableford ihm zu. »Auch wir wurden zu Beginn des Banketts Zeugen einer solchen Anspielung. Die Eigenart dieser Bühnen war jedenfalls, dass sie ein Nummernprogramm boten. Es gab Tanzeinlagen, Sketche, akrobatische Darbietungen und nicht selten Vorführungen von Messerwerfern und Kunstschützen.« Er hielt das Theaterprogramm empor. »Mrs Nye hatte es schon damals zu einigem Ruhm gebracht. Wenn Sie genau hinsehen, erkennen Sie sie auf dem Titel dieses alten Programmheftes. Sie ist die junge Dame mit dem großen Cowboyhut und dem Gewehr über der Schulter. Unter ihrem Foto steht: ›Sie schießt auf einen Nickel, sie schießt auf eine Murmel, sie schießt durch ihre Beine und sie trifft immer!‹ Ich will nicht bezweifeln, dass Sie in Ihrem Innersten Schusswaffen verabscheuen, Mrs Nye, aber dass Sie noch nie ein Gewehr abgefeuert haben, scheint mir damit gründlich widerlegt zu sein. Gehe ich übrigens recht in der Annahme, dass Sir Edmund Sie ›Annie‹ nannte in Anspielung auf die wohl berühmteste amerikanische Kunstschützin?«

»Annie Oakley«, sagte Nita Nye fast zärtlich. Für einen Moment schien sie die furchtbaren Ereignisse der letzten Tage vergessen zu haben. Farbe war in ihr bleiches Gesicht zurückgekehrt und sie lächelte versonnen. Dann erhob sie sich, doch als sie zu sprechen begann, hatte der tiefe Schmerz längst wieder von ihr Besitz ergriffen. »Ich möchte jetzt auf mein Zimmer.« Sie ging langsam zur Flügeltür, öffnete sie und drehte sich noch einmal um. »Was geschehen ist, kann man nicht ungeschehen machen. Zu Bett, zu Bett.« Damit verließ sie den Raum.

»Ein dramatischer Abgang«, bemerkte Holmes, als sie die Tür hinter sich geschlossen hatte.

»Was hatten Sie erwartet?«, fragte Stableford überrascht. »Sie ist eine große Schauspielerin. Und wie man es bei so vielen Vertretern ihrer Zunft beobachten kann, bedient sie sich in außergewöhnlichen Situationen aus dem Repertoire ihrer größten Rollen.«

»Dann habe ich mich doch nicht geirrt«, sagte Hall. »Sie hat sich für ihren Abgang bei Shakespeare bedient, nicht wahr?«

»Lady Macbeth«, antwortete Stableford ernst. »Von Gräueln flüstert man. Und Taten unnatürlich erzeugen unnatürliche Zerrüttung. Die kranke Seele wird ins taube Kissen entladen ihr Geheimnis.«

»Das ist alles sehr poetisch«, unterbrach ihn Holmes. »Aber sollte nicht jemand von uns nach ihr sehen? Ich bin kein Shakespeare-Kenner, doch wenn ich mich recht erinnere, begeht Lady Macbeth Selbstmord!«

»Evans ist instruiert und wird sie auf ihr Zimmer begleiten«, antwortete Stableford ruhig. »Und ich denke nicht, dass sie der Typ für einen Selbstmord ist. So bereitwillig, wie sie den Verdacht auf andere gelenkt hat, scheint sie an ihrem Leben zu hängen.«

»Außerdem hat sie doch gar nicht gestanden«, warf der Reverend ein. »Ich gebe zu, dass mir Ihre Rekonstruktion des Mordes an Mr Nye schlüssig erscheint, aber ich verstehe immer noch nicht, wieso sie Sir Edmund so kaltblütig für ihren Plan geopfert hat? Wie konnte sie dazu in der Lage sein und warum ausgerechnet zu diesem Zeitpunkt?«

»Ihre Fragen sind durchaus berechtigt«, räumte Stableford ein. »Ich kann es mir nur so erklären, dass ihre jahrelangen Versuche, ihn zur Heirat zu bewegen, irgendwann zu Enttäuschung und später vielleicht sogar zu einem unterschwelligen Hass gegen ihn geführt haben. Solange sie einen Ersatzplan hatte, konnte sie seine kategorische Ablehnung akzeptieren, denn eine Liaison zwischen Miss Rogie und ihrem Sohn hätte ihr zumindest die ersehnte materielle Sicherheit gegeben. Als aber genau diese Verbindung während der letzten Tage aus ihrer Sicht mehr und mehr in Gefahr geriet, hatte sie wohl das Gefühl, handeln zu müssen. Sie sah keinen anderen Ausweg, als den vermeintlichen Rivalen ihres Sohnes zu töten, und da Sir Edmund ihr nicht geben wollte, was sie sich von ihm wünschte, wurde er Teil ihres mörderischen Plans.«

»Aber dieser Plan war doch höchst riskant«, sagte Peel.

»Nicht wenn Sie bedenken, dass er nur für ein paar Tage funktionieren musste. Wenn meine Vermutung stimmt und uns Mrs Nye auf der Terrasse belauscht hat, dann wusste sie, dass es keine offizielle Untersuchung geben würde. Und Sie müssen zugeben, dass ihr Plan in Anbetracht der kurzen Zeit, die sie für die Vorbereitung zur Verfügung hatte, äußerst akribisch und gründlich durchdacht war.«

»Aber was geschieht jetzt?«, fragte Miss Rogie. »Soll Nita wirklich so einfach mit dem Mord an meinem Vater davonkommen?«

»Nun«, begann Holmes vorsichtig, »ich denke, dass es trotz der Weisung des War Office eine Mordanklage geben wird. Die deutschen Spieler, um die es bei diesem diplomatischen Geheimhaltungsbefehl vorrangig ging, waren nicht involviert und das Turnier hat ja genau genommen gar nicht stattgefunden. Mrs Nye wird sich also für diesen Doppelmord verantworten müssen.«

Stableford blickte in die nachdenklichen Gesichter am Tisch. Die Enthüllung der furchtbaren Geschehnisse hatte bei allen Spuren hinterlassen. Nach und nach begannen leise Gespräche. Harriet und Holmes, Miss Rogie und Hall, Helmes, Peel und Lester, der Reverend, Miss Saintclair und ihr Bruder unterhielten sich mit gedämpften Stimmen. Allein Bannister beteiligte sich nicht. Er saß da, schwieg und spielte mit seiner goldenen Uhrenkette.

KAPITEL 41
Das Pfarrhaus feiert

»Ein Überraschungsgast!«, begrüßte Harriet Percy strahlend an der Tür. »Komm herein!«

Percy zögerte. »Aber hat dein Vater nicht erst morgen Geburtstag?«

»Doch, doch, aber die Taylors sind dafür bekannt, immer einen Grund zum Feiern zu haben.«

Harriet führte Percy ins Wohnzimmer, wo John mit ihren Eltern und Sarah am großen Esstisch saß. Vor ihnen standen drei Gläser und eine Flasche Champagner.

»Sie kommen, um mit uns anzustoßen? Das ist aber eine schöne Überraschung, Sir Perceval!«, sagte ihre Mutter und stand auf, um einen weiteren Sektkelch zu holen.

Percy begrüßte alle herzlich und blickte dann staunend auf seine Uhr. »Verraten Sie mir auch, was es um 10 Uhr morgens mit Champagner zu feiern gibt, Mrs Taylor?«

»Kannst du es nicht erraten?«, fragte Sarah. »Vier Erwachsene stoßen mit drei Gläsern auf ein kommendes Ereignis an. Dieses Rätsel sollte ein Mann namens Holmes doch im Nu lösen können.«

»Mein Bedarf an Rätseln ist für den Moment gedeckt«, antwortete Percy. »Willst du es mir nicht einfach erzählen?«

»Auch gut. Ich werde Tante!«

»Oh!«, sagte Percy und sah Harriet an. »Das ist wirklich ein Grund zum Feiern.« Er umarmte sie. »Hattie wird sich auch riesig freuen.«

»Sie weiß es schon«, entgegnete Harriet glücklich. »Bei

unserem letzten Treffen in London hat sie mich darauf angesprochen.«

Percy schaute fragend zu John hinüber.

»Ich habe es Ihnen nicht verschwiegen, alter Freund! Ich weiß es auch erst seit heute Morgen«, erklärte der.

Harriets Mutter reichte Percy das Glas.

»Auf unser erstes Enkelkind!«, sagte ihr Vater voller Stolz.

Sie prosteten sich zu und tranken.

»Und?«, fragte Harriet aufgeräumt. »Gibt es etwas Neues zu berichten? Hast du Mrs Nye heute Morgen schon gesehen?«

Percy stellte sein Glas auf dem Tisch ab und räusperte sich. »Es gibt tatsächlich eine neue Entwicklung.«

Harriet war von dem ernsten Ton in seiner Stimme überrascht.

»Mrs Nye ist verschwunden.«

»Verschwunden?«, rief John. »Wie meinen Sie das? Evans sollte doch die Nacht über vor ihrer Tür Wache halten.«

»Nun, er hat die Nacht tatsächlich vor ihrer Tür verbracht, allerdings bewusstlos. Er wurde niedergeschlagen.«

»Und wie geht es ihm?«

»Schon wieder besser. Über den Vorfall selbst konnte er mir nichts berichten. Das Letzte, woran er sich erinnert, ist Bannister, mit dem er auf dem Flur sprach.«

»Und Bannister?«

»Ist ebenfalls verschwunden.«

»Das hätten wir ahnen müssen, Holmes!«, sagte John bestürzt. »Er kam nach Annandale, um seine große Liebe wiederzusehen. Und er war wohl nicht gewillt, sie ihrem Schicksal zu überlassen. Wahrscheinlich hat er gestern Abend während meiner Rekapitulation des Tathergangs beschlossen, sich ihr doch noch zu erkennen zu geben.«

»Und über eine gemeinsame Flucht nachzudenken? Genügend Zeit dazu hätte er während Ihrer Enthüllungen ja gehabt und er wirkte oft merkwürdig abwesend.«

»Dann glauben Sie auch, dass er Evans niedergeschlagen hat?«, fragte John.

»Ja. Ich nehme an, dass er daraufhin Mrs Nye an ihre stürmische, wenn auch kurze Affäre erinnerte und ihr vorschlug, mit ihm zu fliehen.«

»Und sie willigte ein, da sie nichts zu verlieren hat. Aber welches Ziel könnten sie haben?«

»Das fragte ich mich natürlich auch. Die Abgeschiedenheit von Annandale legte aus meiner Sicht nahe, dass Bannister zur Planung der sehr spontanen Flucht das Telefon benutzt hatte. Also rief ich die Vermittlung an und die Dame am anderen Ende der Leitung bestätigte mir, dass gestern Nacht zwei Gespräche vom Apparat in Sir Edmunds Arbeitszimmer geführt wurden. Daraufhin ließ ich mich nacheinander mit diesen Nummern verbinden.«

»Und was kam dabei heraus?«, fragte Harriet gespannt.

»Nun, zunächst einmal, dass Bannister über eine gehörige Portion Humor verfügt«, antwortete Percy und lachte. »Ein Mr Stableford informierte sich gegen ein Uhr nachts bei einer großen Reederei über abgehende Schiffe nach Amerika und buchte für die SS Victoria zwei Passagen nach New York für ein befreundetes Paar. Kurz darauf bestellte ein Dr Holmes ein Taxi aus Scarborough, das um drei Uhr am Tor von Annandale auf Gäste warten sollte. Als Ziel gab er den Bahnhof von York an.«

»Das könnte eine Finte sein.«

»Ja. Aber da wir wissen, dass Bannister morgen mit Mrs Nye in Southampton ein Schiff besteigen will, sollten wir uns darüber nicht zu viele Gedanken machen.«

»Da gebe ich Ihnen recht.«

»Dr Prendergast war heute Morgen übrigens auch schon da und wollte Mrs Nye sprechen. Er war ganz empört, da sie die Schwester für Sir Edmund nicht wie vereinbart einbestellt hatte. Niemand hatte ihn über sein Ableben informiert und er war ehrlich betroffen. Wir plauderten eine Weile und dabei erzählte er mir, dass Sir Edmund schwer krank war und nur noch wenige Wochen, vielleicht auch ein paar Monate zu leben hatte.«

»Und Sir Edmund wusste das?«, fragte John.

»Natürlich. Viel interessanter ist jedoch, dass es außer ihm nur Mrs Nye wusste. Er hat großen Wert darauf gelegt, dass seine Familie nichts davon erfährt. Reverend Smythers' Verwunderung über die Kaltblütigkeit, mit der Mrs Nye Sir Edmund geopfert hat, hatte mich gestern noch lange beschäftigt. Aber vor diesem neuen Hintergrund wird klar, dass sie wirklich all ihre Hoffnungen auf die Verbindung zwischen Miss Rogie und ihrem Sohn setzen musste. Sir Edmund spielte in ihren Zukunftsplänen keine Rolle mehr.«

»Nun, wie dem auch sei«, sagte John nachdenklich. »Immerhin ist ihre Flucht ein indirektes Schuldeingeständnis, nicht wahr?«

»Das ist es in der Tat«, bemerkte Percy und nahm sein Glas vom Tisch.

»Darf ich Ihnen nachschenken?«, fragte Harriets Mutter, der das düstere Thema sichtlich gegen den Strich ging.

»Sehr gerne«, antwortete Percy und hielt ihr das Glas entgegen. Dann wandte er sich an Harriet: »Wann ist es denn so weit?«

»Diese Frage wollte ich dir eigentlich gerade stellen, Percy.«

Er sah sie verwirrt an. »Wie meinst du das?«

»Nun, Penelope erzählte mir vor ein paar Tagen am

Telefon, dass du vor etwa sechs Wochen einen Verlobungsring bestellt hast.«

»Hattie? Aber woher …?«

»Du hast den Abholschein wohl mit ein paar anderen
Papieren auf dem Tischchen neben ihrer Garderobe liegen
lassen.«

Percy fasste sich an die Stirn und hüstelte verlegen.
Dann sagte er fast entschuldigend: »Ich denke noch immer
über den richtigen Moment für meinen Antrag nach.«

»Den richtigen Moment?«, rief Harriets Vater. »Nehmen
Sie Ihren Mut zusammen, junger Freund! Der richtige
Moment ist der, in dem Sie vor ihr auf die Knie gehen und
um ihre Hand anhalten. Vertrauen Sie auf Gott und Ihre
Gefühle! Die Ehe ist fraglos ein Wagnis; meine Frau wird
Ihnen das bestätigen. Eine lange abenteuerliche Reise mit
vielen unvorhersehbaren Routenänderungen. Aber mit
der richtigen Frau an Ihrer Seite werden Sie die Welt mit
neuen Augen sehen!«

»Apropos Reise«, sagte Percy zu John. Die Dankbarkeit
für dieses Stichwort war ihm deutlich anzumerken.
»Haben Sie in der nächsten Woche schon etwas vor?«

»Ich habe Vorlesungen.«

»Oh, natürlich. Aber wenn ich Ihnen ein Attest ausstellen würde?«

»Ein Attest von einem Psychiater?« John musste lachen.
»Ich bin mir nicht sicher, wie der Dekan das aufnehmen
würde. Handelt es sich denn um einen …?«

»Nein!«, erwiderte Percy schnell. »Allerdings wäre
unsere Aufgabe durchaus vergleichbar. Ein Patient von
Hattie ist spurlos verschwunden und sie macht sich große
Sorgen um ihn. Ich habe in den letzten Tagen mehrmals
mit ihr telefoniert. Er besuchte seine Schwester auf einer
Insel westlich von Cornwall und schrieb Hattie einen Brief

von dort, in dem er vage von merkwürdigen Vorkommnissen und Geistergeschichten spricht. Sie schrieb zurück und bekam kurz darauf eine Antwort, allerdings nicht vom ihm, sondern von seinem Schwager. Er setzte Hattie in knappen Worten davon in Kenntnis, dass ihr Patient zwischenzeitlich abgereist sei.«

»Und wo liegt das Problem?«

»Er ist seitdem unauffindbar. Hattie besteht nun darauf, seine Schwester auf dieser Insel zu besuchen. Von ihr erhofft sie sich Hinweise auf seinen Verbleib. Sie hat auch schon ein paar Erkundigungen über den Ort eingezogen und er scheint wirklich etwas unheimlich zu sein. Es gibt eine alte Festung und eine Felswand, die bei Sturm schauerlich heulende Geräusche macht und in der Gegend als Geisterkliff bekannt ist. Wäre das nicht ganz nach Ihrem Geschmack?«

»Westlich von Cornwall, sagten Sie? Sie meinen die Scilly-Inseln?«

»Sie sind wirklich ein großartiger Detektiv!«, rief Percy. »Und das Allerbeste habe ich noch gar nicht erwähnt: Die Insel heißt Carr, genau wie einer Ihrer Lieblingsautoren. Also, was sagen Sie? Wollen Sie mich begleiten?«

John sah Harriet an. Seine Augen leuchteten und sie spürte, wie gerne er seinen Freund auf dieses Abenteuer begleiten würde. Aber sie wusste auch, dass er das Angebot ausschlagen musste, wenn sie ihm kein Zeichen ihres Einverständnisses geben würde. Denn als sie ihm an diesem Morgen erzählt hatte, dass sie in guter Hoffnung war, hatte er ihr spontan angeboten, seine detektivische Leidenschaft fortan auf das Schreiben von Kriminalromanen zu beschränken. Diese einfühlsame Geste hatte Harriet sehr glücklich gemacht, doch sie ahnte, dass sie John bald unglücklich machen würde.

»Penelope kommt also mit?«, fragte sie schließlich.

»Natürlich!«, antwortete Percy. »Allerdings konnte ich sie davon überzeugen, zunächst in einem Hotel auf der Hauptinsel Quartier zu beziehen, bis wir die Festung auf Carr und ihre Bewohner genauer unter die Lupe genommen haben.«

»Nun gut, dann schlage ich vor, dass wir uns nach Papas Geburtstagsfeier gemeinsam auf die Suche nach Penelopes Patienten machen.«

»Ausgezeichnet!«, rief Percy. »Dann werde ich Hattie gleich von Annandale aus anrufen. Ich gebe zu, dass ich oft an unser gemeinsames Abenteuer in Schottland denken muss, und freue mich schon auf eine Wiedervereinigung unseres Detection Club.«

Kurz darauf verabschiedete er sich. John und Harriet begleiteten ihn zur Tür des Pfarrhauses. Hand in Hand standen sie da und sahen ihm nach, bis er hinter den Hecken des Gartens verschwunden war.

Dann zog John Harriet an sich, küsste sie und flüsterte: »Danke, Watson!«

KLEINES GOLF-GLOSSAR

ABSCHLAG: Der Abschlag ist der Beginn jeder einzelnen Spielbahn.

ANNÄHERUNG: Den Schlag, mit dem der Spieler das Grün anspielt, nennt man Annäherung.

AUS: Beim Aus handelt es sich um die fest definierten Grenzen eines Golfplatzes. Ein ins Aus gespielter Ball zieht einen Strafschlag nach sich. Vom Ort des Fehlschlages muss ein neuer Ball ins Spiel gebracht werden.

BIRDIE: Ein Birdie ist ein mit einem Schlag unter Par gespieltes Loch (z. B. ein mit 2 Schlägen absolviertes Par-3-Loch).

BOGEY: Ein Bogey ist ein mit einem Schlag über Par gespieltes Loch (z. B. ein mit 4 Schlägen absolviertes Par-3-Loch).

BUNKER: Ein mit Sand gefülltes Hindernis, das in der Regel auf dem Fairway oder rund um das Grün anzutreffen ist.

CADDIE: Der klassische Caddie trägt die Golftasche des Spielers und kennt sich mit den Tücken und Längen des Platzes aus.

DOGLEG: Bezeichnung für ein Loch, dessen Spielbahn nach rechts oder links abknickt.

DOPPELBOGEY ist ein mit zwei Schlägen über Par gespieltes Loch (z. B. ein mit 5 Schlägen absolviertes Par-3-Loch).

DORMY: Führt eine Partei beim Lochspiel mit genau so viel gewonnenen Löchern, wie noch zu spielen sind, so liegt sie „dormy". Die Gegenpartei muss von nun an alle Löcher gewinnen, um ein Stechen zu erzwingen.

DROPPEN heißt, einen Ball neu ins Spiel zu bringen, indem man ihn mit ausgestrecktem Arm aus Höhe der Schulter fallen lässt. Dies geschieht z. B., wenn der ursprünglich gespielte Ball in einem Wasserhindernis verloren gegangen ist.

EAGLE: ein mit zwei Schlägen unter Par gespieltes Loch.

EHRE: Der Spieler mit dem niedrigsten Handicap hat die Ehre des ersten Abschlags. An den darauf folgenden Löchern hat immer der Spieler die Ehre, der das letzte Loch mit den wenigsten Schlägen absolviert hat.

FAHNE: Die Fahne markiert das Loch, damit der Spieler schon von Weitem erkennen kann, wo es sich auf dem Grün befindet.

FAIRWAY: Die kurz gemähte Spielbahn zwischen Abschlag und Grün. Der Begriff kommt ursprünglich aus der Seefahrt und beschreibt dort eine von Felsen und Untiefen freie Fahrrinne. Erst Anfang des 20. Jahrhunderts ersetzte er im Golfsport die bis dahin gebräuchliche Bezeichnung „fair green".

FLIGHT ist die Bezeichnung für eine Gruppe von Spielern, die gemeinsam eine Runde Golf spielen. Bemerkenswerterweise ist dieser Begriff ausgerechnet in angelsächsischen Ländern kaum gebräuchlich.

FORE! ist der Warnruf der Golfer, wenn die Möglichkeit besteht, dass der geschlagene Ball Spieler (auf anderen Bahnen) treffen könnte. Wahrscheinlich stammt der Begriff aus dem Militär und meint „Achtung voraus!" (Beware before!).

GREENKEEPER: Der Greenkeeper ist für die Pflege und Instandhaltung des Golfplatzes zuständig.

GRÜN: Auf dem Grün befindet sich das Loch. Es ist eine speziell präparierte Fläche, auf der der Ball in der Regel geputtet wird.

HANDICAP: Rechnerisch handelt es sich um die Anzahl der Schläge, die ein Golfer durchschnittlich über den Platzstandard (heute in der Regel 72) hinaus benötigt. Braucht er also beispielsweise im Schnitt 78 Schläge, beträgt sein Handicap „6".

LINKS nennt man die klassischen Küsten-Golfplätze Großbritanniens.

LOCH: Das Loch ist das Ziel des Golfers auf jeder Golfbahn. Als Loch bezeichnet man auch die gesamte Spielbahn vom Tee bis zum Grün.

LOCHSPIEL: Beim Lochspiel spielen zwei Spieler oder Teams gegeneinander eine vereinbarte Anzahl Löcher. Ein Loch wird von der Partei gewonnen, welche den Ball mit weniger Schlägen einlocht. Bei gleicher Schlagzahl wird das Loch halbiert. Führt eine Partei mit mehr Löchern, als noch zu spielen sind, so gewinnt sie das Lochspiel.

PAR: Für jede Spielbahn ist ein sogenanntes Par definiert, das für die Anzahl von Schlägen steht, die ein sehr guter Golfer durchschnittlich benötigt, um den Ball vom Abschlag in das Loch zu spielen. Das Par ergibt sich aus der Länge der Spielbahn.

PUTT: Der Putt ist jener Schlag, der, meistens auf dem Grün, mit dem Putter ausgeführt wird. Der Ball fliegt nicht, sondern rollt.

PUTTER: Der zum Einlochen benutzte Schläger mit einer senkrechten Schlagfläche. Grundsätzlich darf zum Putten aber jeder Schläger verwendet werden.

PUTTING GREEN: Ein Übungsgrün mit mehreren Löchern, auf dem das Putten trainiert wird.

ROUGH: Das Rough wird in den Golfregeln nicht besonders definiert. Praktisch bezeichnet man alles, was außerhalb der Fairways oder Grüns liegt, als Rough, also jene Flächen, die nicht oder selten gemäht werden und naturbelassen bleiben.

RUNDE: Unter einer Runde Golf versteht man das Spielen aller Bahnen eines Golfplatzes.

SCHLÄGERNAMEN: Bis in die späten zwanziger Jahre des 20. Jahrhunderts hatten Golfschläger keine Nummern, sondern Namen. Die heute gebräuchliche Nummerierung der Schläger entstand erst Mitte der dreißiger Jahre durch die Massenproduktion und Vermarktung kompletter Schlägersätze. Ein Golfer zwischen 1870 und 1940 hatte sicherlich einige der folgenden Schläger in seiner Golftasche:

BRASSIE: Ein langes Fairway-Holz mit einer Messingplatte auf der Sohle des Schlägerkopfes, die die Schwunggeschwindigkeit erhöht und dem Holz gleichzeitig seinen Namen gab (Messing = engl. Brass).

SPOON: Der Spoon ist mit einem Holz 3 vergleichbar. Der Name entstand durch die Form des Schlägerkopfes, die an einen Löffel erinnert.

DRIVING CLEEK: Dieser Schläger wurde für lange Schläge vom Tee und auf dem Fairway benutzt. Er entspricht in etwa dem heutigen Eisen 1.

MASHIE: Ein Eisenschläger für hohe Schläge. Er wurde um 1880 eingeführt und entspricht einem heutigen Eisen 5.

LOFTER: Ein dem Eisen 8 vergleichbarer Schläger für Annäherungen.

NIBLICK: Ein Eisenschläger für schlechte Balllagen und Annäherungsschläge. Am ehesten vergleichbar mit einem heutigen Eisen 9 oder Pitching Wedge.

SAND IRON: Das Sandeisen ist der Vorgänger des 1928 erstmals patentierten Sand Wedges, das Gene Sarazen Anfang der dreißiger Jahre populär machte. Ein kurzes, schweres Eisen für Schläge aus Sandbunkern und anderen prekären Lagen.

SCORE: Der Score ist das erzielte Ergebnis bzw. die Anzahl der Schläge, die ein Golfer auf einer Runde benötigt hat.

SCOREKARTE: Hier sind alle wichtigen Angaben zu jedem Loch verzeichnet. Auf der Scorekarte trägt man die an den einzelnen Löchern erzielten Ergebnisse ein.

STABLEFORD: Eine 1931 zum ersten Mal dokumentierte Golf-Zählmethode, die auf den englischen Arzt Dr. Frank Stableford zurückgeht. Stableford war ein exzellenter Golfer, dem – wie vielen anderen Klubmitgliedern – die starken Winde auf seinem Heimatplatz Wallasey zu schaffen machten. Er begann mit den erzielten Scores zu experimentieren und erfand so ein Zählsystem, das sich den gnadenlosen Regeln des Zählspiels entzog und selbst die Ballaufnahme an einzelnen Löchern möglich machte, ohne dem Golfer den Spaß am Spiel und an seinem Score zu verderben. Beim Stableford sammelt der Spieler Punkte, die er nicht wieder verlieren kann. So erhält er z. B. für ein erzieltes Bogey einen Punkt, für ein Par zwei Punkte und für ein Birdie drei Punkte.

Die heute übliche Nettowertung nach Stableford, bei der der Golfer sogenannte Vorgabeschläge bekommt, die auf die zu spielenden Löcher verteilt werden, hat – wie die Errechnung des Handicaps nach Stableford – nichts mit der ursprünglichen Idee des Arztes zu tun.

STRAFSCHLAG: Beim Golfen gibt es diverse Spielsituationen, bei denen sich ein Spieler einen Strafschlag zu seinem Score hinzuzurechnen hat. Am häufigsten geschieht dies, wenn ein Ball ins Aus gespielt, für unspielbar erklärt oder nicht mehr wiedergefunden wird.

TEE: Dieser Begriff hat zwei Bedeutungen: Zum einen wird damit der Abschlag bezeichnet, zum anderen der kleine Holz- oder Plastikstift, mit dem der Spieler seinen Ball aufteet. Ursprünglich errichtete der Caddie einen kleinen Sandhaufen, auf den der Ball zum Abschlag aufgesetzt wurde.

THREESOME: Eine Lochspielvariante, bei der ein Einzelspieler gegen ein Team aus zwei Spielern antritt, wobei die Teamspieler ihren Ball abwechselnd schlagen.

TOPFBUNKER: Ein kleiner, tiefer und meist runder Bunker mit hohen Bunkerwänden wird Topfbunker genannt. Topfbunker sind die typischen Sandhindernisse auf britischen Links.

WASSER: Wasserhindernissen sagt man eine magische Anziehungskraft auf Bälle nach. Landet der Ball im Wasser, darf nach bestimmten Regeln und unter Hinzurechnung eines Strafschlages ein neuer Ball ins Spiel gebracht werden.

ZÄHLSPIEL: Beim Zählspiel spielen mehrere Spieler einzeln oder als Team gegeneinander eine festgesetzte Anzahl an Löchern. Gewonnen hat am Ende, wer in der Summe die wenigsten Schläge benötigt hat.

DANKSAGUNG

Meiner Familie für die Unterstützung und die Zeit, die sie mir für dieses Buch geschenkt hat.

Patrick Brandt für seine Freundschaft und Hilfe beim Start des Projekts »Stableford«.

CP Schultz für seine Expertise, ohne die ich mich wohl mit meinen eigenen Waffen geschlagen hätte.

Dem Hesketh Golf Club für seine freundliche Unterstützung bei der Recherche über den »Golfpreis der Nationen« (1936).

Kristina Frenzel, Birgit Rentz und natürlich Sandra Thoms für die schriftstellerische Heimat im Dryas Verlag.

Danke!

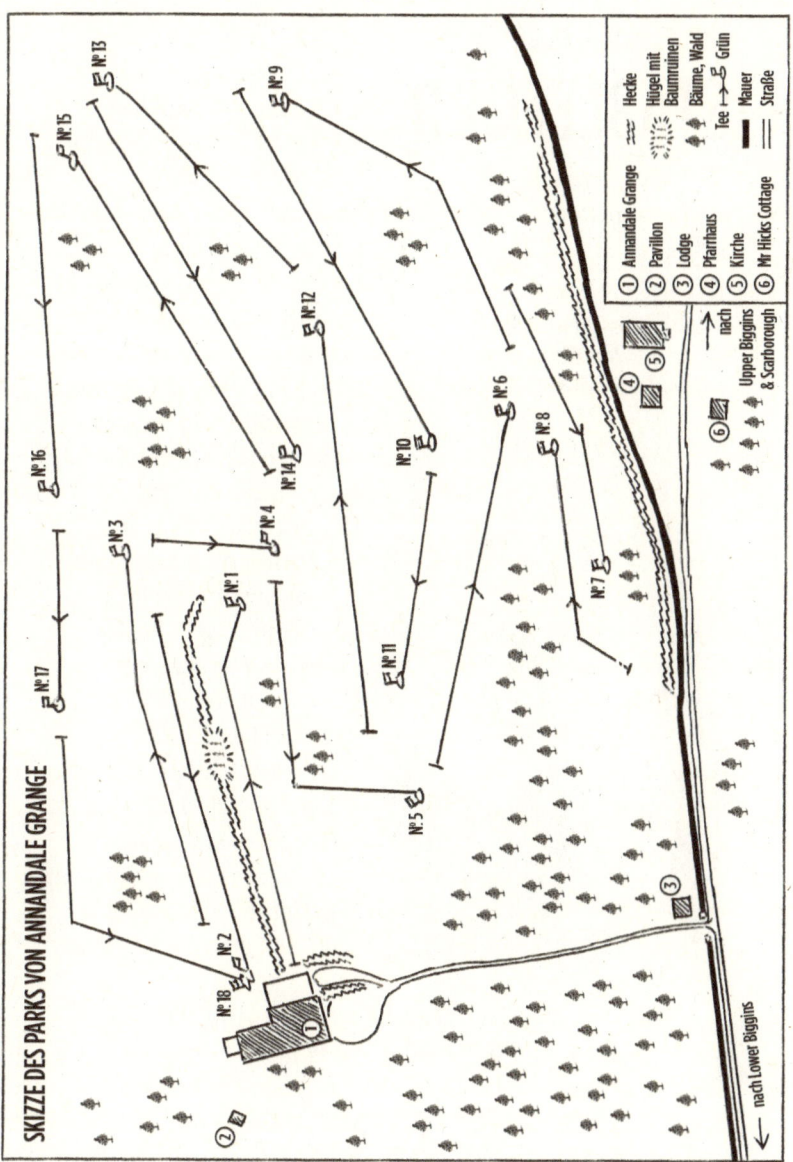

SKIZZE DES PARKS VON ANNANDALE GRANGE

Nº 1
Nº 2
Nº 3
Nº 4
Nº 5
Nº 6
Nº 7
Nº 8
Nº 9
Nº 10
Nº 11
Nº 12
Nº 13
Nº 14
Nº 15
Nº 16
Nº 17
Nº 18

① Annandale Grange
② Pavillon
③ Lodge
④ Pfarrhaus
⑤ Kirche
⑥ Mr Hicks Cottage

Hecke
Hügel mit Baumruinen
Bäume, Wald
Tee → Grün
Mauer
Straße

nach Upper Biggins & Scarborough

nach Lower Biggins

285

Rob Reef

STABLEFORD

*Ein Golf-Krimi
aus Cornwall*

*Dryas Verlag,
Taschenbuch,
256 Seiten,
ISBN 978-3-940258-49-6*

England 1936.
Acht Golfer folgen der
Einladung des Bankhauses
Milford & Barnes zu einem
Golf-Wochenende in
Cornwall. Obwohl von ihrem
Gastgeber jede Spur fehlt,
beschließen sie, das Turnier
auszutragen. Doch es endet
vorzeitig – mit einem Mord.
Durch ein Unwetter von der
Außenwelt abgeschnitten,
beginnen sie, den Mörder auf
eigene Faust zu suchen.
Der Literaturprofessor
Stableford, ein eifriger Leser
von Kriminalromanen,
übernimmt die Rolle des
Detektivs nur allzu gern.
Doch es gibt ein Problem: Er
hat sich Hals über Kopf in die
Hauptverdächtige verliebt.
Für ihn steht fest, dass sie es
nicht gewesen sein kann,
aber sollte er sich wirklich auf
sein Gefühl verlassen? Da
geschieht ein zweiter Mord …

**Ein klassischer Detektivroman im Stil der
1920er und 1930er Jahre!**

 **DRYAS**

Rebecca Michéle

GESTORBEN WIRD FRÜHER

Dryas Verlag,
Taschenbuch,
332 Seiten,
ISBN 978-3-940258-63-2

Elisabeth Bennett ist tot, gestorben in einem exklusiven Seniorenstift in St. Ives. Deren Freundin glaubt an einen Mord und bittet die ehemalige Krankenschwester Mabel Clarence um Hilfe.

Miss Mabels 6. Fall

Verdächtigt ist der Neffe und Alleinerbe der Toten. Unter falschem Namen mietet Mabel sich in der Seniorenresidenz ein. Welche Rolle spielen die Besitzer und das zum Teil undurchsichtige Pflegepersonal? Und dann ist da noch der vermögende und charmante Sir William, der Mabels Gefühle mächtig durcheinander wirbelt.
Als eine Bewohnerin kurz davor ist, Mabel ein Geheimnis zu verraten, wird sie tot aufgefunden.

 DRYAS